T0030529

Los demonios de mi cuerpo

SANDRA FRID

Los demonios de mi cuerpo

LA NOVELA DE

Pita Amor

Planeta

Bajo el sello editorial PLANETA M.R.

Avenida Presidente Masarik núm. 111,
Piso 2, Polanco V Sección, Miguel Hidalgo
C.P. 11560, Ciudad de México
www.planetadelibros.com.mx

Primera edición en formato epub: mayo de 2022
ISBN: 978-607-07-8719-5

Primera edición impresa en México: mayo de 2022
ISBN: 978-607-07-8729-4

Impreso en los talleres de Litográfica Ingramex, S.A. de C.V.
Centeno núm. 162-1, colonia Granjas Esmeralda, Ciudad de México
Impreso y hecho en México – *Printed and made in Mexico*

Para Cecilia Aguirre,
por las risas y confesiones,
por las lágrimas y tu consuelo;
por la hermandad elegida,
por los recuerdos y lo que nos falta por vivir.

Cuando en polvo esté esparcida
mi carne ya no vibrante,
y este cerebro enervante
deje de inventar la vida;
ahí en la tierra, perdida,
encontraré polvo amigo,
de alguien que lloró conmigo
hasta consumir sus ojos.
¡Qué alivio que sus despojos
le den a mi polvo abrigo!

Polvo, XIII, Guadalupe Amor

Al ritmo del *Danubio azul,* entre pétalos traslúcidos de rosas que quizá fueron rojas, rojo sangre, dos zapatos caen sin prisa, como en cámara lenta. El viento los mece, ingrávidos. La mano que los arrojó aún sobresale por la ventana: dedos cortos y uñas esmaltadas color carmín.

Zapatos de tacón cuadrado, no muy alto; charol verde que reluce con los rayos de un sol que acaba de asomarse entre las nubes, como queriendo atisbar qué objeto desciende. Las suelas, intactas. Las hebillas, plateadas, lanzan un chispazo antes de estrellarse en la acera.

Un transeúnte los ve caer al tiempo que oye una voz gruesa, impávida:

—¡Vaya mal gusto! ¿De verdad crees que yo, ¡yo!, me pondría esos adefesios?

El joven alza la mirada: nadie se asoma y no hay respuesta a aquella pregunta que, igual que el calzado, choca contra el suelo. Y si la hubo, solo la escucharon las mujeres que dialogaban en el último piso.

La vista del hombre se hunde en el hueco de la ventana, la única abierta y que, en esa arquitectura afrancesada, parece el pasaje a otro universo. Con enorme curiosidad mira los zapatos, ahora huérfanos. Le gustaría levantarlos y preguntarle a la de la voz recia si no se arrepiente de haberlos lanzado, si desea recuperarlos.

—¡Son nuevos! —grita, pero en el cuarto y último piso nadie lo oye.

La ventana de cuadrícula acristalada permanece abierta. Dentro hay dos mujeres; la mayor gira hacia el espejo cuyo marco de latón ya no resplandece. Patricia, de visita, no puede evitar que una mueca tuerza su boca: «Debí imaginar que los rechazaría», se dice. Entonces, inevitablemente, observa las pantuflas de piel ajada que lleva la anfitriona, Pita. Esta se derrumba en su trono de brocado y suspira.

—Me has hecho recordar no uno, ¡varios pares! —El índice de su mano se alza—. Arriba, en el corredor, sobre un mueble largo de ocote marchito, se amontonaba el calzado. —La amiga comprende que se refiere a la casa donde Pita creció—. Mientras mi nana los limpiaba, yo sacaba los de raso que una tía o… no sé quién, usó en su boda. Me quedaban grandes, pero me daban altura e importancia. La chaquira que adornaba las hebillas no brillaba, porque el polvo y los años todo lo arruinan. Y aquellos otros, ¡inolvidables! —exclama con la vista fija en una pequeña sandalia que, junto a veinticuatro Budas y otros objetos, decoran la mesa de la sala—. Los llevaba una compañera de la escuela, eran color rosa con fulgores dorados; los de su hermana fueron el colmo de mi ambición y mi desdicha. Imagínate: charol negro con la punta calada por donde se traslucían los calcetines, calados también. Yo los contemplaba, anhelándolos. Y tuve unos así, pero no de charol, sino dibujados en un trozo de papel.

»Justo en esas fechas, la maestra también estrenó zapatos; los de ella eran en tono cereza. Entonces, fuera de mí, me empeñé en conseguir unos iguales —hace una pausa en la que su rostro no mueve un solo músculo—. A mamá le resultaron de muy mal gusto. Me compró unos de piel café y suela gruesa.

Como yo los deseaba rojos, cada noche le pedía a la nana Pepa que les untara grasa de ese color. Por la mañana, al ponérmelos, los veía igualitos a los de la profesora; sin embargo, al llegar a la escuela y ver los de ella, se desvanecía el espejismo».

—¿Cuántos años tenías? —pregunta Patricia.

—Once o doce. Pero fue mucho antes cuando dio inicio mi larga, larga cadena de afrentas. ¡Tan chaparra! Bien decían mis hermanos que siendo yo dieciocho meses mayor que mis compañeras, parecía una enana. Sentía vergüenza.

Patricia ya había oído esa historia; no obstante, para no lastimar a su amiga, prefiere no decírselo. El relato continúa, como otras veces, con el tema de la pequeña contribución que la maestra pedía en los días festivos y que Pita no podía dar.

CUERPO PRIMERO

1

Con manos temblorosas, don Emmanuel Amor alejó la mirada, la hoja recién leída parecía lanzar flamazos que incendiaban sus pupilas. Las palabras *se expropiarán… restitución de terrenos, montes y aguas* bramaban dentro de su cabeza.

—¡Me alegra que por fin viniera, don Emmanuel! Hace varias semanas que lo esperaba. Ojalá haya tenido buen viaje, dicen que el camino de la Ciudad de México para acá es peligroso, lleno de cuatreros —la señora Vidal, dueña de la hacienda vecina, no aguardó la respuesta—. Para proteger nuestras tierras quizá deberíamos proceder como el antiguo propietario de Cuahuixtla —ante la mirada inquisitiva de don Emmanuel, la mujer continuó—: Tenía una jauría de perros feroces.

Pensativo, el hombre se rascó la nuca. Él y su hermano eran enemigos de la violencia. Trabajando y sin temores, habían logrado anexar a San Gabriel la Estancia Michapa y San Ignacio Actopan, extendiendo sus dominios hasta las veinte mil doscientas cincuenta hectáreas. Así, confiados, construyeron la extraordinaria cuadra de caballos trotones, de polo, los de pura sangre para carreras, la importación de galgos y fox terriers. Siempre habían atendido las necesidades corporales y espirituales de los trabajadores. ¿Expropiarnos lo que con tanto esfuerzo construimos?

—Señora, ni perros ni leones impedirán que los rebeldes invadan nuestras tierras. Ya han incendiado algunos cañaverales y saquearon la mansión de Tenango. Habrá que tomar otras medidas —afirmó con amargura.

—Don Emmanuel, su hacienda es la más importante en Morelos. ¡Haga algo! —clamó, estrujando los guantes de hilo con ambas manos—. Mis hijos creen que solo son amenazas. Es un pésimo momento para ser viuda.

Amor volvió a su asiento y, tras unos instantes, dijo:

—Le escribiré una carta a Madero. Somos víctimas de atropellos, y eso es exactamente lo que voy a decirle. No es posible que don Francisco dé cabida a las pretensiones socialistas de esa gente.

Al despedirse de la señora Vidal, quien partió llorosa en su carruaje, el hacendado se reclinó en el muro de piedra. Miró alrededor; la vista no abarcaba los límites de su propiedad. Pensó en las mil quinientas toneladas de azúcar que producía, en la miel y el arroz.

No, no podían invadir ni expropiarle sus tierras, menos ahora que negociaba un financiamiento con autoridades federales y con corporaciones extranjeras para expandir su actividad comercial. Había logrado obtener del gobierno una cuantiosa concesión de aguas procedentes del río San Jerónimo, que usaría en una planta de energía.

Un fluido llameante escaló desde sus entrañas; quiso tragar saliva y un resabio amargo inundó su boca, impidiéndoselo. El dolor le contrajo la cara. Sacó un pañuelo del bolsillo y secó el sudor que ya le humedecía la calva incipiente. Sosteniéndose de la pared, regresó al escritorio y se derrumbó en la silla con la cabeza echada hacia atrás. Respiró hondo, pero no sintió alivio. Dio unos sorbos al vaso de agua: le supo mal.

—La carta… —dijo en voz alta—. La redactaré de inmediato.

Tomó varios pliegos, mojó la pluma en el tintero y anotó la fecha: julio 7 de 1911. Luego de firmarla, la guardó entre las páginas del libro que leía: *El peregrino de su patria*, de Lope de Vega. Para que llegara más rápido a las manos de Madero, debía enviarla una vez que hubiese regresado a la capital, viaje que esperaba hacer al día siguiente.

Tras una noche de mal dormir, en la quietud de la aurora, mientras las mujeres recogían los restos del desayuno y los varones se marchaban a la zafra, cuando aún reinaba el silencio solo hendido por el canto de las aves, don Emmanuel, en su despacho, revisaba las cuentas que le había entregado el administrador un momento antes.

Con un té inglés que lo libraba de los vahos del sueño, y unos quevedos que agrandaban los números, se acodó en su escritorio. Unos golpecitos en la puerta lo interrumpieron.

—Disculpe usted, patrón, aquí están los dueños de las rancherías; insisten en hablarle…

—¿Los mismos que vinieron la semana pasada?

—Sí, patrón, ¿se acuerda que me ordenó decirles que volvieran hoy?

Lo había olvidado, pero le apenaba despedirlos de nuevo. Se reclinó en el respaldo y suspiró. El administrador no tardó en regresar seguido por dos hombres que de inmediato se quitaron el sombrero e inclinaron las cabezas. Luego de presentarse, Amor les dio permiso de hablar.

—Mire usté, patrón, nosotros venimos de un pueblo aquí cercas, de Amacuzac, que quedó dentro de su hacienda ora que se extendió. Son tierras rocosas, secas, pues, con barrancas donde no es posible sembrar. Y pos… —el hombre hacía girar su sombrero entre los dedos anchos y cortos—, es bien poquito el espacio que tenemos para…

—Si sus mil trescientos habitantes pueden cultivar sus parcelas, es gracias a nuestras aguas —afirmó Emmanuel.

—Es que queremos… cómo le diré… hacernos tantito más grandes y no tenemos recursos para obras de riego.

—También recibimos quejas de los habitantes de Puente de Ixtla, patrón —intervino el que había permanecido silencioso.

—¿Y ellos qué? Están en zona fértil —reiteró el viejo.

—Sí, pero encajonados entre San Gabriel y Vistahermosa.

El hombre no se atrevió a añadir que la hacienda de los Amor se beneficiaba con las aguas del río Chalma, además de otros tres, y las de algunos manantiales.

Don Emmanuel se atusó el bigote, seguro de que también le reclamarían aquel gran logro: haber obtenido del gobierno federal la fabulosa concesión del río San Jerónimo. Pero no, no podían reclamárselo porque ellos no lo sabían. Estiró el brazo para alcanzar la jarra de agua, y al servirse, en el chorro vio la gran presa que construyó en… ¿qué año? 1885. Sí, gracias a esa obra era posible conducir el vital líquido por dos canales que regaban los cultivos de caña, arroz, frijol, maíz y yuca. De pronto, las palabras que le dirigía aquel campesino lo regresaron al presente:

—… en tiempos de secas esos pueblos carecen de agua para sus campos…

El hacendado bebió el contenido del vaso pidiendo a Dios que le diera la paciencia que nunca le había faltado y con la que siempre había tratado a sus trabajadores. «Estos no son tus empleados», le dijo una voz dentro de su cabeza. «Y si hemos logrado almacenar tanto líquido es porque nos esforzamos. ¿Qué saben estos ignorantes de los enormes problemas que tuvimos para aprovechar cada gota?».

Por un momento, a pesar de su experiencia, no halló la manera de quitárselos de encima.

Prometió buscar una solución y se ajustó la corbata de moño, señal que, a manera de clave, tenía con su administrador para que sacara a los rancheros. Cinco minutos después salió rumbo a la capital.

Mientras don Emmanuel Amor abandonaba el estado de Morelos, un grupo de rebeldes se apoderaba de sus caballos pura sangre, otros hurtaban armas, municiones y algunos costales de arroz tras haber asesinado a varios trabajadores de la hacienda.

En cuanto regresó a la Ciudad de México envió a un mensajero a despachar la carta cuya respuesta le urgía recibir.

Desde la calle pavimentada, un lujo que, además de la luz eléctrica, ostentaba aquella nueva colonia de nombre Juárez, pero a la que llamaban «americana» (por la cantidad de extranjeros que la habitaban), contempló su casa: tan parecida a las mansiones que los aristócratas ingleses poseían en los Alpes.

Con la espalda erguida del hombre satisfecho de sus logros, atravesó el portón y se dirigió a la biblioteca. Ahí, en solitario, se permitió caer sobre el sofá de cuero verde. A sus 55 años, la fatiga le pesaba en los párpados y en los hombros.

Por primera vez sintió eso que llaman *miedo*. Miedo a perder una parte de sus tierras. Miedo a los incendios, a los saqueos. En aquel momento comprendió la urgencia de sacar de la hacienda los muebles y los cuadros más valiosos. «Sí», se dijo, «antes de que me los roben».

Ajena a las tribulaciones del esposo, Carolina llamó a una de las quince sirvientas, la que ordenaba su guardarropa, para que la ayudara a ceñirse el vestido, de reciente confección según la última moda francesa. Pliegues y encajes la envolvían con elegancia y sin vulgares excesos. En su cuello pendía el collar de esmeraldas que Emmanuel le regalara para su primer aniversario de bodas.

Mientras observaba su perfil en el espejo confirmando que, a pesar de estar encinta por cuarta ocasión, aún lucía esbelta, se preguntó si ese embarazo les traería un varón. No es que deseara tenerlo, pero suponía que su marido lo preferiría. Después de todo Ignacio, el primogénito que procreó con la primera esposa, vivía en Stonyhurst, y aún faltaba un año para su regreso al país. «¿Se adaptará fácilmente a la familia?», se preguntó al recordar la primera vez que lo vio.

Carolina era hija de un médico militar alemán que llegó a México con las tropas que escoltaban al emperador Maximiliano, y de la poblana Gertrudis García Teruel, perteneciente a una familia adinerada. La pareja y sus cuatro hijos, dos hombres y dos mujeres, viajaba con frecuencia a Europa. Al regresar de uno de aquellos recorridos Carolina, la menor, decidió refugiarse unos días en la quietud de un convento.

Emmanuel, viudo y con un hijo, fue, como acostumbraba, a dar un donativo y orar en la capilla del convento de la Divina Infantita. Algo lo impulsó a interrumpir sus plegarias. Giró la cabeza. Detrás de una celosía vio a una joven de tez clara, cuyos labios parecían besar el aire abriéndolos al compás de sus oraciones.

El hombre, tan piadoso, olvidó su devoción. Sus ojos se negaban a abandonar aquella figura que le recordaba las estatuas medievales: una Virgen en el nicho de una catedral, con los párpados entrecerrados, cuello alto y manos de bailarina.

En ese momento buscó a la madre superiora. Luego de enterarse del nombre de la señorita que estaba pasando unos días de reclusión, solicitó permiso para hablarle. Carolina aceptó.

En el locutorio, en sendas sillas rígidas, Emmanuel quedó aún más embelesado. La joven, hermosísima, era culta, había viajado, hablaba alemán e inglés y sabía de literatura. Comprendió que Dios, al que le rezaba a diario, había puesto el destino de aquella dama en sus manos.

Al despedirse, el hombre dejó en Carolina una grata sensación. Ignoraba cómo definirla, pero percibía a un ser generoso, educado y noble, que, con su plática y ademanes, parecía alejar la soledad y la incertidumbre.

Julia, su hermana, se había casado nueve años atrás y vivía en Madrid. En sus cartas transmitía una felicidad que Carolina ansiaba. Pero a sus veinticinco años ¿aún sería posible anhelar un matrimonio así?

A la semana siguiente Emmanuel pidió una cita y se presentó, con puntualidad inglesa, en casa de Carolina. La señora Schmidtlein lo recibió en la sala grande. No obstante estar enterada, tras el saludo y las frases de cortesía, la mujer le preguntó, como dictaban los buenos modos, a qué se debía su presencia.

—Mi esposa falleció hace cuatro años —declaró el hombre a doña Gertrudis, su futura suegra, si el Todopoderoso se lo permitía.

La señora asintió despacio. Ella había enterrado a su marido y entendía de soledades, más aún en un caballero como aquel, ¡con un hijo pequeño! Doña Gertrudis, alumna de José María Velasco, creadora de algunos versos que Amado Nervo, amigo de la familia, elogió en su tiempo, e interesada en organizar eventos culturales, consintió que Emmanuel visitara su casa.

Gertrudis no preguntó la edad del niño ni la del viudo, pues le parecía de mala educación. Por las hebras blancas que le jaspeaban el escaso cabello, calculó que Emmanuel debía rondar los 50. Esa tarde le bastó saber que el «pequeño», como lo nombraba el padre, estudiaba en alguna ciudad inglesa y, por lo tanto, Carolina no tendría que hacerse cargo de él. Estaba convencida de que casarse con un hombre era mejor que con Dios. Además, de buena fuente se había enterado de que Emmanuel Amor Suberville pertenecía a una estirpe adinerada y católica.

Las tardes en las que el pretendiente visitaba la casa Schmidtlein, Carolina se esmeraba en su arreglo y en disimular el ligero temblor de sus manos que, por los nervios, escondía dentro de los pliegues del vestido.

Con frecuencia esa misma inquietud la alejaba del presente e, imaginando a Emmanuel besándola, perdía parte de la conversación. Entonces, cuando su madre le preguntaba su opinión, pedía disculpas por haberse distraído.

Se casaron unos meses después. La luna de miel inició en el barco que los llevó a Europa y cuyo destino final era Inglaterra. Mientras se dirigían al noroeste, hacia Lancashire, Carolina intentaba imaginarse a su hijastro, porque esa era la palabra que lo definía. «Y yo», se dijo, «me convertiré en su madrastra».

El enorme edificio de piedra color ocre se levantaba imponente al fondo de un camino rodeado de agua; en ella flotaban trozos de hielo que navegaban despacio y sin destino. El viento no lograba llevarse los nervios que, desde la noche anterior, atacaban a la recién casada.

Cuando al fin estuvo frente a Ignacio, enmudeció. El «pequeño», vestido con camisa blanca, saco y corbata, tenía 17 años, nueve menos que ella. «Emmanuel me engañó», pensó al estrechar la diestra de aquel joven que, aunque cortés, no escondía la circunspección aprendida durante un lustro de internado. «Este no es un niño, ¿me odiará?».

A lo largo de los sesenta minutos que les concedieron para visitar al muchacho, en los que ninguno de los tres supo cómo llenar los huecos de silencio que unen a los desconocidos, la mujer quiso parecer más vieja y, por otro lado, ser amable, ¿afectuosa? Con discreción, buscó en el rostro de Ignacio rasgos similares a los de Emmanuel sin encontrarlos, o quizá se lo impidió el pudor de observarlo por ratos más prolongados.

El padre jugueteaba con su leontina y frecuentemente consultaba la hora sin fijarse en las manecillas. Su diálogo no fue más allá de: ¿cómo van los estudios? ¿Entrarás al equipo de rugby? ¿Qué tal tus compañeros? ¿La hacienda? Sí, todo bien, como debe ser. Tengo grandes proyectos para cuando regreses a México. ¿Necesitas algo?

Al abandonar Stonyhurst College, en el tren que los llevaba de regreso a Lancashire, la nueva señora Amor pensó, sin sentirse culpable, en la fortuna de mantener a ese joven lejos del incipiente hogar que estaba por cimentar.

En cuanto la sirvienta terminó de ajustarle el vestido, Carolina bajó las escaleras, lista para recibir a Martha y a Lucrecia, quienes solían ir dos o tres veces por semana a tomar el té que, como en Inglaterra, se servía en la mansión de los Amor.

Al llegar a la planta baja oyó ruidos extraños. Buscó a su alrededor; todo parecía en su lugar. Se asomó al jardín; sus tres hijas jugaban supervisadas por la nana. Un golpe resonó tras la risa de Mimí, su primogénita. El sonido venía de uno de los sótanos. Como si la hubiera convocado, apareció una criada.

—¿Qué pasa? ¿Quién hace tanto ruido?

—Están metiendo unos muebles que el señor mandó traer.

Con el ceño fruncido, Carolina dio media vuelta y fue en busca del marido.

«Qué vergüenza recibir a mis amigas con aquel escándalo».

Llamó a la puerta de la biblioteca. No hubo respuesta. Una mezcla de asombro y miedo la llevó a abrir. Apenas sostenido por la barandilla, halló a su esposo con medio cuerpo fuera de la ventana, indicando a alguien que fuera con cuidado. Recelosa de que al llamarlo el sobresalto lo empujara al exterior, en voz baja pronunció su nombre. Él se volvió.

—Disculpa, no pretendía asustarte. ¿Qué sucede?

—Soy yo quien te pide disculpas —dijo abotonándose la levita.

Carolina esperó a que continuara la explicación, pero el hombre calló.

—¿Qué mirabas? ¿Y esos ruidos?

—Han llegado unos muebles que ordené traer de San Gabriel.

—¿De la hacienda? ¿Por qué?

Emmanuel se negaba a desenmascarar el temor que lo hostigaba. «Entereza ante todo», repitió su voz interna. Guarecido detrás del escritorio, fingió llaneza en sus palabras:

—¿Te acuerdas del mueble de caoba brasileña? ¿La mesa de marquetería y las consolas Luis XIV que heredé de mis padres? Lucirán más en esta casa. ¡Ah!, también algunos tibores y los tapetes persas. Ya no vamos con frecuencia a la hacienda, y ahora —su vista descendió hasta el vientre de su señora— menos. Por lo pronto, mientras dispones dónde acomodar cada pieza, ordené que las guarden en uno de los sótanos.

—Habrá que decidirlo pronto, son muy húmedos —y tras una pausa, añadió—: ¡Qué bueno tenerlos aquí! El calor de Morelos podría dañar esos objetos tan valiosos.

Satisfecha con la explicación, y gustosa de mostrar a los visitantes los lujos que rodeaban a su familia, se encaminó al saloncito rosa donde aguardaría a las amigas.

2

Las campanas de la catedral ahogaron el primer llanto de la criatura. Cuando la parturienta logró oírlo, potente, reverberando en la alcoba, sonrió. Con un pañuelo, alguien le secaba el sudor de la frente. Después de soportar tanto calor, sintió frío. Tiritó. Desde el nacimiento de Manuela, cada dos años traía un bebé al mundo. Esta, la cuarta hija, cuyo llanto presagiaba buena salud, se llamaría Inés.

A su recámara llegaban retazos de noticias de las que Emmanuel intentaba aislarla. ¿Para qué afligir a su esposa con cuestiones sangrientas, tan alejadas de la maternidad y el inicio de una vida nueva? ¿En qué beneficiaría a su señora saber que el general Huerta había fracasado al negociar con Zapata? Este había enviado un documento a Madero donde, para firmar la paz, exponía trece condiciones: «Indulto a todos los alzados», rezaba una de ellas. Para indultarlos del delito de rebelión, había respondido Madero, él y sus soldados debían rendirse y deponer las armas. Pero ese mensaje tardó demasiado en llegar a oídos del revolucionario. ¿Y cuál fue la réplica? El presidente ofrece indulto por el «delito de rebelión» a los que contribuimos a llevarlo a la presidencia. Zapata se sentía engañado, y Emmanuel, frustrado.

Dos años más tarde, poco antes de que Villa y Zapata se reunieran en Xochimilco, en la casa Amor-Schmidtlein nació un varón: José María, al que llamaban Chepe. Ignacio, el hijastro de Carolina, hacía meses que había regresado de Gran Bretaña para unirse a la familia.

Luego de las seis semanas de reposo obligado, Carolina volvió a trajinar entre los muros de aquel caserón que tenía cuarenta habitaciones. Organizaba cenas y recibía amigas con té inglés y bocadillos. De la cava mandaba traer vinos importados que servían en copas de Baccarat.

Sus cuatro hijas y Chepe estrenaban ropa para sus cumpleaños, las celebraciones familiares y en Navidad. Daba órdenes al ejército de sirvientas, al jardinero y al mozo encargado solamente de abrir el portón.

Pero un día comprendió que el dinero ya no abundaba. Segura de que Lorenza, el ama de llaves, se distraía o gastaba de más, Carolina decidió ocuparse de la administración de la casa.

Esa misma tarde, después de la comida, le pidió a Emmanuel un momento para conversar. En la biblioteca, con la puerta cerrada, tomaron asiento en el sofá de cuero verde.

—Siento mucho tratar este tema —dijo entrelazando los dedos sobre su regazo—, es difícil hablar de dinero… —escondió la mirada en el tafetán de su vestido—. Quizá Lorenza se distrae, o…

A oídos de Emmanuel, la voz de su señora se alejaba, como si se hallaran en un cañaveral y el viento soplara en dirección opuesta. Su mente hacía números de lo gastado en el último viaje a Europa; sus ojos veían la tierra, *su* tierra, invadida por sediciosos, ingratos e insolentes.

¿Cómo explicarle a su mujer, a ese ser magnífico y delicado, que de la hacienda no recibía beneficios, sino pérdidas y aflicciones? Pero con la seguridad de que en poco tiempo todo volvería a ser como antes, esbozó media sonrisa y se atusó el bigote.

Carolina sabía que el esposo solo había escuchado trozos de su parlamento. No era la primera vez que, mientras alguien le hablaba, él se ausentaba, sus pupilas vagaban como siguiendo el vuelo de una mosca inexistente.

Fijó la vista en el escudo de la familia Amor: las espadas labradas en el bronce habían perdido brillo. ¿Estaría sucediendo lo mismo con la posición de la que siempre habían disfrutado? Parpadeó para alejar esa idea y volvió a mirar al marido: el perfil aguileño, aquel cuerpo endeble pero erguido; las patillas ya blancas. «Si algo lo atormenta», decidió, «no seré yo quien agrave su angustia».

Abandonó la biblioteca sin que él lo notara, pues su atención estaba en un cuaderno donde fraguaba un nuevo negocio en el que debía invertir una suma considerable de dinero.

3

Abatido, Emmanuel se aflojó el nudo de la corbata. «¿Cuántas desgracias más padeceré?». Su índice hizo girar el globo terráqueo que, desde que diera inicio la guerra, había puesto junto al tintero, desplazando el busto de Goethe. El mundo dio vueltas ante sus ojos apagados. «¿Cuántos morirán hoy?». Pensó en los amigos que vivían en Gran Bretaña, en Francia; recordó su casa en Normandía, donde había pasado largos y memorables periodos de su existencia. ¿No eran suficientes las granadas, los proyectiles y lanzallamas? Ahora, según las noticias, una epidemia, la influenza española, era más letal que la guerra. «Y aquí», se preguntó, «¿también exterminará a más humanos que esta maldita revolución?».

Hizo a un lado los periódicos que cubrían el escritorio y contempló la foto debajo del vidrio. Vio el casco de su hacienda; con la yema del dedo recorrió el techo a dos aguas; el arco de la entrada, los cinco escalones que tantas veces subió; el pony Exmoor importado de Gran Bretaña en el que Ignacio aprendió a montar hacía dieciocho años… Las lágrimas le emborronaron la mirada; las dejó correr. Tanto esfuerzo, tanto amor confiscado. «Dios mío, Señor santísimo, ¿por qué me castigas así?».

Planeaba nuevas inversiones, negocios que, con la juventud y empuje de Ignacio, parecían realizables y, algún día, Chepe se integraría... «Aunque apenas tiene 5 años, será mi mano derecha, gozaremos, mi familia y yo, el auge, el resurgimiento de San Gabriel, mi orgullo...».

Suaves golpes en la puerta lo sobresaltaron. Con el pañuelo se limpió la cara antes de preguntar quién llamaba. Oyó la palabra *jardinero*, le resultó incomprensible. ¿Por qué lo importunaban con asuntos domésticos? La voz insistió; resignado, permitió al ama de llaves entrar. Por una rendija, la mujer repitió:

—Disculpe, señor, el jardinero espera indicaciones, pues no sabe dónde poner los arbolitos.

Emmanuel odiaba los diminutivos, pero ya no tenía fuerzas para corregir a nadie. Entonces recordó que ese día Guadalupe, la menor de sus siete hijos, cumplía un año y él había dispuesto que, en esa fecha, sembraría siete truenos frente a la casa, a juego con las siete almenas que mandó construir en el parapeto de la parte alta de la mansión el día que Carolina trajo al mundo a esa pequeñita.

En la cuna, protegida por tules amarillentos, Guadalupe no dejaba de llorar. Impotente, su madre iba y venía por la habitación. «¡Tener un bebé a los 40 años! Sin energía ni paciencia, Dios mío». Recordó la última vez que Emmanuel visitara su cama. Sí, definitivamente fue la última. ¡Qué pena le dio el hombre! Parecía tan necesitado de caricias, de consuelo. Tan ansioso por sentirse viril. Fingiendo placer, le dio lo que él deseaba. ¡A los 62 años logró preñarla!

«A diferencia de Margarita, esta niña llora sin cesar. ¿Qué le duele? ¿Qué intuye? El médico asegura que está sana. Ya no estoy para estos menesteres». Llamó a la nana y le pidió que se la llevara a otro cuarto, donde no oyera ese llanto insoportable.

4

Cuando Carolina desdobló el papel de China, la seda celeste, que su hermana Julia le había enviado desde España, desfalleció ante sus ojos. La rozó con una mano; la suavidad del lienzo le cerró los párpados. Se imaginó el vestido: encaje en el cuello, mangas abombadas; ¡cómo le gustaría estrenarlo en Navidad!

Estaba a punto de acercar la tela a su mejilla, pero se detuvo al pensar que podría mancharla con el labial, y si la ensuciaba no conseguiría venderla. Torciendo el gesto la enrolló y la devolvió al cajón.

Entonces su vista se posó en un brocado. «¡Qué ironía!, lo compré en París pensando en confeccionarle una falda a Mimí para sus 15 años. Mejor será guardarlo para otra emergencia».

Miró el reloj. Bibi, la costurera, no tardaría en llegar. Después de tantos años de conocerla, de recibirla a diario, solo a ella podía confiarle el secreto. Hasta ahí le llegaron los gritos de Guadalupe. «Y ahora ¿qué le pasa?». Enseguida oyó los pasos de nana Pepa y su voz consolando a la chiquilla. Tres largos años esperando que se convierta en una niña risueña, apacible como sus hermanas. Pero no, ¡qué va! Si no exige un moño nuevo, son las pesadillas o el berrinche para que le sirvan más chocolate u otro bizcocho.

En cuanto la puerta del costurero rechinó, la mujer se apartó de la ventana. Tras los buenos días, Bibi se quitó el rebozo negro con el que día tras día, año tras año, se rebujaba. Le bastó el saludo de la patrona para adivinar su congoja. Carolina se sentó en el canapé, la modista ocupó su silla de bejuco.

—Bibiana, necesito que vaya al Monte de Piedad a empeñar unas cosas… —su voz era firme, no así sus manos, que unió a la altura del pecho.

Para no ver el gesto de azoro que la empleada no logró ocultar, se dirigió a la cómoda y sacó la seda del cajón:

—Esta tela es muy fina, ojalá le den lo que vale, pero no regrese sin el dinero, sea cuanto sea. Y supongo que no es necesario pedirle absoluta discreción.

—Entiendo, señora, no se apure.

—Ni una palabra a nadie —con mucho cuidado metió el lienzo en una bolsa de gobelino, suficientemente grande para que no se arrugara aquel tesoro—: Cuando vuelva, vaya directo a mi habitación, ahí la espero.

Carolina aguardaba haciendo cuentas; sin embargo, la inquietud le impedía concentrarse. Pensó en sus dos hermanos; desechó la idea. Luego en Julia: casada con el conde de Bermejillo, vivía en Madrid. Recordó la última visita a ese palacio donde los acogieron como si los Amor también pertenecieran a la nobleza. Las joyas; el cuadro de Velázquez, los de Zurbarán; las porcelanas Satsuma; los relojes y candiles italianos; la escultura de Rodin… «Jamás causaré lástima», se dijo, «ni a mi hermana ni a nadie; la imagen que hemos dado seguirá como hasta hoy».

Carolina tomó las agujas; tejer la distraería. Llamó a la sirvienta; preguntó por la costurera: no, no había regresado. Pidió un té.

A lo largo de los cinco kilómetros que la separaban de su destino, Bibiana clavó la vista en la bolsa que abrazaba como si llevara a un bebé robado. Aunque su patrona se había esmerado en doblar la tela de tal forma que llegara sin arrugas, Bibi oprimía el paquete sin importarle fruncidos ni plisados.

¡Cuántas ganas tenía de darle unos sorbos al pulque que siempre cargaba en su morral! Pero no se atrevía a beber frente a nadie que no fuera Pepa, cuando ambas comían apartadas de las demás sirvientas.

Se apeó del tranvía frente a la catedral y caminó con rapidez hasta la vieja fachada de tezontle. Antes de atravesar el portón echó un vistazo a los paseantes: nadie se fijaba en ella. Respiró hondo y se persignó.

Dentro de aquel laberinto formado por vitrinas colmadas de joyas, porcelanas y antigüedades, se dirigió al mostrador indicado. Nerviosa, aguardó su turno mirando a derecha e izquierda. Con una mano palpaba la medalla de la Virgen que colgaba de su cuello, mientras que la otra estrujaba las asas del bolsón. El empleado no respondió a sus buenos días y no alzó la vista hasta que, como un cielo líquido y brillante, la seda se escurrió sobre el mostrador.

Él frotó sus dedos en un pañuelo y acarició la tela; hubiera querido acercarla a su mejilla, mas se contuvo. La acercó a sus ojos, luego los clavó en la costurera y, frunciendo el ceño, le preguntó de dónde la había sacado.

La mujer tartamudeó. Sin soltar ya a la Virgen que la protegía, respondió que su señora, su ama, donde trabajaba hacía tiempo, le había encomendado empeñar esa seda.

El hombre la extendió, tomó la medida y ofreció una cantidad. Bibiana sabía de algodones y lanas, de hilos y agujas, pero no de telas traídas de países remotos. Pidió más. Ante el «Lo siento, tómelo o déjelo», aceptó. Enrolló los billetes y los guardó en su seno.

A Carolina se le enredaba el estambre y los pensamientos. La segunda taza de té se enfrió sobre la mesa. El reloj insistía en su pasmosa lentitud. «¿Habrá sonado el timbre y no lo oí?». Volvió a preguntarle a la sirvienta. Nada. «¿Le pasaría algo? ¿Un asalto, un atropello?».

Cuando al fin apareció, la empleada encontró a Carolina con el rostro desencajado. Mientras se dirigía hacia la casa de empeños y, también al desandar el camino, sintió una gran pena por su señora. Tan amable, un ejemplo de generosidad, cómo admiraba su finura y elegancia, pero eso le venía desde la cuna. Tener que vender sus cosas, ¡quién hubiera creído! «Todos, hasta mi patrona, venimos a esta tierra a sufrir», pensó.

Avergonzada, sin saber si había recibido una cantidad justa, le entregó el dinero que obtuvo por la seda. Carolina lo contó dos veces; dio las gracias y, con la espalda erguida, lo guardó en un cofre de plata.

Por segunda vez en esa semana, Margarita se quejó:

—Guadalupe no me deja dormir, desde que nos acostamos llora y grita. Es insoportable, ¡la odio!

—No hables así, Maggie, odiar a tu hermanita es pecado —intervino la nana que, detrás de la niña, miraba el dibujo del tapete para no enfrentar a la doña.

Sintiéndose culpable, Carolina se mordió el labio inferior. Culpa de haber traído al mundo a una hija tan difícil de educar, desobediente y turbulenta. Culpa de su escasa paciencia. De nada había servido que Pepa durmiera con las niñas. Ni siquiera eso calmaba a Guadalupe.

—Ahora mismo mudaremos la cama de Pitusa —decidió, dirigiéndose a la niñera—: Ve a pedir ayuda y tráiganla aquí.

Margarita se echó a los brazos de su madre.

—Eres la más buena; gracias, mamita.

Afortunadamente, Guadalupe dormía la siesta después de haber batallado con sus miedos nocturnos, pues, de haber visto a Maggie con la cabeza en el regazo materno, hubiera armado una pataleta: «¿Por qué a ella sí le da permiso y a mí no?», le había preguntado a Pepa. «Mamá dice que yo le arrugo la falda, que la ensucio... ¿Tú sí me quieres, nana?».

Al recibir la noticia de que a partir de esa noche dormiría en el cuarto de su mamá, la niña aplaudió.

—En esa recámara no hay monstruos ni mariposas negras, ¿verdad, Pepa?

—Ay, Guadalupe, ni allá ni acá. Son inventos tuyos.

—¡No! —gritó—. Tú no los ves porque sueñas con pájaros de colores. Siempre me dejas sola para ir a regar a tu pajarraco.

—No lo riego, lo baño. Y no es pajarraco; Kiki es un canario. Así nombré un gallo que tuve cuando chamaca.

—Si me convierto en pájaro, así quiero llamarme, para que me quieras más a mí —refunfuñó antes de sacar la lengua.

Pita tomó la mano de la niñera para ir con ella a la alcoba materna y descubrir dónde habían colocado su cama.

La puerta continuaba abierta, eso significaba que la criada todavía no abandonaba la habitación y que, por lo tanto, Carolina no estaba. No obstante, por costumbre, Guadalupe entró de puntillas, recorriendo con la mirada aquel lugar enorme. Habían arrimado su camita a la pared. Soltó a la nana y se acostó sobre el tapete inglés. En el azul cielo del techo flotaban tres ángeles que sostenían una guirnalda de dalias.

—Todas las flores que no hay en el jardín están allá arriba —dijo apuntando con el índice. Sus pupilas descendieron hasta el dosel de la gran cama. Flecos, encajes y velos se derramaban desde la corona de latón. Cojines bordados con las iniciales de la familia cubrían la colcha—. Aquí no vienen los monstruos ni las mariposas negras —dijo en voz alta.

No hubo respuesta.

Esa noche su nana la arropó.

—Cántame como a tu pájaro —pidió Guadalupe.

Hincada al pie del lecho, en voz baja, canturreó:

—Esta niña linda se quiere dormir, / y el pícaro sueño no quiere venir…

—¿Qué es pícaro?

Como desconocía el significado, Pepa siguió cantando.

Pita intentaba mantener los ojos cerrados mas, como si tuvieran un mecanismo ajeno a su voluntad, se abrían sin remedio en aquella negrura, distinta a la de su cuarto, pero negrura al fin.

Además, ahí vivían otros ruidos que, aunque apenas perceptibles, Guadalupe distinguía con claridad. «Aquí no entran las sombras malignas», se repetía cada vez que un grito pugnaba por escapar de su boca. «Si grito, mamá me sacará de su cuarto», pensaba cada noche; entonces mordía la sábana.

Cuando oía a su madre entrar a la alcoba se obligaba a guardar silencio para escuchar los sonidos que hacía al quitarse los aretes, el collar, las pulseras y los anillos que iba dejando sobre la charola de plata; el murmullo de la tela al desvestirse y sus pasos dirigiéndose a la cama.

Pita solía acostarse sobre su costado derecho para que su vista vagara por la habitación. Sin embargo, una mañana se dio vuelta y, con los primeros rayos solares que se colaban por el resquicio de las cortinas, descubrió una grieta en el muro. Olvidándose de estar forzada a callar para que no la echaran de aquel hermoso refugio, lanzó un chillido, quebrando el silencio de la casona.

Carolina ya se había levantado, y mirándose en el espejo de su baño fingió no oírla. «Ya vendrá la nana», decidió.

Guadalupe se alejó de la pared sin despegar las pupilas de aquella grieta que, en diagonal, atravesaba el muro. Dando pequeños pasos, retrocedía hasta que chocó con la cama materna. Había pasado la noche junto a esa rajadura que desgarraba, sin piedad, como si le hubieran arrancado la piel, el papel tapiz. Por ahí debían de entrar las mariposas negras. Gritó más fuerte.

Recordó que el día anterior las sirvientas comentaron que con los calores seguro temblaría. «¡La pared se derrumbará encima de mí! Quedaré debajo de las piedras y mis hermanos van a vestirse de negro y a llorar. ¡Ay, pobre Pita!». La idea le arrancó una sonrisa, pero un segundo después arrugó el ceño y un escalofrío recorrió su cuerpo. «Tengo que saber que está temblando antes de quedar enterrada. Los cristalitos de la lámpara harán ruido. Al fin que en las noches casi no duermo. Saltaré de la cama y correré donde el temblor no me mate».

En ese momento se precipitó al cuarto de Chepe, rogando que la dejara entrar y la hiciera reír con sus bromas y su cariño. Abrió sin llamar. El lecho estaba vacío. Entonces, en la lavandería, dentro del cesto de las sábanas sucias, acurrucada, se durmió.

Esa tarde, presumiendo que Pitusa había superado las pesadillas, su madre ordenó que se llevaran la camita de vuelta a la recámara que las dos menores compartían.

Guadalupe, entretenida con una muñeca de papel, vio aparecer a dos sirvientas; entre ambas alzaron la cama y salieron. La niña, atónita, miró aquel hueco que, un minuto atrás, le había pertenecido a ella, solo a ella, a ninguno de sus hermanos. Observó las marcas que las patas habían dejado en el tapete: arrodillada, tocó las cuatro hendiduras. Parpadeó para que las lágrimas no nublaran la mirada que elevó al techo.

—Me quiero ir con esos ángeles —murmuró.

5

En la casa Amor-Schmidtlein los menores tenían prohibido descender a la planta baja, a menos que fueran a salir y, por supuesto, de la mano o en brazos de alguna sirvienta.

—¿Cuándo seré grande? —preguntaba Guadalupe a su nana.

—Ya pronto, niña. Nomás falta un mes para que cumplas 5 años.

—¿Cuántos días son?

—Bien poquitos.

Despacio, descalza para no hacer ruido, ignorando que por su tamaño las duelas no crujirían y que el tapete de la escalera atenuaría sus pisadas, una tarde Pita bajó.

Por un momento permaneció quieta, observando el gran *hall.* Los helechos dentro de las macetas chinas la espiaban, amenazándola con llamar a doña Carolina. Las sillas estilo Chippendale que decoraban el rincón y que nadie ocupaba nunca la invitaron a sentarse.

—Soy la reina —dijo poniéndose durante unos segundos el cenicero de plata en la cabeza.

Al descubrir el abanico que, dentro de una caja de cristal, adornaba la pared, se paró sobre la butaca y, estirando los brazos, la descolgó. Con el índice y el pulgar destrabó el ganchito y desprendió aquel objeto. En su conjunto, cada una de las exquisitas figuras talladas en el marfil formaban una historia. Al abanicarse, una de las lengüetillas se desgajó.

Sin darle mayor importancia, dejando las huellas de sus zapatos marcadas en el terciopelo rojo del asiento, se acercó a la enorme palma situada al centro del vestíbulo. La niña había oído a su papá insistir en romper el tiesto y trasladar la palmera al jardín, pero su madre se negaba a quebrar tan valioso receptáculo. Pita alzó la vista hacia la punta de la hoja más alta. «Si pudiera trepar y ver el mundo desde ahí… Salir volando por el tragaluz…». Dejó caer el abanico, se elevó sobre la punta de los pies y asió el borde de la maceta. Sus dedos rozaron la tierra húmeda; feliz, los sumió hasta que, de repente, un grito apagado la detuvo.

—¡Niña! ¿Bajaste tú sola? ¡Virgen santa! —Josefa descendía a toda velocidad—. Si te ve mi patrona, me mata.

Se acercaba a Guadalupe cuando esta echó a correr. Pita se metió debajo de un sillón. Pecho tierra, Pepa le rogaba salir de ahí antes de que los señores las descubrieran. Y es que además de los dedos embarrados, Pita se había ensuciado el vestido. Josefa vio entonces el abanico. Si su corazón ya latía de prisa, en ese momento amagó con detenerse.

Soltó a la niña; apretando los labios, se arrastró hasta tomar la fina pieza. Aterrada, miró a su alrededor. Guardó los trozos de marfil en el bolsillo de su delantal y volvió a tumbarse en el piso. El brazo alcanzó al de la pequeña. «Por favor», imploró Pepa, «que no nos cachen y mi niña no grite».

—Las voy a acusar —dijo Margarita asomando de pronto la cabeza por encima del barandal.

A Guadalupe le importó poco; soltó una carcajada que retumbó en los oídos de la nana. Jalándola con cuidado, la sirvienta le suplicó silencio.

—¡Mamá! —aulló Maggie.

Pita trató de zafar su muñeca de la garra que la apresaba y correr por aquel piso que le tenían vedado. Pero la niñera fue más pronta. Con la pequeña en brazos, voló escaleras arriba.

Mientras Guadalupe se entretenía con una pepitoria, Josefa buscaba con qué pegar aquel objeto antes de que alguien descubriera su ausencia. Pronto se dio cuenta de que sería imposible unir esos finísimos segmentos de marfil.

Contempló a Pita, quien, con los dedos pegajosos, recogía los trocitos de cacahuate que caían sobre su vestido. Incapaz de inculpar a su niña, metió el abanico dentro de la caja, la dejó junto a la pared donde la había colgado, arrancó el clavo para simular que se había caído y lo colocó detrás de la silla.

Tras casi dos décadas de trabajar ahí, para Josefa no existía más mundo que ese. Iba poco a su pueblo; su mejor recuerdo era el río donde, de chiquilla, veía flotar los minutos que lograba robarles a las obligadas tareas domésticas y del campo. Imaginaba que, de atreverse a nadar en aquellas aguas, el torrente la trasladaría a otro universo del que ni siquiera tenía noción, pero que debía existir. Por fin, cuando su hermana cumplió 15 años y ella 13, una tía se las llevó a la capital.

—A la mera capital —les dijo—, a trabajar en casas grandes donde prometí que serían obedientes y honradas.

—¿Cuántos años tienes, nana? —La pregunta la trajo al presente.

—Ay, Pita, ya no me acuerdo.

—Yo no quiero que se me olvide, porque en mi cumpleaños la tía Julia me manda cosas. ¿Tus tías te dan regalos?

—Solo me queda una hermana.

En el cuarto de juguetes, frente al armario, había una cómoda que pertenecía a Pepa. Los cuatro cajones estaban cerrados con llave. Rogando que la niñera los hubiera dejado abiertos, en cuanto esta salía al lavadero o iba a su cuarto, Guadalupe tiraba de las jaladeras.

Luego de muchos intentos vanos, se le ocurrió buscar la llave. En cada oportunidad registraba los entrepaños de la lavandería. Por fin la encontró dentro de un bote metálico lleno de tornillos, eslabones oxidados y ganchos para la ropa.

Olvidándose de ser sigilosa, corrió a abrir el primer cajón. Su mano revolvió algunas prendas, listones, pasadores, medias agujeradas y calcetines sin pareja. En el segundo halló verdaderos tesoros: algunas monedas, un rebozo, unos guantes heredados de doña Carolina y una cadena rota.

Al fondo había una caja con botones, de tan variados tamaños, formas y colores que, al vaciarla, semejó una cascada de caramelos cayendo de una piñata. Su mano los esparcía cuando de pronto descubrió algo todavía más fascinante: un frasco con caracoles y conchas. Intentó abrirlo, empleó toda su fuerza, pero la tapa no giraba. Decidida, buscó a su alrededor algo para romperlo. La voz de Josefa la frenó un segundo antes de estrellarlo en el piso.

—¿Qué haces? ¿Por qué…?

—Es que no puedo destaparlo.

Pepa se acercó despacio. A la niña la asustó el color a ciruela madura en la cara de su niñera.

—Me robaste la llave —el tono era de tristeza.

Guadalupe alzó los hombros y, pestañeando, dejó el frasco sobre la mesa.

—Nada más quería ver qué había.

Josefa tomó el envase, lo sostuvo entre sus manos mientras, pesarosa, contemplaba el reguero de botones. Pita seguía con la vista incrustada en el tarro.

—¿Conoces el mar, nana?

—No, solo el río de mi pueblo, allá en Guanajuato.

—Yo quiero ir.

—Sí, mi niña, un día te llevo a conocerlo —respondió—. Ayúdame a guardar los botones.

—¿En ese río recogiste las conchas?

—En los ríos hay piedras.

—Entonces ¿de dónde las sacaste? —preguntó.

—Otro día te cuento.

Vestida y peinada, Guadalupe solía ir al *hall* y, aferrándose a la balaustrada, veía a las sirvientas en su ir y venir por la planta inferior. A veces seguía el suave revolotear de alguna pluma que, rebelde, se había escapado de la prisión del plumero.

Hasta su nariz llegaba el aroma del chocolate recién molido y el del pan que, en charolas, sacaban de la cocina para llevar el desayuno a los que todavía no tenían edad para sentarse en el comedor.

También ahí, atrincherada en una esquina del segundo piso, escuchaba las conversaciones de los adultos, las que mantenía Carolina con sus amistades y las de sus hermanas mayores cuando se reunían con las amigas.

Una tarde oyó las risas de Maggie y Chepe. Se asomó al juguetero donde, además de la cómoda de la nana, reinaba el ropero que llenaba la pared entera y, por supuesto, la mesa en la que desayunaban y cenaban ellos tres.

—¿Quieres jugar? —preguntó José María.

Pita asintió sin averiguar de qué se trataba.

—Somos bandoleros —informó muy serio, sacando ropa vieja y unos sombreros del baúl—. Tú eres Aguilucho Pérez, Maggie —agregó entregándole unos pantalones rotos— será Jaime Patada y yo soy Pedro Muelas. Vamos a asaltar haciendas y a devolverle a papá lo que nos robaron.

—¿Cómo se saltan las haciendas?

—Asaltar, Pita, atacar, pues.

—Como en la Revolución —afirmó Margarita.

Feliz con la idea de disfrazarse y ser cómplice de Chepe, Guadalupe se propuso ser la mejor revolucionaria y embestir a quien fuera necesario para resarcir a la familia.

Ese fue el principio de una camaradería entre los tres hermanos que los llevó, cuando al fin Guadalupe tuvo permiso de bajar, a los rincones más insondables de la casa; espacios oscuros que la menor se obligó a invadir, intentando ostentar una valentía que no estaba en su ser.

Con el índice izquierdo, Guadalupe se enroscaba un bucle; con el derecho rascaba la carpeta que, bordada en punto de cruz, cubría la mesa del juguetero. Sentada en la silla, balanceaba los pies y se relamía los labios en los que aún se sostenían algunos granos de azúcar después de haberse comido dos corbatas y una concha.

De pronto apareció una imagen ante ella: Carmen, esposa de Ignacio, su medio hermano, inclinándose sobre ella:

—La quiero retratar.

Pita, de 3 años, recién salida del baño, estaba envuelta en una toalla. Arrodillada al pie de la camita, Josefa la destapó para vestirla. En ese momento Carmen acercó la cámara que compró en Nueva York, y cuando Pepa intentó cubrir el cuerpo de la niña, Carmen la detuvo:

—¡No! Así, desnudita, parece un niño Dios.

Lo que Guadalupe mejor recordaba y recordaría siempre fueron las miradas que se posaron sobre ella, porque no solo la observaba la tía Carmen: en su memoria, varios pares de ojos la contemplaban.

Habían pasado siete semanas desde su quinto cumpleaños, así que, libre de ir a la planta baja, rozando el barandal, descendió con la idea de ir a la cocina donde la cháchara de las sirvientas alegraría su soledad.

Antes de pisar el último peldaño oyó la voz de su padre que, en la biblioteca, hablaba con otro hombre. De puntillas se acercó cuanto pudo y, acuclillada muy cerca de la puerta, prestó atención:

—Acribillado a balazos. Bueno, rodeado de enemigos, estaba sentenciado a muerte.

—Lo creía en su hacienda —dijo Emmanuel.

—¿No leíste el periódico?

—Ya no quiero leer malas noticias —confesó Amor.

—Salió en coche, parece que él iba al volante —hubo una pausa—. Desde hace varias semanas en *El Universal* aparecieron unas notas donde Jesús Herrera, hombre ilustre de Torreón, lo acusa de asesino.

—¡Sin duda! Los empresarios de Parral se sentían amenazados.

—Tenía muchos enemigos aquí y en Estados Unidos. Los gringos también lo querían muerto.

—A Dios gracias, trece años después, por fin habrá orden en el país.

—Imagínate, allá donde vivía tan tranquilo, acumulaba armamento, mantenía a quién sabe cuántos soldados y, por si no fuera bastante, el gobierno le dio doscientos mil pesos como indemnización por no sé qué negocios perdidos.

—Unas carnicerías, si no me equivoco —señaló Amor.

—Recibió 13 tiros; aunque dicen que en total dispararon más de doscientos balazos.

Pita oyó un suspiro, lo adjudicó a su padre, y luego, su voz:

—Así como nosotros aborrecíamos a Zapata, los hacendados del norte odiaban a Villa. Obregón tiene los tamaños para reconstruir el país —tosió varias veces—. Él había prometido que no desistiría hasta derrotarlo. Matar a ese maldito ladrón es también hacerle un servicio a Estados Unidos.

—Lo importante es que ambos rebeldes están muertos.

El corazón de Guadalupe latía veloz. A sus pies vio un charco de sangre. Mareada, se derrumbó en el piso. En el techo también había sangre y esta empezó a chorrear lentamente, sobre ella, salpicando su vestido blanco, tiñéndolo de rojo. Cerró los párpados, pero las gotas continuaban cayendo, cada vez más aprisa. Con desesperación, se talló la cara. Entonces se vio desde fuera, muriendo, ahogada, sin poder respirar. El terror le arrancó un grito. Antes de que su padre y el hombre con el que hablaba acudieran, Pepa ya levantaba a la niña y, en brazos, la llevó a su cama, donde le cantó hasta que el sueño la trasladó a algún sitio apacible.

6

Dentro del cuarto de costura Bibi, con toda su corpulencia, se acomodó en la silla de bejuco, se quitó el chal negro y lo colgó en el respaldo. Guadalupe, acuclillada detrás de una gran maceta, aguardaba su aparición. Aún tenía los ojos llorosos tras haber sido despedida por la cocinera y su ayudanta.

—Ay, Bibi, qué bueno que ya llegaste.

—¿Qué te pasa?

La niña se sentó en el piso.

—Ignacia volvió a correrme. Yo solo le pedí que me oyera cantar. ¡Me odia!

—No te odia, es corajuda, nomás eso.

—Sí me odia. Me echó una vara con lumbre.

—No digas mentiras.

—¡Tú tampoco me crees! Nada más quería que alguien me oyera cantar —refunfuñó abrazándose las piernas—. Hasta le prometí ayudarle a secar los trastes. El otro día sí me dejó cantar, ahora ¿por qué no?

—Seguro te acercaste al brasero.

—¿Verdad que tú sí me quieres?

—Claro.

—Solo tú y Pepa me quieren.

—Ay, Pitusa, qué cosas dices. Tus papás y hermanos también.

El sol llenaba de luz el pequeño cuarto. Guadalupe contempló a la costurera: la nariz ancha, el cabello negro rayado de blanco, las cejas tupidas. Estuvo a punto de preguntarle por qué era tan fea, pero algo, quizá el verde musgo de aquellos ojos que la miraban con ternura, la obligó a callar.

—Hazle un vestido elegante a Victoria, ¿sí?

—Tengo harto quehacer, fíjate en ese tambache de ropa para remendar.

Guadalupe no giró la cabeza, le daba igual, solo le interesaba vestir a su muñeca con sedas y encajes.

La semana anterior, mientras deambulaba por la casa en busca de algún entretenimiento, había oído a su hermana trajinar. Aunque se figuraba que María Elena reprobaría su intromisión, entró a la recámara. La halló de espaldas, ordenando su ropero.

En una caja de cartón iba tirando lo que desechaba. Pita se acercó a ver el contenido: una libreta vieja, peinetas y diademas rotas, un monedero sin broche, lápices inútiles, moños deshilachados. De pronto, sobre ese montón, aterrizó una pequeña muñeca de celuloide.

—¿Me la regalas? —preguntó.

—Llévate lo que quieras, a mí ya no me sirve.

Guadalupe la levantó y salió corriendo. En el pasillo observó su hallazgo: los brazos eran movibles, pero el resorte que los unía estaba tronchado. No le importó. Contemplando los ojos negros de la muñeca, dirigió sus pasos al costurero.

—Bibi, mira lo que conseguí. Hazle un vestido.

—Ahorita no, estoy zurciendo los calcetines de tu papá.

—Por favor, te lo ruego, no puede andar desnuda. Pasará frío.

—¿De dónde la sacaste? ¿Tiene nombre?

—Se llama… Victoria, como la reina de no sé dónde.

Pero esa mañana, en la que Ignacia había corrido a Guadalupe de la cocina, Bibi no iba a ceder a los caprichos de Pita.

—Ya le cosí cuatro vestidos, hoy no.

A punto estaba de tumbarse boca abajo y patalear, cuando entró su madre. No es que su aparición evitara los berrinches, sino que su presencia cancelaba el diálogo con Bibi y, muchas veces, le ordenaba a la hija que abandonara el costurero. «Metiche, eres una metiche, te odio. Vete de aquí. Quiero estar sola con Bibi», rumiaba la niña para sus adentros.

Carolina abrió un cajón del mueble pintado en color chocolate, donde se guardaban retazos de telas, festones, cintas e hilos con los que Bibi creaba verdadera magia: faldas, adornos y remiendos para todos los Amor. El aroma a naftalina escapó y, como un bálsamo, calmó el enojo de Guadalupe.

Para su sorpresa, Carolina dijo:

—Qué bueno que estás aquí, necesito que Bibi te arregle el uniforme para la escuela.

—¿Escuela? ¿Voy a ir a…? —el desconcierto le arqueó las cejas.

—Sí. El mes próximo.

Guadalupe miró a Bibi en busca de alianza.

—Este parece el adecuado —continuó su madre al sacar una prenda azul marino—, Margarita lo dejó muy pronto; pruébatelo.

Pita lo examinó como si se tratara de un objeto de otro mundo. Confusa, apenas fue consciente de las manos tibias de la costurera que le quitaban el suéter que llevaba puesto.

El espejo le mostró a una niña de 6 años enfundada en un vestido oscuro cuyas mangas le cubrían las manos y tan largo que solo se asomaban las puntas de sus zapatos.

—No pongas esa cara, Pitusa, Bibi lo dejará a tu medida, ya verás.

Mientras la costurera tomaba el cojincillo repleto de alfileres y se hincaba junto a ella, Pita, muda e inerte, intentó imaginarse la escuela. El miedo le abrió un hueco en el estómago.

Carolina la observaba, incrédula ante su inmovilidad.

—Hija, me complace tu sosiego —afirmó sonriente—. Conocerás a otras niñas, harás amiguitas y…

—No necesito amigas, aquí están Pepa y Bibi, Chepe y Maggie.

—Todos tus hermanos van a la escuela, y ese tema no lo discutiremos.

—A mí me gusta quedarme aquí…

Temerosa de clavarse un alfiler, Guadalupe permanecía quieta. Cuando se liberó de aquel traje oscuro y tieso, corrió a esconderse al cesto de la ropa sucia. Ahí nadie la encontraría; quizá hasta se olvidarían de llevarla al colegio. Sintiéndose abrazada por sábanas y toallas, por ese olor familiar, podría dormir y olvidarse de la lúgubre noche que le esperaba.

Sin embargo, horas después el hambre la llevó a la cocina. Con cierto temor le preguntó a Ignacia si Cuca ya había ido a la panadería. La mujer, que meneaba un cucharón dentro de una olla enorme, rumió un:

—Hace rato.

Pita no entendió si había regresado o salido *hace rato*. Su vista recorrió cada centímetro de aquel espacio sin hallar evidencia del ansiado bizcocho. Aunque sabía que el pan no se guardaba en la alacena, entró sigilosamente para que Nacha no lo notara. Pero en ese cuarto pequeño y oscuro con olor a canela y a chiles secos no había más que frascos, tres metates, vasijas de talavera y la vajilla desportillada en la que comía la servidumbre.

La desesperación transformó su cara rubicunda; miró con odio la espalda de Ignacia, sus trenzas unidas por un listón gris; el moño que, en su inexistente cintura, sostenía el delantal. Ya daba el primer paso para ir a jalarle el cabello, cuando la voz de Cuca la detuvo. Entonces giró y, devorando con los ojos las piezas que asomaban debajo de la servilleta, se acercó a la recién llegada. Cuca elevó la canasta evitando que la niña la alcanzara. El grito de Guadalupe no se hizo esperar.

—Dale algo a esa escuincla o la agarro a escobazos —ordenó Ignacia.

—Pero la señora los cuenta —argumentó Cuca.

—Que se coma el que le toca de merendar y se vaya —dijo la cocinera sin desviar la vista del caldero.

Cuca obedeció. La mano regordeta de Guadalupe arrojó la tela al piso. Antes de que Nacha lo advirtiera, Cuca se apresuró a recogerla; no obstante, aquella muestra de complicidad con la niña no le permitió tomar más de una pieza. La concha, blanca y azucarada, parecía enorme debajo de su naricilla respingona.

En pijama, bajo las sábanas, apresada por la oscuridad, la angustia se tradujo en llanto y gritos que, otra vez, impidieron a Margarita y a Pepa conciliar el sueño. La nana introdujo unas bolitas de algodón en los oídos de Maggie, después se metió a la cama de Pita y le acarició los brazos para, al menos, silenciar sus alaridos.

Aunque Guadalupe era la mayor del salón, por su corta estatura ocupó el primer sitio en la fila. En el inmenso patio, tras el saludo a la bandera, oyó con desesperación varios discursos mientras sus pies, enfundados dentro de unos zapatos demasiado estrechos, reclamaban ser redimidos.

Impaciente, buscó a Margarita entre aquella multitud de mujeres que, como un cortinaje azul marino, le impedían hallar a su hermana y correr a refugiarse en sus brazos.

Resignada, miró al resto de las alumnas, pero más que en sus rostros, fijó su atención en los uniformes: nuevos, impecables. Bajó la vista y descubrió un remiendo apenas disimulado entre los pliegues de la falda. Lo cubrió con la mano y, a punto de descalzarse, alguien le ordenó iniciar la marcha. Aturdida, siguió la dirección de un índice gris y deforme.

Pintada de verde, el aula olía a encierro. Guadalupe ocupó un pupitre junto con otra niña que, pronto supo, era un año menor y, sin embargo, doce centímetros más alta. Sintió vergüenza al descubrirse tan chaparra. Pero esa turbación quedó reducida al comparar su libro con los de sus condiscípulas: nuevecitos, forrados con plástico reluciente, mientras que el suyo tenía las esquinas gastadas y estaba envuelto en papel negro que, a los pocos días, se rasgó.

Los minutos parecían trabarse en los relojes, la voz de la maestra era un sonsonete que la adormecía.

Luego de dos semanas, Luisa, su compañera de pupitre, harta de las patadas que con saña mal disimulada le largaba Guadalupe, la acusó con la profesora. El castigo fue inmediato: ¡Al rincón y sin derecho a salir al patio! Desde la esquina, su vista perforaba el cráneo cubierto por la cabellera rubia de Luisa, y en voz bajita, le deseaba un resbalón que la dejara coja.

A partir de entonces, Pita comenzó a pedirle a Dios que la convirtiera en reina de las hadas para volar lejos: «Al palacio de mi tía Julia, al palacio de mi tía Julia…».

El año escolar transcurrió lento, letárgico. Despertar cada mañana y vestir el uniforme del que varias alumnas se burlaban derivó en golpes y mordidas que Guadalupe repartía con furia ciega.

Esos embates desencadenaban sanciones y reglazos en las manos que Pita soportaba con gesto sarcástico, afirmando no sentir dolor. Finalmente la expulsaron por tres días.

Doña Carolina debió recogerla en la escuela para oír, de voz de la directora, lo mala que era su hija. Imperturbable, la señora Amor aseguró que se encargaría de que Guadalupe enderezara el camino. Tomó a la niña de la mano y, sofocada, salió con la espalda erguida. Guardó un silencio helado hasta que, al atravesar el portón de la casa, enfrentó a la pequeña:

—Pitusa, tienes que comportarte con educación, como es propio de nuestra familia. No me avergüences con comportamientos de gente majadera. Esta vez, solo esta vez, no le diré nada a tu padre, pues bastantes preocupaciones lo afligen.

Segura de que su mamá la encerraría por semanas en un cuarto oscuro, tras escuchar lo que le dijo, sintió ganas de abrazarla; pero en ese momento Carolina giró, eclipsándose entre las sombras del vestíbulo.

7

Luego de pasar un rato jugando con Victoria, aburrida, Guadalupe observó la casa de muñecas. Las había de trapo, porcelana, celuloide; vestidas de españolas, tehuanas, egipcias y chinas; con pelucas de seda, algunas sin pelo; otras mancas o tuertas. De pronto tiró todas al piso y, en el centro de la casita, colocó a Victoria que, en ese momento, vestía un traje de terciopelo verde.

—¿Qué haces? —preguntó Margarita.

Tras ella iba Chepe. Ninguno de los dos le dio importancia al reguero de muñecas.

—Miren, Victoria es la reina.

—¡Qué bonito vestido le pusiste! —celebró Maggi—. ¿Puede Betina acompañarla? —inquirió señalando a la suya que, sentada en una silla, las veía con ojos de vidrio.

—Claro —aceptó Pita.

El hermano abrió el ropero y revolvió el contenido del cajón inferior.

—¿Vamos a ser bandidos? —exaltada, preguntó Guadalupe.

—Sí, pero más intrépidos —afirmó Chepe.

Guadalupe no sabía el significado de aquella palabra ni averiguó. Jugar con sus hermanos favoritos, los únicos que compartían la cotidianidad con ella, era lo importante.

—¡Hoy seremos piratas! —dijo el varón entregándole un pañuelo deshilachado—, buscaremos los tesoros del barco que atracó en uno de los sótanos. Si te atreves a venir con nosotros, tápate la cara así —se ató un paliacate por atrás de la cabeza.

Maggie la ayudó a amarrarse el trozo de tela que la convertía en forajida. Cada uno tomó lo que, suponían, era una espada y, en fila india, pegándose a las paredes y medio agachados, se dirigieron al subsuelo de la casona.

Como los sótanos carecían de luz eléctrica, se encaminaron al único que medio iluminaba una tronera. En aquel espacio, frío y aterrador, las telarañas flotaban indiferentes; varios muebles envejecían grises de polvo; había botellas vacías y objetos que las sombras hacían irreconocibles. Olía a encierro, a claustro húmedo.

Con el corazón a punto de estallarle en el pecho, Guadalupe siguió a sus hermanos. Los tres pisaban con cautela, incapaces de adivinar si tropezarían con un desnivel o con algún bulto. Las caricias de las telarañas les erizaban la piel, mas ninguno se atrevió a confesarlo. El tiempo se deslizaba remiso. Del trío de valientes, solo la menor creía que un pirata podría atacarlos. Rechinidos y el ulular del viento se mezclaban con gruñidos que la hacían temblar. Deseaba cerrar los ojos, pero una voz le susurraba que lo mejor era mantenerlos muy abiertos y permanecer alerta.

Al fondo del corredor, colindante con el jardín, se toparon con un pozo donde, al asomarse, descubrieron una mancha oscura.

—¡Anubis! —gritó Margarita sin despegar las pupilas de aquel cuerpo que amenazaba con saltarle encima.

Entonces Guadalupe distinguió las orejas y el hocico. Quiso huir, pero sus piernas cortas no le obedecieron. Además, la idea de atravesar sola las tinieblas del pasillo la estremecía. Se arrancó la mascada para poder respirar. Retrocedió. Su espalda chocó con un ropero viejo; el estruendo y su grito resonaron en un eco que los obligó a correr hacia la salida.

Pálidos y temblorosos, se derrumbaron sobre la tierra del jardín. Los tres miraban el cielo tratando de que sus corazones volvieran a palpitar silenciosos. Chepe no tardó en decir:

—¡Qué miedosas! Solo es uno de nuestros gatos.

—¡Muerto! —exclamó Maggie.

Pita rodó y, sobre su costado derecho, encogió las piernas y observó a Chepe: su cabello rubio, casi blanco, bajo los rayos solares; su nariz tan parecida a la de ella, sus brazos delgados tan diferentes a los suyos, regordetes. El hermano acarició los rizos de su hermanita. Maggie se acomodó entre ambos y, sin importarles que su ropa se ensuciara y la posterior reprimenda, se pusieron a cantar una copla española cuya letra apenas comprendían:

Que vivan las sevillanas
que baila Jerez y Huelva,
marismeña bailaora
jerezana muy bien puesta.
Que vivan las sevillanas
que bailan las granaínas…

8

Ese día de junio el sol tardó en deshacerse de un amasijo de nubes que, aliadas con la tormenta de la noche anterior, se negaban a disiparse.

Emmanuel, con la vista fija en un paisaje de José María Velasco, pensaba en los jardines de su hacienda cuando, en épocas de lluvia, los andadores se enlodaban y Carolina, que odiaba ensuciarse los zapatos y el vestido, se negaba a pasear. Recordó la luz brumosa del amanecer, filtrada entre las ramas de la ceiba.

En aquel óleo que pendía frente a su lecho se vio acariciando la crin de su caballo; al percibir el aroma de los rosales que adornaban el pórtico de San Gabriel, entrecerró los párpados. «Mi creación, mi mundo tan amado, ¿en realidad ha desaparecido?», se preguntó, como si recién despertara de un sueño confuso.

Alguien, olvidó quién, le había dicho, ¿o lo imaginó?: «No es conveniente que regrese, don Emmanuel, de la hacienda ya nada existe. Quemaron…». Sin embargo, la esperanza de encontrar todo como él lo dejó persistía en su mente. Las vigas de madera convertidas en leña, luego en ceniza, como su arrojo. «¿Quién alimenta a los caballos trotones, a los purasangres…? No puede ser verdad que deshicieron el piano a hachazos.

Mi gente no lo permitiría. El eco de nuestras voces debe estar aguardándome».

En el buró, además del cuaderno donde escribía poemas en inglés o francés, según su ánimo, estaba la *Suma teológica* y, sobre el libro abierto, sus anteojos. Sin ganas de levantarse, acomodó las almohadas con la intención de retomar la lectura. Los golpecitos en la puerta que comunicaba su recámara con la de su esposa lo obligaron a desistir.

—Pasa —invitó con voz ronca.

Sonrió al verla tan fresca: la blusa con mangas vaporosas, el escote en V y el flequillo a media frente la rejuvenecían.

A la mujer no le sorprendió hallarlo acostado: cada vez con mayor frecuencia, su esposo permanecía en cama hasta que, insistente, Carolina le pedía que, al menos, bajara a comer. Pero aun en el comedor, él solía encerrarse en la contemplación de su propio mundo. Solo los domingos madrugaba para acicalarse y asistir, puntualmente, a misa.

Carolina tomó asiento en la orilla de la butaca y sonrió, en un intento por suavizar los músculos faciales y no alarmar a aquel hombre de 70 años que la contemplaba con embeleso. Mas sus manos, apretadas, la delataron.

—¿Qué sucede?

—Calles ha decidido cerrar las iglesias —tragó saliva—, y me acaban de avisar que el colegio de las niñas queda clausurado —las palabras brotaron con rapidez; se mordió los labios como si fuera culpable de semejantes atrocidades.

Un paño de silencio descendió sobre ellos. Después de un largo rato, Emmanuel apoyó los pies huesudos en el tapete, cuyos flecos raleaban igual que su cabello cano. Abatido, permaneció unos minutos con la cabeza gacha. Carolina se acuclilló frente a él, le acercó las pantuflas y dijo:

—Decidí organizar una escuela aquí, en casa; Maggie, Pita y Chepe necesitan aprender.

El esposo se incorporó; ella le ayudó a ponerse la bata y a atar el cinto; el viejo miró a su señora:

—¿Entonces no podremos ir el domingo a misa?

—No.

Con la lentitud de un anciano llamado al cadalso, se dirigió a la ventana. La luz era una línea recta que se introducía entre las cortinas de terciopelo, abierta solo unos centímetros. Cuatro dedos temblorosos las separaron; el sol acentuó la blancura de su rostro. Las hojas de los siete truenos que crecían delante de la casa, símbolo de sus siete vástagos, relucían regadas por la lluvia.

—Chepe, como todos los hombres de la familia, continuará sus estudios en Inglaterra —afirmó.

—Pero…

—No te preocupes. Hablé con mi hermano, quien también se niega a romper esa tradición, así que, por ahora, él va a sufragar los gastos —giró—. No pongas esa cara, *my darling*, lo importante es asegurar el ingreso de José María a Stonyhurst. Además, muy pronto los problemas de la hacienda se arreglarán, entonces gozaremos de más lujos y comodidades —se atusó el bigote—. Tengo varios proyectos, obras de riego… —sus ojos brillaron—. El trapiche será el más moderno de Morelos. Reformaré el casco de la hacienda con todos los adelantos. Volveremos a tener caballos de carreras. Ignacio va a ayudarme, y cuando Chepe regrese de Inglaterra él continuará con los planes de expansión, pues San Gabriel producirá tanto carbón que miles de familias dejarán de vivir en la pobreza.

El cuerpo de Carolina se había paralizado; involuntaria y casi imperceptiblemente, movía la cabeza de un lado a otro. Sus labios, fruncidos, no fueron capaces de recordarle al esposo que el dinero no alcanzaba, que empeñaba objetos valiosos, que planeaba vender algunas charolas de plata, quizá el collar de zafiros…

9

Chepe, a ojos vistas, era el consentido de Carolina. Más de una vez las hijas la oyeron decir: «La mañana que llegó ese niño al mundo, fue la más feliz de mi existencia». Ellas, que también lo adoraban, no sentían celos ni les molestaba que a él, el hombre, le dieran la mejor rebanada del pastel o la pieza más grande del pollo.

Una semana antes de cumplir 12 años, José María, frente al espejo, se anudaba la corbata bajo la vigilancia de su padre.

Por un resquicio de la puerta, con ojos vidriosos, Guadalupe observaba la escena, pues sabía que durante mucho tiempo no jugarían juntos. ¿Quién la vestiría de pirata o bandolera? ¿Volvería a ser Aguilucho Pérez? ¿Con quién iba a aventurarse por los sótanos y los rincones siniestros de la casona? Ya no tendría las sonrisas cómplices de su único hermano, el que, cuando ella hacía berrinche, le entregaba el dulce que se estuviera comiendo.

—Se hace tarde. —Oyó decir a Carolina—. Pancha, ¿ya bajaron el equipaje?

La sirvienta asintió. Como si hubieran tocado una alarma, en ese momento todas las hijas salieron de sus recámaras y se reunieron en el *hall*. A su vez, el padre abrió la puerta y, sin ocultar el orgullo que le provocaban el aspecto y el destino de José María, se dirigió a la escalera.

—Despídanse de su hermano —ordenó doña Carolina.

Cada una fue acercándose a besar la mejilla del futuro estudiante de Stonyhurst. Cuando solo faltaban Maggie y Pita, Chepe, que se había mantenido tieso como una figura de madera, rompió la rigidez de sus músculos y las abrazó. Los tres apretaron los párpados; José María se tragó las lágrimas; las pequeñas no las retuvieron. Manuela regresó a su alcoba. Carito bajó la mirada y entrelazó los dedos.

María Elena quiso hacer una broma para quebrar aquella escena que la conmovía, pero decidió callar. Inés sonrió al ver a ese chiquillo con la cara enrojecida que no se atrevía a expresar su tristeza por abandonar su hogar y a sus compañeras de juegos.

—¿Puedo ir con ustedes a la estación del tren? —preguntó Guadalupe a su mamá.

Doña Carolina se acuclilló, le acarició la mejilla húmeda y, sin preocuparle que el vestido se arrugara, la abrazó.

—No hay suficiente espacio en el coche, Pitusa. Además, Maggie se quedaría muy sola y Pepa les ha preparado el té a ustedes, a Victoria y a Betina.

Pensando en el traje nuevo que le pondría a su muñeca y con la cálida sensación que le dejara el abrazo de su madre, Guadalupe besó a Chepe y con la mano le dijo adiós.

10

Manuela, la primogénita a la que su padre, cuando aún tenía ánimo, había corregido y exigido rigidez británica desde su infancia, entró al juguetero. Sobre la mesa redonda había varios libros, dos cuadernos y una caja con lápices.

Dos sillas estaban ocupadas: Maggie y Guadalupe aguardaban a la hermana mayor que, según les había informado Carolina, sería su maestra mientras el colegio permaneciera cerrado.

—Este será, a partir de hoy, el salón de clases; por lo tanto, respetaremos nuestra escuela —anunció en tono grave—. La nombraremos Colegio Libélula.

—¿Podemos decirte Mimí? —preguntó Guadalupe.

—Sí, pero dentro de estas cuatro paredes yo soy la profesora y ustedes deben comportarse seriamente. Iniciaremos con el catecismo. Ambas se aprenderán el Padrenuestro y lo repetiremos cada mañana.

—¿Tú no me vas a dar con la regla en las manos?

—No, Pitusa, porque serás disciplinada y así no tendré motivo para castigarte.

Pita observaba el cabello oscuro de Manuela que, partido por un lado y en ondas, le caía hasta los hombros. Los 12 años que las separaban le resultaban insalvables. Nunca hablaban, su habitación era terreno prohibido y, si alguien movía algún objeto, aunque fuera unos centímetros, Mimí lo notaba.

Maggie ya sabía escribir; Pita, durante los meses que acudió a la escuela, había adquirido los conocimientos básicos para formar palabras.

Manuela no imaginó que su hermanita resultara tan buena alumna. Atendía, se apresuraba a copiar las frases para emparejarse con Maggie y festejaba las rimas, repitiéndolas con la vista extraviada en la lejanía. Pronto empezaron a estudiar historia, aritmética y, más tarde, inglés y francés.

—Mamá, estoy gratamente sorprendida —dijo Manuela a su madre—, Pitusa es muy lista, aprende rápido.

Doña Carolina sintió alivio: «Después de todo, mi pequeña se está asentando».

Mimí no sonreía con facilidad, pero por cada lección aprendida de memoria regalaba un caramelo. Guadalupe los engullía en cuanto la maestra salía del juguetero. Margarita, más circunspecta, los dosificaba.

—Tengo una idea —dijo Maggie al concluir la clase.

Tras escucharla, Pita guardó sus golosinas. Esa tarde, sentada en el piso del corredor del segundo piso, con los tres dulces en el cuenco que formaba la tela del vestido, ató un cordel a una canastita; depositó ahí su tesoro y, al comprobar que Maggie ya estaba justo debajo, fue soltando el cordón que se deslizó hasta las manos de su hermana. Maggie recogió aquel obsequio y depositó el suyo que, a su vez, luego de jalar la cuerda, recibió Pita. Ambas fingieron sorpresa y, a partir de entonces a menudo intercambiaban objetos, insignificancias envueltas en papel para hacer el juego más excitante. Pasaban largos ratos buscando qué regalarse; a veces era un durazno, un moño, un frasquito vacío o un trozo de tela. Esa eternidad que tardaba la canastita en caer en sus manos alegraba el corazón de la más pequeña.

Sin embargo, aquella diversión no soslayaba la angustia que padecía cada noche. «¿Y si entra una mariposa negra? ¿Habrá alguna en mi almohada?». Miraba la oscuridad imaginando el aterrador aleteo. Revolviéndose entre las sábanas, gemía, gritaba. «¿Y si se mete al juguetero? ¡Debo salvar a Victoria!».

Se levantó de prisa y, en el umbral de la puerta, las tinieblas del corredor detuvieron su ímpetu. Apoyó las manos en el picaporte, cuya frialdad la recorrió de pies a cabeza. Encimó un pie sobre otro, imaginando a la mariposa adueñándose de la muñeca y llevándosela muy lejos sobre sus alas.

No obstante el terror que sentía por atravesar el pasillo, era preferible rescatar a Victoria que pasar el resto de la noche temiendo por su destino. Pero tan pronto dio los primeros pasos, segura de morir devorada por las sombras, se tiró al piso y aulló. Su corazón, desbocado, le impedía respirar, provocándole mayor angustia.

Pepa, que ya había oído el rechinar de los goznes, corrió a buscarla.

—¿Dónde va mi niña a esta hora?

—Nana, tenemos que salvar a Victoria —balbuceó—, está solita y las mariposas…

—Vamos —concedió—, pero si prometes no gritar.

—¿Puedo dormir con ella? ¿No le dices a mamá?

—Ándale pues, las tres juntas —accedió Josefa.

Sin hallar en qué entretenerse, Guadalupe entró a la cocina. No buscaba golosinas, sino que la oyeran cantar y, a esa hora varias criadas estarían terminando su desayuno. Al acercarse, Nacha gritó:

—¡La mariposa le va a caer encima! —y corrió a cerrar la puerta.

Las carcajadas de las cuatro sirvientas perforaron los oídos y el temple de Guadalupe.

—¡Ay! —chilló desencajada, agachándose—. ¡Llévensela! ¡Por favor!

Su ruego aumentó el júbilo y el volumen de las risas.

—¡Niña, hágase para allá! ¡Miren, le revolotea por todas partes! —festejó Ignacia.

Guadalupe se metió debajo de la mesa. Desde ahí veía piernas que parecían multiplicarse; uniformes oscuros y mandiles revoloteaban a su alrededor; algunos zapatos golpeaban el piso reforzando la bufonada.

—¡Ya la vio, niña, escóndase bien, que se la come!

Pálida, con las facciones contraídas, Pita intentaba, entre temblores y sollozos, suplicar que la salvaran. Tras un rato interminable, Cuca se inclinó y la cubrió con su delantal. Guadalupe se aferró a él.

Simulando matar al insecto, Ignacia golpeó la pared con un trapo. El misterioso silencio hizo que la niña se asomara.

Primero vio los zapatones, las medias enrolladas, la ropa oscura, el delantal y luego, a un tiempo, la blancura de los dientes en aquel rostro cacarizo. La mano se acercó, entre los dedos había algo negro; Guadalupe lo identificó como una enorme mariposa que le provocó un desmayo.

En el regazo de Cuca, la pequeña oyó las carcajadas de Ignacia y a otra sirvienta asegurándole a la cocinera que esa vez había exagerado.

—Se lo merece por berrinchuda y calamitosa —dijo Nacha.

Al ver que Guadalupe abría los párpados, Cuca le acarició la cabeza.

—¿Ya despertó, niña? Nomás fue un sueño. Tómese esta agüita de limón y ya luego la llevo a su cuarto.

Guadalupe amaba la luz del sol que devoraba las sombras y le devolvía el sosiego. «De día no hay mariposas negras», afirmaba para sí asomándose al balcón. Desde ahí espiaba la casa de enfrente.

Cuánto aborrecía notar la diferencia entre la suya y aquella otra, con la reja bien pintada, de donde emergían coches nuevos. Lo que más envidiaba era el verdor del jardín, los rosales y las macetas con azaleas de colores vivísimos. El de los Amor era cenizo, con agujeros y plantas marchitas.

A menudo avistaba a Gus, el hijo de los vecinos; delgado, rizos color chocolate y sonrisa de duende. Si él la descubría, saludaba con la mano y Pita, feliz, le lanzaba besos que se quedaban enredados entre las hojas de los árboles. «Quisiera pasar una tarde con él, echados sobre el pasto miraríamos el cielo, buscaríamos figuras en las nubes y le enseñaría coplas sevillanas».

Una vez le pidió permiso a Carolina para visitar al vecino.

—De ninguna manera, las niñas educadas no van donde no las invitan.

—¿Y si le dices a su mamá?

La pregunta cayó al piso sin recibir respuesta.

Guadalupe debía conformarse con jugar o soñar en su jardín, donde el pasto se negaba a crecer, la tierra estaba seca y, en tiempo de lluvias se convertía en un lodazal. Sin embargo, había unas macetas con buganvilias que alguna sirvienta se empeñaba en cuidar, pues jardinero ya no tenían. En una esquina, desde hacía años, pendía un columpio. Para la niña, aquello significaba ver el cielo sin necesidad de tumbarse sobre la inhóspita tierra. Mientras el columpio la impulsaba hacia arriba, al menos durante un segundo, sus ojos se llenaban de azul.

11

El vestido de organdí blanco con alforzas y encajes colgaba de un gancho esperando envolver el cuerpo de Guadalupe Teresa Amor Schmidtlein. Ella lo contemplaba con esa emoción que, a los 8 años, siente una niña siempre obligada a usar la ropa que sus hermanas le heredan. ¡Es nuevo!, ¿y lo demás?

—¡Nana Pepa! —gritó—. Ven.

La mujer apareció con la enagua, el velo y la corona.

Guadalupe observó los pequeños bordados y encajes que adornaban el refajo. ¡Lo iba a estrenar!, al igual que los zapatos de cabritilla blanca y el velo; sin embargo, las rosas de seda que aderezaban la corona estaban marchitas. Por un instante vio a su hermana con aquellas flores. La imagen era clara: dos años atrás, su madre le había colocado a Margarita aquel adorno cuando estaban a punto de salir hacia la iglesia.

Ahora, con las leyes anticlericales promulgadas por el presidente Plutarco Elías Calles, la primera comunión de Guadalupe tendría que realizarse dentro de la casa.

El enojo por privarla de una corona nueva enturbió la felicidad que, tan solo un momento antes, la había inundado. No obstante, hizo un esfuerzo por convencerse de que ese debía ser un día especial, el más grande en su vida. El murmullo de los invitados que empezaban a llegar la ayudó a serenarse.

Recitó de memoria y en voz alta lo aprendido en los días anteriores:

—Dios, el creador de todo, el responsable de la tristeza y la esperanza, el dueño de un cielo lejanísimo, quien hará que yo jamás muera, entrará hoy en mí.

Ya acicalada, cuando se miró en el espejo, tuvo ganas de arrancarse la corona que había sido de Margarita. Entonces recordó los pasteles que, por una rendija de las puertas del comedor, había alcanzado a ver. Sí, la mesa estaba llena de dulces, frutas y confites acomodados en charolas de plata.

—Todo para mí —le dijo a su reflejo—, hoy no desayunaré pan y café con leche en una taza desportillada.

Sintió en la lengua la dulzura del betún; la boca llena de saliva con sabor a merengue, fresas, chocolate; se relamió los labios y pellizcó su brazo para creerlo.

En el gran *hall*, bajo el tragaluz de colores, la gente se saludaba. Las hijas de los Amor, sonrientes, daban la bienvenida a los invitados. En la esquina reservada para la servidumbre, nana Pepa y Bibi ocupaban la primera fila.

Guadalupe, de la mano de Carolina, se dirigió hacia el lugar donde, según sus padres, la envolvería la gracia divina. Caminaba muy erguida, consciente de las miradas y la admiración de los asistentes.

Cerca del altar, abrió grandes los ojos al reconocer el cobertor chino en tonos azules y hermosos bordados que su madre había recuperado del Monte de Piedad.

A un lado, el obispo de Cuernavaca, quien siempre había presidido las ceremonias religiosas de los Amor, lucía una casulla beige embellecida con hilos dorados que, oculta en una valija, el padre de la festejada había mandado traer.

Hincada en el reclinatorio, Guadalupe se obligó a olvidar las golosinas. «Dios entrará en mí», repitió. De pronto, un destello llamó su atención. Giró la cabeza: eran los diamantes en los dedos de doña Lucrecia. ¡Cómo brillaban bajo los rayos solares! «Cuando sea grande tendré muchos de esos, y collares y…».

La voz del obispo la devolvió al presente. Cerró los ojos: «Recibiré el cuerpo de Cristo…». Entonces pensó en los regalos. «Doña Lucrecia me dará algo costosísimo. ¿Qué será? Tal vez un rosario de perlas que usaré en la muñeca, como las pulseras de aquella señora. ¿Qué me habrá enviado mi tía de España? Ojalá mi regalo venga en un baúl aparte y no revuelto con cosas para mis hermanas».

El prelado pasó la página del misal. La madre de Guadalupe, hincada junto a la hija, al notar sus distracciones, le lanzó un gesto reprobatorio; su padre, del otro lado, rezaba. Casi de inmediato, la niña olvidó el mohín de doña Carolina:

«¡Comeré pasteles y abriré muchos regalos! Dios, no me castigues por distraerme. Ya me voy a concentrar. ¡Qué horribles las plumas del sombrerito que trae la señora Irma! Y la vecina parece una momia. Debo portarme bien, la gente me mira… ¿Cuánto faltará para el evangelio? Seguro el sermón será en mi honor. ¡Que sea corto! Ay, Diosito, no creas que no deseo oírlo, es que mi panza ruge de hambre. Mi vestido se está arrugando y yo quiero ser una reina todo el día. ¿Cuánto faltará para que Dios entre en mí?».

Alguien tosió muy fuerte. Pita volvió a girar la cabeza. «¡Ahí está Gus…! ¡Con traje de terciopelo! Me está viendo, ¡qué emoción! Si me distraigo es por su culpa. Y Lore se saca los mocos, ¡cochina!».

Un pellizco en el brazo y el ceño fruncido de su madre la forzó a cerrar los párpados. «Seré buena, seré buena… Los colores del tragaluz pintan las caras; la de mamá es morada; la de papá, verde; la de doña Lucrecia, amarilla y… ¿Gus? ¿Dónde está?». Giró a derecha e izquierda. «Ojalá nos sentemos juntos. ¿Podré abrir mis regalos antes del desayuno? Esta misa será eterna, como las tardes que pasé en casa de Mercedes estudiando con las monjas. Todas igualitas, hasta de estatura. Que si el niño Jesús, que si santa Teresa, un rosario y otro y otro y miles de jaculatorias. ¿Y si me muero de hambre? ¡Me iría al cielo! Pero si muero me meterán a una caja. Ay, una caja negra como las mariposas…».

Sacudió la cabeza para ahuyentar ambas imágenes. «El padre ya va a sacar el copón de las hostias, y la primera es para mí; tan delgadita y yo con tanta hambre. ¿Dios oye mis pensamientos? Él me llevará al cielo con este vestido, mejor con uno más bonito, todo lleno de perlitas, y mi corona será de diamantes, no la que usó Margarita… El obispo me observa. ¡Cómo brilla su anillo!».

—Guadalupe Teresa Amor Schmidtlein, Pita, como te llaman tus padres. Don Emmanuel, ejemplo de caballero católico, hombre de bien. Y tu madre, infatigable bondad que reúne todos los atributos de la mujer mexicana: abnegación y buen ánimo. Pita, ¿te percatas de que llegó el momento más importante de tu vida? Dios te eligió para que lo recibas. Este día es una estrella que guiará tu camino.

El religioso dio unos pasos sobre el tapete oriental. Guadalupe elevó la mirada. Se sintió feliz pero, un instante después, la invadió un miedo extraño. Algo le quemaba el pecho. Le parecía que el obispo, con la hostia en sus dedos, se movía en cámara lenta. Su entorno se oscureció. «Nunca llegará a mí. Es una mentira, Dios no cabe en ese pedacito». Abrió la boca. «Dios es muy grande, cómo puede estar en…». La hostia quedó en su lengua, se le pegó al paladar; hizo un esfuerzo para tragársela. Rezó como le habían enseñado.

—Pueden ir en paz, la misa ha terminado. Vayan con Dios.

—Al fin —murmuró, y volvió a pensar en el desayuno y los obsequios.

Pero aún faltaban las felicitaciones y la fotografía. Su madre la obligó a ponerse otra vez los guantes y, como le gustaba ser retratada, obediente, posó en el reclinatorio.

Al centro de la mesa destinada a los menores solo había capulines y chicozapotes en platos de cerámica. ¡Ni una golosina! Pita rehusaba sentarse a esperar que le sirvieran los tamales, como al resto de los niños. Si no corrió al comedor fue porque Gus estaba ahí, junto a la cabecera, sonriéndole con timidez. Los demás chiquillos ya ocupaban el resto de las sillas. Con un mohín de superioridad, Guadalupe le ofreció la mejilla a aquel impúber que tanto le gustaba; luego miró con cierto desdén a las niñas, segura de causarles envidia. Tomó asiento, pero aquellas mocosas que ponían carita de beata y le sonreían entornando los párpados la impulsaron a levantarse. Pensó en buscar a Pepa y pedirle que le sirviera una rebanada grande de pastel.

En el comedor, los invitados se servían con mesura de una y otra fuente. Muchos comían de pie, pues las sillas no eran suficientes.

Pitusa se abrió camino sin hacer caso de las voces que la llamaban. Frente a ella, la enorme mesa cubierta con un mantel de lino blanco era un escenario maravilloso: tamales; pasteles de distintos sabores, tamaños y formas acomodados en charolas de plata reluciente; fuentes de cristal contenían dulces y frutas. Intentando mantener la corona y el velo en su lugar, Pita devoraba, ya fuera con el tenedor o con la mano.

Mientras algunos halagaban los manjares y otros admiraban la vajilla de Meissen, Guadalupe continuaba moviéndose alrededor de la mesa. De puntillas, señalaba el platón que no alcanzaba. Estiraba el brazo y, como en el paraíso, recibía lo que se le antojara. Bebió dos tazas de chocolate; al regresar a la mesa de los niños le pidió a la criada que le sirviera más, asegurándole que ni siquiera lo había probado.

Unas horas después, en la cocina, entre platos con migajas, cubiertos sucios, tazas vacías, servilletas arrugadas y manchadas de lápiz labial, Pita se lamía los dedos tras comerse unas galletas de almendra. Tenía la nariz y las mejillas embarradas de betún.

En el *hall* y en el comedor varias criadas recogían y limpiaban; otras reacomodaban los muebles.

—¡Pita! ¡Es hora de abrir tus regalos! —exclamó Maggie—. ¿Te puedo ayudar?

—¡Claro que no! Son míos y solo míos y yo solita voy a verlos todos.

Desenvolvió el primero. La tapa descolorida del misal eclipsó la sonrisa de su rostro. Pero el siguiente, un prendedor que dentro de un marco sostenía un pajarito esmaltado y una perla, le devolvió el entusiasmo. Un rosario de lapislázuli de parte de doña Lucrecia aceleró su corazón; un santo de bronce no tuvo la fortuna de que la niña lo sacara del estuche.

Harta de leer: «Recuerdo de la primera comunión de Guadalupe Amor», apartó las estampas de pergamino. Una, dos medallas. ¡Otro misal! «¿A quién se le ocurre regalarme flores enceradas?». La tercera medalla. Una pequeña moneda de oro refulgió en una cajita, regalo de un viejo amigo de su padre. La puso en la palma de su mano y la contempló embelesada. Había dejado para el final el de la tía Julia. Volvió a imaginar pulseras, collares, aretes; su tía era rica, siempre, en cada visita, usaba alhajas hermosísimas y ropa elegante. «Desde España, para mí...». El papel desgarrado le mostró la imagen del Buen Pastor enmarcada en terciopelo. Incrédula y furiosa, le arrebató a Pepa la enorme caja donde debía meter los obsequios. Los guardó descuidadamente. Al levantar el bulto se cayó el misal con la cubierta desteñida. Lo pateó y, tambaleándose con el peso de la caja, subió las escaleras sin permitir que la sirvienta le ayudara.

Al atardecer, Guadalupe y sus padres fueron a tomar una merienda ligera a casa de doña Lucrecia. Aunque seguía siendo el centro de atracción, la niña no lograba olvidar el disgusto sufrido por la insignificancia de la mayoría de los regalos, sobre todo el de la tía Julia.

La hora santa volvió a ser un tiempo inacabable. El oratorio de aquella residencia le resultaba claustrofóbico: el altar demasiado sencillo y la única ventanita estaba resguardaba por una reja negra. Le apretaban los zapatos y le dolían las rodillas de estar hincada.

De pronto un último rayo de sol chispeó sobre un candelabro. El destello la hizo pensar en la moneda de oro. «¿Dónde la dejé?». Su rostro perdió el color. «Tengo que acordarme». Pero como debía responder a las oraciones, le era imposible reconstruir sus movimientos desde el descubrimiento de ese obsequio.

La anfitriona los invitó al comedor; solo sirvieron chocolate y pan. Aún empachada y con la urgencia de regresar a buscar la monedita, no pudo comerse el brioche.

Cuando al fin llegó el momento de partir, se sintió mareada. «¿Me la habrán robado?». Al desandar el camino repasó el momento en que había guardado los regalos en la caja. La moneda no dio señales. «¿Será mi castigo por patear el misal?». Le ardía la cara y, al mismo tiempo, tenía frío. «Quizá la moneda se ocultó entre las páginas del devocionario que desprecié, o debajo del tapete, o rodó hacia el jardín…».

Entró corriendo a la casa; sus pies se enredaron con la enagua y se tropezó. Al caer de bruces rasgó la tela; su desesperación se desbocó. Alguien encendió la luz. Pita se arrastró hacia la mesa del comedor sin importarle ya el vestido.

Los flecos de la alfombra estaban bien peinados y no había ninguna migaja de las muchas que se desperdigaron durante el desayuno. Las lágrimas resbalaban por sus mejillas arreboladas.

—¡Ya limpiaron! ¿Por qué barrieron?

—¿Qué haces? —preguntó su madre, atónita, al verla azotar la esquina del tapete.

—¡Tú tienes la culpa! Te odio —gritó.

—¿Culpa? ¿De qué?

—Mi… mi moneda de oro, el regalo… —tartamudeaba.

La mujer comprendió y ordenó a dos sirvientas que buscaran en el gran *hall*. Guadalupe, con los ojos desorbitados, las acusó de ladronas. Las criadas simularon no haberla oído mientras revisaban los rincones, detrás de las macetas, abajo de cada mesa. La niña se sacudía el vestido con la esperanza de que su tesoro emergiera entre los encajes. Después, a gatas, hurgó debajo de las cortinas. Con furia aventó los zapatos y se arrancó la corona.

Doña Carolina, que había acompañado al esposo a su habitación, regresó al *hall*. Aquella escena le produjo un golpe en el pecho: su hija, desgreñada, chillaba como un gato herido; el traje nuevo, rasgado; un zapato yacía sobre el asiento del sillón Chippendale, el otro en un peldaño de la escalera. Se mordió los labios, apretó los puños, pero el enojo reventó con la fuerza de un río desbocado:

—¡Malagradecida! ¡Mala hija! Lo que necesitas no son monedas sino nalgadas. ¡Castigos que te disciplinen! Quedarte encerrada en un cuarto hasta que aprendas a comportarte.

Los gritos de hija y madre se enredaron como los humos de dos líquidos que bullen sobre el fuego.

—¿No entiendes? ¡Tú nunca entiendes! ¡Me odias!

La mujer, avergonzada de que las sirvientas presenciaran aquel drama, calló. Por un momento no supo cómo actuar. Optó por calmar a la niña.

—Encontraremos la moneda, pero tienes que serenarte.

—¡Te odio! Ojalá te mueras…

El tono de su madre ya no fue mitigador:

—¡Ahora sí acabaste con mi paciencia! Te vas castigada, y además de la moneda, te quedarás sin el resto de tus regalos. ¡Malagradecida!

Guadalupe no la oyó: sus alaridos eran más fuertes. Josefa se acercó para tranquilizarla; Pita le arañó la mejilla. Carolina, que iba ya en busca del marido, volvió al *hall*, apartó a la sirvienta y se inclinó hacia su hija:

—Cálmate, por favor, cálmate —rogó apretándole el brazo.

—¡Me voy a morir! —aulló lanzando patadas.

El escándalo atrajo a la cocinera; al asomarse, mordió la punta de su mandil y salió despavorida.

Maggie y Mimí, desde la planta alta, miraban con espanto la escena. Pronto se les unieron María Elena, Caro e Inés.

—¡Pita, es suficiente! —insistió la madre.

Guadalupe corrió hacia el altar y, con una fuerza que no parecía tener, jaló el mantel. Las flores, los azahares y los cirios se derrumbaron.

—Que Dios te perdone, hija —murmuró Carolina entre sollozos.

Pepa, en la oscuridad de un rincón, se limpiaba las lágrimas con el delantal. Arriba, las hermanas observaban sin saber qué hacer. María Elena se tapó los oídos. Margarita empezó a rezar, rogándole a Dios que aquello no fuera real. Inés le pidió a Manuela que, por ser la mayor, bajara a tranquilizar a «esa loca»; en respuesta, Mimí volvió a su recámara.

Caro bajó y, a media escalera, abrió los brazos, invitando a su hermanita a acurrucarse en ellos. Guadalupe la ignoró. Se tendió en el piso y, viendo sin ver el tragaluz ya oscuro por el que unas horas antes los rayos habían iluminado su primera comunión, exhausta, se quedó dormida.

Unos minutos más tarde Pepa, que continuaba en la esquina del *hall*, levantó a la niña y la llevó a la cama.

Al día siguiente el matrimonio Amor obligó a Guadalupe a participar desde entonces en el rosario que, antes de cenar, se llevaba a cabo en el *hall* del segundo piso.

Cada atardecer la niña bosquejaba ideas para escapar de aquel rito interminable que tanto la aburría, pero sus pretextos no dieron resultado. Durante las avemarías permanecía sentada, pensando en las aves que con frecuencia veía en un libro y cuyos nombres, poco a poco, memorizaba: loro arcoíris, turaco crestirrojo, frailecillo atlántico, garza real; al llegar al colibrí se detenía imaginando su largo pico dentro de una flor. Cuánto le había sorprendido saber que era el único capaz de volar en cualquier dirección. Su padre les llamaba *hummingbird*, y le enseñó a deletrear la palabra ahora que Guadalupe empezaba a aprender inglés.

—La libélula es un insecto —le dijo Pita a Manuela—, mejor ponle a la escuela nombre de pájaro.

Pero Mimí no accedió.

Cuando recitaban las letanías de la Virgen, Guadalupe debía arrodillarse. Aquellas frases la cautivaban, pues mencionaban objetos asombrosos: Trono de sabiduría, Estrella de la mañana, Reina de los ángeles, Torre de marfil, y su favorita: Casa de oro. Además se convenció de que, si era buena y rezaba con devoción, Dios les prohibiría a las mariposas negras entrar a la casona, y a ella la haría inmortal.

Al enterarse de que era buena alumna, don Emmanuel le concedió permiso de ir a la biblioteca. La niña se embelesaba con la cantidad de libros que, dentro de estanterías de cedro con puertas de cristal, cubrían los muros. También le atraían las fotos que su padre resguardaba debajo del vidrio del escritorio. Junto a la de la hacienda, había una de Carolina con un corselete bordado del que surgía una falda de encajes.

—Fue en el baile del Centenario —le explicó el viejo señalando la imagen con el índice largo y huesudo—. El 23 de septiembre, lo recuerdo bien.

—¿Qué es *Centenario*? —preguntó sentada sobre las piernas del padre y con la vista clavada en aquel vestido de reina.

—Cien años de la Independencia de México. El presidente Porfirio Díaz ordenó que fuera el evento más suntuoso e inolvidable en la historia del país. Imagínate, treinta mil luces iluminaron el Palacio Nacional —el hombre se reclinó en el respaldo y cerró los párpados para evocar los detalles—. Tu mamá estaba impresionadísima *with the beautiful dress* de doña Carmelita, la esposa del presidente.

—¿Cómo era?

—*Ask her*, las mujeres saben de eso. Lo que sí puedo decirte es que había más de cien músicos y, además de una cena exquisita, sirvieron champagne Mumm Cordon Rouge —hizo una pausa intentando volver a sentir en el paladar el sabor y las burbujas que desde entonces, dieciocho años atrás, no había vuelto a saborear.

—¿Por qué mamá no lleva corona?

—*My little* Pitusa! —se inclinó hacia delante y abrió los ojos—. *Crown* no usó, pero traía un collar que le regalé para esa noche. Estaba... *She was so beautiful!*

Al lado de aquella fotografía, casi debajo de los tinteros de plata, había otra mucho menos interesante para Guadalupe: la familia. Al ver a Chepe sintió nostalgia de sus juegos, su donaire.

En ese espacio antes prohibido, poco a poco, Guadalupe memorizó los nombres que alcanzaba a leer en los entrepaños: Byron, Shakespeare, Ibsen, Dickens, Lope de Vega, Goethe, Molière, Platón, Aristóteles, Schiller, Tennyson... Como la *Enciclopedia Británica* estaba en la parte baja, la niña se sentaba sobre el tapete persa y hojeaba los tomos en busca de mapas, flores, árboles y pájaros.

Mientras ella se entretenía con la *Enciclopedia,* su padre se eternizaba en el sillón de piel gastada y escribía. Mucho tiempo después, la hija supo lo que contenían esas páginas: poemas. De tanto en tanto el hombre observaba a su hija: «*Thank God* esta niña es inteligente como todos mis hijos, pero distinta, curiosa, creativa».

12

> «Te quiero», me decía el embustero.
> «Te juro que mi amor es noble y puro,
> vidita, cuando acabe de estudiar...»,

cantaba Guadalupe con su voz recia y chillona, mientras deambulaba por la casa. Pero sin oyentes, ¿qué caso tenía? Ella deseaba un público que la admirara y le aplaudiera. Se veía sobre un escenario luciendo una corona de brillantes, un collar de zafiros y aretes de esmeraldas; el vestido largo, con más encajes y bordados que el que usó su madre para el festejo del Centenario; zapatos dorados y anillos, muchos anillos, más de uno en cada dedo.

De la bocina que se abría al espacio como una enorme magnolia de plata brotaban notas musicales y palabras que alegraban los atardeceres de su madre, al tiempo que se fijaban en la memoria de Guadalupe.

> Tanto querer me fingía,
> tan buena fe demostraba,
> que a su pasión cedí un día...

Desde que supo que Carolina empeñaba objetos costosos, temía por el gramófono. Si se lo llevaban, la casona quedaría silenciosa para siempre.

—¡Qué bonito cantas, Pitusa! —decía su mamá—. Pero mejor estate calladita para que nunca se gaste tu voz.

Las campanadas del enorme reloj del *hall* le sugirieron ir a la antecocina a buscar a Pepa y Bibi; a esa hora debían estar comiendo y no podrían negarse a oírla. Además, como no almorzaban con el resto de la servidumbre, la niña no tendría que soportar las malas caras de Ignacia.

Las halló una frente a la otra, en aquel cuarto sin ventanas, lóbrego y mal ventilado. Bibi, que solía llevar una botellita con pulque escondida en su bolsa, le daba unos sorbos mientras la nana parloteaba. Guadalupe sabía que esta se encelaba cuando Pita pasaba largos ratos en el costurero con Bibiana. Así que se acercó a Bibi, apoyó la cabeza en su hombro y en tono afectado dijo:

—¡Qué feos son los canarios! El tuyo, nana, pronto se va a morir, porque está tan viejo como tú.

—No es verdad —respondió Pepa, hundiendo la mirada triste en la sopa de fideos.

Guadalupe se subió a una silla y, con su voz poderosa, volvió al tango que, un rato atrás, no había tenido audiencia.

En el momento que hizo una pausa para inhalar, oyó a su madre llamándola. Hubiera querido ignorar aquella interrupción, pero la costurera no se lo permitió. Carolina la esperaba en el corredor.

—Ya te he dicho que no platiques con las criadas, no somos iguales, Pitusa.

—No platicábamos, les cantaba a Bibi y a nana Pepa.

—Mejor ve a hacer algo de provecho —dijo señalando las escaleras para impedir que su hija regresara a la antecocina.

Más tarde llegaron Martha y Lucrecia a tomar el té.

Desde hacía más de dos años el tema recurrente era la ley anticlerical que, además de angustiar a las familias católicas, había cobrado la vida de varios miles.

—Emmanuel me ha dicho que el embajador de Estados Unidos le aconsejó al presidente que terminara de una vez con esta guerra.

—¿Tendrá Portes Gil la fuerza necesaria? —preguntó Lucrecia—. Tan gordo, chaparro y prieto… ¿Quién irá a tomarlo en serio?

—Pues mi marido insiste en que nuestra esperanza recae en él —afirmó Carolina.

—Casi tres años de persecuciones y asesinatos, sin iglesias ni escuelas. Así no puede haber orden ni educación —tras una pausa, dijo Martha—: Por cierto, ¿cómo está Emmanuel?

—Bien, a Dios gracias.

—¿Cómo se llamaba su primera esposa? —preguntó Lucrecia escarbando en su memoria.

—Concepción de la Torre y Mier… murió muy joven. Imagínate, Ignacio apenas tenía 3 años.

—¡Claro! Hermana de Ignacio, yerno de don Porfirio; heredero de la hacienda más grande de Cuautla, sin desmerecer la de Emmanuel, por supuesto. Imposible olvidarlo, si fue sorprendido en aquel vergonzoso baile de depravados. ¡Una vergüenza! ¡Pecadores!

—¡Ay, Carolina! Habrá sido un golpe tremendo para tu marido enviudar con un pequeñín. ¡Pero qué suerte tuvo al encontrarte! Tu amor y devoción hacia él son admirables. Más aún… —«después de haber perdido toda su fortuna», pensó Martha y tosió, atragantada por las palabras que logró contener a tiempo—. Disculpa —agregó sacando un pañuelo de su bolsa—, más aún con la diferencia de edad. ¿Cuántos años te lleva?

—Veintidós.

—Podría ser tu padre —decidió la invitada mientras sorbía el té inglés en la taza de porcelana.

—Afortunadamente planea otro negocio; eso, la lectura y sus reuniones con los Caballeros de Colón lo mantienen optimista, pero te confieso que lo noto cansado.

—Emmanuel es un *gentleman*, elegante y amable. ¡Y tan culto! —exclamó Lucrecia.

—¿Puedo ofrecerles más té?

Detrás del biombo, Guadalupe escuchaba la conversación. A ratos veía la canasta con galletas de nuez y hacía un esfuerzo enorme por no salir de su escondite y llevárselas. Se le hacía agua la boca. Esperando que las señoras no se las comieran, pensaba perseguir a la criada cuando recogiera la charola y robarle la cesta.

—Agradezco a Dios que mis hijas van por buen camino —continuó Carolina—. La única que me da dolores de cabeza es Guadalupe. Increíble, ¿verdad? Tan pequeñita y tan rebelde. En cuanto le llamo la atención se transforma en una fiera. Ayer, por ejemplo…

La niña apretó los puños y frunció el entrecejo. Despacio se acercó a las mujeres. Tenía los ojos desorbitados y la cara muy roja. La mano de Lucrecia quedó inerte en su camino a levantar la taza.

Carolina, boquiabierta, tampoco pudo moverse; con cada paso que daba la chiquilla, su corazón se aceleraba, temeroso del escándalo que se avecinaba. Deseó que Guadalupe no hubiera oído sus palabras, pero esa mirada y el color de su rostro le aseguraban lo contrario. «¿Dónde estará Josefa que no se ocupa de retener a Guadalupe?».

Pita agarró las galletas que le cupieron entre las manos, se metió dos a la boca y, sin despegar la vista de su madre, se sentó en el sillón. Con los carrillos abultados, sin apenas masticar, balanceaba las piernas mientras se embutía el resto de las pastas.

Una cascada de migajas caía en su vestido azul y, de ahí, al tapete oriental.

A doña Lucrecia y a Martha les costaba creer que esa carita redonda, rodeada de bucles rubios, se hubiera deformado en una perversa máscara. Atraída por el vaivén de los piececitos, Martha observó los zapatos desgastados y sintió una punzada de pena por su amiga, siempre impecable. Las pupilas de Guadalupe taladraban, retadoras, las de Carolina. Incapaz de sostener aquel gélido silencio, Lucrecia pestañeó y dijo:

—¡Es tardísimo! Me retiro. Gracias por el té.

—No te vayas —pidió la anfitriona; se aclaró la garganta y agregó—: Pitusa, déjanos solas.

La hija tardó en obedecer lo que a Carolina le pareció una eternidad. El frío silencio y la humillación le quemaban las mejillas. Su vista siguió el reguero de migajas que la niña iba dejando hasta desaparecer.

13

Por fin las escuelas católicas abrieron sus puertas. Jubilosa, Carolina reinscribió a sus hijas, pues urgía darles una educación más completa. Mimí se había comprometido para casarse. Con tantos preparativos era un alivio tener a las menores fuera del hogar.

Guadalupe volvió a pasar por la prueba del uniforme usado que la costurera debía ajustar a ese cuerpo que crecía lentamente.

—Bibi, no quiero ir al colegio, prefiero aprender aquí, en La Libélula —se quejaba, muy quieta, por temor a encajarse un alfiler.

—No hay pero que valga, ya oíste a tu mamá.

Esta vez, además de llevar los libros desgastados por sus hermanas, le faltaron los que Carolina no compró por considerarlos poco importantes.

Desde el primer día buscó en las miradas de sus compañeras el desprecio que a ella le provocaba usar el uniforme remendado. A la que sorprendía observándola se le iba encima a rasguños o pisotones. Dejarla de pie en el salón, frente al resto de las alumnas, no corrigió su comportamiento; la maestra decidió sentar a la niña Amor junto a ella, y que escribiera cien veces «No lo vuelvo a hacer».

Ese castigo tampoco funcionó: Guadalupe admiraba tanto a la profesora que permanecer a su lado le resultaba agradable. Le gustaba su delgadez, el rizo que le caía sobre la frente, su cuello largo siempre adornado con algún collar.

El día que la profesora apareció con unos zapatos nuevos de charol, Pita, obsesionada, le rogó a Carolina que le comprara unos iguales. Aunque aquellos eran color canela, la niña insistía en que eran rojos. Su madre la reprendió por mentir, pues una maestra jamás usaría ese tono en un salón de clases.

Para mayor encono de Pita, esa semana asistió a una fiesta de cumpleaños en la que dos compañeras estrenaron calzado. El de la más prieta, así la nombraba Guadalupe, era rosa con fulgores dorados; el de la otra le provocó tremenda envidia: charol negro con la punta calada por donde se veían los calcetines que parecían de encaje.

Sus ruegos terminaron en un par color café, de suela gruesa.

—Duran más —zanjó su madre.

Empeñada en tener unos rojos, cada tarde le pedía a Pepa que les untara cera roja. Al ponérselos en la mañana, cerraba los párpados con la ilusión de que, por fin, estuvieran teñidos de color cereza. Al llegar a la escuela bajaba la mirada; entonces volvía su frustración que, unida al uniforme remendado y los libros gastados, la enfurecía.

La fama de intratable y pendenciera se esparció como una mancha de tinta negra en un paño blanco. Pita juraba que las más adineradas la menospreciaban y ella, a su vez, despreciaba a las de piel morena.

—Negra, cara de simio —le soltó a una.

—Ni que fueras inglesa, chaparra cara de leche cortada —le espetó la agredida mirándola desde su metro y medio.

—Lo soy, inglesa de padre y alemana de madre, india babosa —dijo pellizcándole el brazo.

Obligada por la maestra a pedir perdón, Pita se tragó su orgullo.

Cada día festivo les pedían a las alumnas una contribución que Guadalupe no entregaba. A la clase de costura, sus condiscípulas llevaban unas monedas para que las monjas les prepararan un lienzo con algún dibujo que cada una debía bordar. Bibi sacaba del cajón los hilos más nuevos, pero no brillaban como los de las demás, y las puntadas de Guadalupe jamás fueron perfectas.

Genoveva, una compañera con la que nunca peleó, la única que en su santo le regaló un caramelo, enfermó de tifoidea. Su larga ausencia llamó la atención. La noticia llegó unos días después:

—Habrá una misa en memoria de Genoveva; la pobrecita ahora está con nuestro Señor…

Muerte. La palabra golpeó a Guadalupe. Pálida, imaginó a la niña en un ataúd. Una caja negra como la que a veces, en las noches, vislumbraba. Negra como las mariposas. Negro se pintó su entorno. Las voces a su alrededor se alejaron hasta convertirse en un eco funesto.

Despertó en la enfermería. Al abrir los ojos se creyó en el cielo: oía palabras que no comprendía, y el blanco que la rodeaba pertenecía a un espacio ignoto. Tiritaba. Luego percibió el olor a alcohol penetrando en su nariz. De pronto su visión se aclaró: un rostro extraño apareció tan cerca, que sus narices casi se rozaban.

—Lupita, siéntate despacio. Bebe, te hará bien, es tecito de canela —dijo la mujer vestida de blanco acercándole una taza.

Guadalupe no tuvo energía para aclarar que nadie la llamaba Lupe ni Lupita.

La pequeña regresó fatigada a casa. Siempre hambrienta, esa tarde no quiso comer. Pepa la observaba con preocupación. Le tocó la frente para cerciorarse de que no tuviera fiebre.

La sintió fresca. Al preguntarle si le dolía la panza, un grito diferente a los que solía dar Guadalupe salió de su garganta:

—Si me enfermo, me muero —y empezó a llorar.

—¿Qué pasa, niña?

Guadalupe se tumbó de cara a la ventana para que la luz del atardecer la iluminara. La imagen de Genoveva sin vida se había instalado en su mente. No quería cerrar los ojos, pero aun abiertos, la compañera continuaba ahí, en una caja oscura. Ya tarde, cuando el sueño la venció, Geno entró a su recámara: con el uniforme impecable y zapatos rojos, se acercó a Pita y le susurró al oído:

—Pronto vas a morir, como yo.

El aullido quebró el silencio. Guadalupe se escondió debajo de la cama. Desde ahí, en la penumbra, vio los pies de su nana, luego sus rodillas, su rostro; oyó esa voz familiar y amable que la consolaba:

—Ven, mi niña, ven, yo te arrullo.

Temblorosa, se dejó arrastrar por las manos de Pepa y, llorando abrazadas, esperaron el amanecer.

Noches en vela mojadas en lágrimas y gritos de angustia retumbaban en la habitación. Segura de haber contraído tifoidea, Pita se revolcaba entre las sábanas que la asfixiaban. Con frecuencia su doble la miraba desde arriba, desde un techo alto, que crecía y que era el cielo. Su respiración se aceleraba. «¡Me ahogo!», quería gritar, pero su voz había desaparecido.

14

—Pase usted, Bibiana.

Carolina hizo a un lado el tejido y, con visible nerviosismo, le indicó el sillón. La costurera tomó asiento en la orilla y clavó la vista en sus dedos entrelazados.

—¿Cómo le fue?

—No muy bien, señora. Por el reloj de oro y rubíes, con todo y cadena… trescientos pesos.

—¿Trescientos? —repitió, segura de haber oído mal.

—Dicen que ya no se usan… —Sus ojos no se atrevían a ver a su patrona, entonces se hundieron en las fauces del oso blanco que, convertido en tapete, la separaba de Carolina—. Pero por la pulsera me dieron quinientos —agregó alzando el mentón—. De esos ochocientos, como usted me ordenó, agarré doscientos para refrendar los cubiertos de plata y la colcha china.

—Ay, Bibi, ese dinero no alcanza para el abono del colegio; imagínese, las monjas ya me mandaron tres avisos. Además tengo que pagarles a ustedes —se mordió los labios y, tras una pausa, agregó—: Será necesario que haga otro viaje.

Doña Carolina se acercó a un mueble; del cajón superior sacó un joyero de piel y acomodó algunas alhajas sobre la cama.

Guadalupe, que espiaba a través de la rendija de la puerta, al ver aquellas maravillas, deslumbrada, entró.

—Te he dicho mil veces que no fisgonees.

Pero era demasiado tarde para detenerla: la niña ya rozaba con la punta de los dedos lo que consideraba un tesoro.

Su madre, exhausta de reprender a su hija, tomó un anillo de amatista con diamantes y un prendedor de perlas.

—Ojalá que por estas piezas le den bastante —se mordió los labios y, olvidándose de Pita, agregó—: A ratos creo que no podré más con esta situación. El señor me asegura que los negocios de las haciendas se arreglarán. No quiero perder las esperanzas, pero…

—Dios quiera, señora…

La angustia de Carolina la obligaba a apartar el decoro y desnudar su corazón frente a Bibi. Sabía que su empleada era confiable, discreta, y era impensable desahogarse con ninguna de las amigas que, a sus espaldas, hablaban del deterioro que la casa de los Amor iba mostrando.

La costurera guardó las joyas dentro de una bolsita de gamuza que Carolina le había dado tiempo atrás para llevarlas al Monte de Piedad. Luego de dudar un momento, Bibiana decidió hablarle a su patrona:

—Señora, si me atrevo a decirle algo, es por los muchos años que tengo de trabajar para usted… Tal vez no debería vender el anillo.

—¿Por qué?

—La amatista es una piedra protectora que aleja los malos humores. También ayuda a sanar los nervios.

Carolina la miró con ternura.

—Gracias, Bibi, ya lo recuperaré. Ahora me urge el dinero.

Tras despedir a la costurera, necesitada de aire, salió al balcón. Jamás hubiera imaginado que algún día se encontraría rasguñando el monedero, reduciendo el gasto, haciendo sumas y restas, prescindiendo de una lavandera, del jardinero. Rezar no resolvía sus penas. Y Emmanuel continuaba haciendo planes, inversiones, soñando, renuente a aceptar el fracaso.

Guadalupe se contemplaba en el espejo; se había pintado los labios, puesto dos collares y varias pulseras cubrían sus brazos. Al ver que su madre saludaba a la vecina, salió a la terraza. Gus no estaba. Decepcionada, colocó su mano sobre la de su mamá, tan blanca y fina.

Carolina, al sentir aquella caricia, tuvo ganas de dejar correr las lágrimas, abrazar a su hija y hacer que el tiempo retrocediera, volver a ser joven, reír sin motivo, ignorar que la vida duele, que las congojas roban el sueño y queman las entrañas. Pero, incapaz de mostrarse vencida, solo le sonrió a la Pitusa disfrazada de mujer y, en silencio, deseó que su destino fuera luminoso.

—Vamos, hija, sopla mucho viento. Ayúdame a guardar las alhajas.

Pita le devolvió a su madre los collares y las pulseras y fue en busca de Victoria. Su muñeca seguía ocupando el centro de la casa de muñecas; los muchos trajecitos que Bibi le había elaborado llenaban un viejo neceser con la chapa rota.

A pesar de que Inés y Maggie estaban jugando a la tiendita, Guadalupe prefirió entretenerse llevando a Victoria a vacacionar. Recordó haber oído que existía cierto carnaval para el que se elegía a una reina. Aunque en aquel momento se imaginó a sí misma coronada y enjoyada paseando en un trono de oro por Chapultepec, decidió convertir a Victoria en su majestad.

Con un retazo de lamé plateado le confeccionó una capa, le puso un vestido color jade y le clavó en la cabeza un alfiler con un moño rojo. Recorrió la casa y a cada miembro de la familia le pidió que la proclamaran reina. Luego se le ocurrió adornar una caja de zapatos con papeles de colores y, simulando el carruaje, cargó a Victoria de un lado a otro.

—Lástima que Chepe no está —le dijo a la soberana—, sus ratitas blancas serían tus corceles.

A falta de una muchedumbre que la ovacionara, Pita volvió al juguetero; colocó todas las muñecas, sin importarle que fueran mancas o tuertas, degolladas o cojas, en una fila y les ordenó que aplaudieran y gritaran: «Viva la reina Victoria». Después la llevó a acampar en un bosque exótico: la maceta del corredor.

A partir de ese día, cada tarde encajaba un nuevo alfiler con un moño en la cabeza de Victoria y la trasladaba a otra maceta convertida en jardín, en parque o playa. Noche tras noche, en su cama, volvían el insomnio y el temor de que una mariposa negra entrara al juguetero y se posara sobre su muñeca. Entonces Josefa iba en busca de Victoria y se la entregaba a Pitusa.

Un domingo de octubre Carolina convenció a su esposo de ir a Chapultepec.

—Nos hará bien caminar bajo el sol y será una agradable distracción para las niñas.

Con traje de tres piezas, corbata y sombrero, don Emmanuel llevaba a una hija en cada mano; Carolina sostenía una sombrilla y su cartera. Pita decidió que Victoria merecía salir; le puso un vestido largo color púrpura y la metió en un morralito que se echó al hombro. Aunque dos años atrás toda la familia había visitado el zoológico, Margarita insistió en volver:

—Dicen mis amigas que hay un chango que come con cubiertos.

Abriéndose paso entre la gente, lograron acercarse a una tarima rodeada por una reja. Ahí, sentado en una pequeña silla frente a una mesita con mantel, estaba el mono. Un joven muy serio colocó un plato donde había un puré amarillento. El animal no tardó en tomar la cuchara y llevársela al hocico. Los espectadores aplaudían.

—Esto es mejor que los elefantes echándose agua con la trompa —comentó Maggie.

Luego de ver jirafas y rinocerontes, se toparon con un camello. A su joroba habían subido un niño vestido de marinero y una niña a la que se le veían los calzones. Pita se carcajeaba mientras Maggie ocultaba su risa cubriéndose la boca.

A la salida Emmanuel buscó una banca para descansar sus piernas débiles y desacostumbradas a andar al ritmo que las hijas exigían.

Al regresar, la menor se dirigió al juguetero a dejar a Victoria en su trono. La buscó en el morralito: estaba vacío. El alarido no tardó en escapar de su garganta. Acostumbrados a sus arranques, nadie acudió. Llorando se tiró al piso y pataleó hasta que Maggie e Irene entraron a calmarla. Sollozando, juró nunca más volver a probar alimento si Victoria no aparecía.

Maggie recorrió el camino que habían hecho desde que atravesaron la puerta; Irene fue a avisarle a su mamá. Por ser domingo, solo estaban algunas sirvientas que, siguiendo las órdenes de la señora, también se dedicaron a buscar. Cada vez que Guadalupe oía a alguna decir que seguramente la había extraviado en Chapultepec, gritaba con más ímpetu. En esa ocasión, harta y fatigada, Carolina decidió notificarle al marido lo que sucedía.

—No hay manera de calmarla; esa muñequita es lo que más quiere. ¿Qué hacemos?

Él tomó su sombrero y ambos regresaron al bosque.

Para Guadalupe, jamás había pasado el tiempo con tanta lentitud. Su corazón latía desbocado; se arañaba la cara, se mesaba el pelo. Los talones golpeaban el piso y ella, alejada de sí misma, no sentía dolor, solo un pánico incontrolable al imaginarse su vida sin Victoria.

Sus padres al fin volvieron. Mientras Emmanuel subía despacio las escaleras, Carolina corrió al juguetero. La niña, tras la cortina de lágrimas, la vio emborronada. Sonriente, su madre le entregó la muñeca.

Pitusa calló; todo su entorno calló con ella. Parpadeó para mirar con claridad a su Victoria. No estiró el brazo para cogerla; no dio las gracias ni sintió alivio. Se levantó y se fue a su habitación.

Victoria no pasó la noche en la casa de muñecas, sino sobre la mesa, justo donde Carolina, atónita, la había dejado.

Unos días después, mientras hacía los deberes escolares, María Elena, Inés y Maggie entraron al juguetero seguidas por Pepa y Cuca. Guadalupe las vio desfilar, silenciosas. Las cinco evitaban mirarla de frente. Luego aparecieron Carito y doña Carolina. Ninguna se atrevía a hablar. Las pupilas de la menor recorrieron los rostros de cada una. Por fin su madre dijo:

—Victoria…

En ese momento nana Pepa sacó del bolsillo del delantal la muñeca. O lo que quedaba de ella, pues el perro la había masticado.

Su propietaria la tomó entre sus manos; muda, la contempló. La aproximó a su cara. Apenas respiraba. Muerta. Como Genoveva.

—Pitusa —murmuró Carolina acercándose despacio, temerosa de que su hija estallara en otra escena que ella, su madre, no sabía controlar—. Lo siento mucho, todas lo sentimos, ¿verdad? —preguntó dirigiéndose al resto de comitiva.

El grupo asintió con gesto de aflicción.

Guadalupe, aún silenciosa e inmutable, vio el vestido de terciopelo desgarrado; de la cabeza, tantas veces agujerada por los alfileres con que la había coronado, no quedaba más que un trozo amorfo.

—Ya no puede ser reina —susurró.

—La enterraremos en el jardín, junto al hámster de Chepe —Maggie le mostró una cajita que llevaba escondida detrás de la espalda.

Sin lágrimas, Guadalupe le entregó el cadáver para que lo metiera en el ataúd. Ante su inesperada reacción, unas a otras se miraban, incrédulas y aliviadas.

—Jamás voy a querer a nadie como a Victoria —declaró la niña dirigiéndose a la puerta.

En su recámara se quitó la ropa y buscó en el armario prendas negras. Lo más oscuro que halló fue un vestido azul marino con el cuello y los puños blancos; en la cintura tenía un listón rojo que le arrancó sin reparos. Luego fue al costurero a pedirle a Bibi un trozo de tela negra para cubrirse la cabeza.

Salió al jardín donde el cortejo ya se había reunido. Junto a un pequeño montículo de tierra, había una cavidad destinada al cuerpo sin vida de Victoria. Alguien le preguntó si quería depositar la cajita. Guadalupe hizo un movimiento apenas perceptible. Entonces Maggie colocó el féretro de cartón y con una cuchara lo cubrió de tierra. Nadie habló, se limitaban a observar a la enlutada. Esta dio un pisotón sobre la tumba y entró a la casa.

Esa noche el insomnio se convirtió en un pozo negro y profundo. Pita se vio hundida en él, con Genoveva, el gato ahogado, el hámster y Victoria.

Los muertos no la dejaban respirar y con cada movimiento que hacía para huir caía más hondo. Gritó y siguió gritando a pesar de que Pepa le acariciaba el cabello. No dejó de llorar hasta que el amanecer rozó su ventana.

15

Como cada noche que antecedía a su cumpleaños, Guadalupe la pasó en vela. Primero tomó la tira de papel que tenía preparada y, con un lápiz, marcó trescientas sesenta y cinco rayitas; luego la enrolló y la guardó en un tubo de cartón. A partir de esa fecha, día a día, iría borrando una línea hasta que volviera a ser su aniversario. Ya acostada, dedicaba el insomnio a pensar en los regalos. Aunque nunca recibía más de dos o tres, imaginaba cofres llenos de obsequios.

Aquel 30 de mayo cumplía 12 años. Sus padres le dieron un camisón de franela; su madrina, sin faltar a su costumbre, le envió la esperada moneda con la que Guadalupe solía ir a La Barata.

En ese estanquillo Pita se extraviaba entre frascos rebosantes de caramelos, lápices, canicas, listones, hilos, papel y sobres para cartas, tijeras y cuadernos que, en vitrinas o entrepaños, componían un mundo colorido que la alejaba de la monotonía. Títeres y muñecos volaban sobre su cabeza, mirándola con ojos mustios que le rogaban: «Llévame contigo». Diario, al salir de la escuela, pasaba frente a la tienda y se detenía un momento. Su vista ansiosa recorría el escaparate que encerraba maravillas fuera de su alcance, pero con el azteca de oro enviado por su madrina podría adquirir algunas.

A la hora de la comida, como era ya tradición, Guadalupe esperó que después del postre su mamá le entregara la moneda. Sonriente y confiada, al terminar la gelatina cubierta con mermelada de fresa que tanto le gustaba, implorante, observó a su mamá.

Carolina se limpió los labios con la servilleta, les deseó buen provecho a sus hijas y se levantó de la mesa. Segura de que su madre regresaría con el saquito de gamuza, la festejada permaneció inmóvil. Sus hermanas también se retiraron. El reloj que decoraba la mantilla de la chimenea, flanqueado por dos leones de porcelana verde, marcaba los segundos con antigua pereza. Guadalupe contempló el querubín dorado que abrazaba la esfera de las manecillas y que, alegre, le devolvía la mirada.

Indiferentes a su presencia, las sirvientas recogían platos y vasos. Sintiendo algo amargo bullirle dentro, agarró una cuchara y la lanzó hacia el reloj. El cristal de la carátula se estrelló. Satisfecha, fue a buscar a Carolina. Entró a la recámara sin llamar.

—¿Dónde está el regalo de mi madrina?

Su madre tardó un momento en darse vuelta y enfrentar a su hija. Con el índice y el pulgar de la derecha giraba la argolla del anular izquierdo. Sus esperanzas de que Pita no reclamara el obsequio se evaporaron. Se aclaró la garganta y, sentándose en la silla del tocador, le informó que desafortunadamente este año no lo recibiría:

—Atravesamos una época difícil. La boda de Mimí, y... Tuve la necesidad de tomar la moneda para cubrir algunos gastos.

Carolina continuaba diciéndole que, al ser una jovencita mayor, seguro sabría comprender. Pero Guadalupe ya no escuchaba más que un zumbido dentro de su cabeza, y aquel burbujeante fermento que sintiera unos minutos antes en el comedor estalló. Con el rostro al rojo vivo y los párpados muy abiertos, gritó:

—¡Bruja! Me robaste, ladrona, ¡no tienes corazón!

—¡Cálmate! —su voz también elevó el volumen—. La recuperarás…

—¿Recuperarla? Tú y mi madrina se pusieron de acuerdo para robarme.

—Te equivocas, fue un préstamo. Y te exijo que bajes el tono.

El odio en la mirada de Guadalupe la dejó muda. Con los gritos de su hija retumbando en el corredor y en sus oídos, Carolina se encerró en el baño. Le dolía la garganta, ¿o serían ganas de llorar? Las palpitaciones en su pecho la mareaban impidiéndole cualquier movimiento.

Un rato después Guadalupe se limpió las lágrimas, sacó la cinta del tubo, la echó al basurero y nunca volvió a trazar rayitas en espera de su cumpleaños.

—¿Qué hice para merecer esto? —volvió a preguntarse Carolina, esta vez en voz alta, liberando la desesperación que, frente a la madre superiora, había ocultado.

Derrumbada en el canapé de su cuarto, acodada en las rodillas y con la cabeza gacha, buscaba en las flores del tapete un consuelo, una explicación; pero aquellos pétalos resecos, tan pisoteados, no le hablaban más que de ruina y envejecimiento. Al levantar la mirada se topó con su rostro en el espejo del tocador; se vio sobre los frascos de perfume, casi todos vacíos, como su ánimo.

Ordenó un té; llenó sus pulmones de aire, lo retuvo unos segundos y al soltarlo dejó ir su orgullo y llamó a Martha.

—Sí, Carolina, no te preocupes —le respondió la amiga tras percibir un dejo de tristeza y fatiga en cada frase—, ahora te consigo una cita con la directora.

Esa noche Guadalupe y su madre no lograron más que un rato de sueño.

¿Cómo pedirle a la madre superiora que recibiera a Guadalupe? ¿Con qué cara declarar que su hija, una Amor Schmidtlein, fue expulsada del Colegio Motolinía? ¿Qué razones podría esgrimir? Imposible confesar lo grosera que había sido con sus compañeras. Y, por otro lado, sería inadmisible mentir. ¿Qué argumentos usar para convencerla de que su hija no era mala?

De rodillas, con la vista fija en el crucifijo, rezó para que, con las influencias de Martha, aceptaran a Guadalupe.

En la mañana, acicalada y puntual, se presentó en el Colegio Francés.

Más que una entrevista fue una amable conversación. La madre Dupont, agradecida con la familia Amor Subervielle por sus donativos a la escuela, no puso objeciones. Carolina, que ignoraba aquellas dádivas, se arrepintió de haberle revelado a Martha el motivo de su desesperación. «¿Qué pensará de mí? ¡Qué débil fui!», se repetía en el camino de vuelta a casa.

La insumisión de Guadalupe no disminuyó. Odiaba ese colegio tanto como el anterior. Maldecía a sus compañeras; atravesaba el pie para verlas caer, les escondía los cuadernos, partía sus lápices con gesto burlón; con una jeringa que extrajo del botiquín les echaba chorros de agua debajo del uniforme. Pasaba horas en la dirección prometiendo pedir disculpas, jurando no repetirlo, asegurando un arrepentimiento que estaba lejos de sentir.

Por aquellos días, durante la cena, don Emmanuel, siempre silencioso, de pronto dijo:

—Recibí carta de mi sobrina Paula. ¿La recuerdan? Hace unos años vino a México.

—¿La que vive en París? —preguntó Guadalupe.

—Sí. Se casa con un príncipe polaco…

—¡Un príncipe! —repitió la menor desviando la mirada hacia un punto lejano donde ya imaginaba el palacio, los trajes, las joyas.

Antes de acostarse buscó en la biblioteca un atlas para localizar aquel país que a sus oídos sonaba exótico. En la noche el sueño volvió a abandonarla, pero de otra manera: en la oscuridad flotaba su prima convertida en princesa, con una capa larga y una corona de oro y brillantes. Entre velos vio al príncipe que sería su primo, seguramente pronto transformado en alteza real. Carruajes, candiles con miles de luces. Alhajas.

A la mañana siguiente, en cuanto llegó al colegio, se dedicó a comunicarles a las compañeras que dentro de unos días sería parte de la familia del rey de Polonia. Las carcajadas taladraban su cabeza; los comentarios socarrones fueron encendiendo la pólvora que se amontonaba en su pecho. Lanzó patadas, escupitajos y maldiciones.

La amenaza se cumplió: expulsada definitivamente.

Con la vergüenza cincelada en el rostro, Carolina entró a la biblioteca.

—Hubiera querido ahorrarte la aflicción —le dijo a Emmanuel—, pero ahora el agotamiento me impide pensar con claridad. Me refiero a Guadalupe, a su carácter indomable, a sus maldades, a lo mucho que me hace sufrir —hablaba sin pausas, con las mejillas coloreadas y las venas del cuello resaltadas—. La expulsaron del colegio. Es la segunda vez que la echan de una escuela y no por sus malas notas, ¡qué va!, sino por sus majaderías. He sido capaz de educar correctamente a seis hijos, pero con esta niña fracasé, no se civiliza, ¡una salvaje…!

En el rostro del marido se acentuaron las arrugas y, como a su señora, se le paralizó el pensamiento. La dama de figura erguida y cabeza en alto se derrumbó en el sofá.

El viejo, con las manos entrelazadas detrás de la espalda, se acercó a ella. No miraba a su mujer, sino al retablo de una

Virgen que en un pequeño caballete adornaba la mesita. El hombre cargaba sus 75 años como si fueran cien, y su esposa acababa de agregar cien más.

—Solo Dios puede enderezarla —dijo, y regresó a su sillón, a continuar la lectura de San Ignacio de Loyola.

Carolina lo observó un rato largo en espera de una solución o un consuelo. Hubiera querido oír que era una madre excelente, que la amaba por eso, por su energía, por ser diligente, buena ama de casa, esmerada, atenta... Sin embargo, el hombre callaba. Arrastrando los pies y su congoja, la mujer salió de la biblioteca y sin hacer ruido cerró la puerta.

Al día siguiente Carolina ordenó:

—Pepa, elige un vestido *decoroso* para Guadalupe, cerciórate que use zapatos recién boleados y le recoges el cabello, bien restirado.

Durante los dieciocho minutos que les tomó llegar a la iglesia de Nuestra Señora de Guadalupe no hablaron, ya bastante la había sermoneado su madre durante el desayuno.

A pesar de haber acompañado algunas veces a su mamá o a Pepa, Guadalupe nunca había observado el vitral con círculos entrelazados de la fachada. La blancura del interior y sus ventanas alargadas iluminaban el espacio. Al momento recordó cuánto le disgustaba la dureza del asiento y la cercanía de la gente que llenaba el templo durante la misa, impidiéndole concentrarse en las oraciones; aburrida, solo deseaba salir pronto de allí.

—El padre te espera —le dijo Carolina.

A Pita no le hacía gracia meterse a los confesionarios. «¡Una cajota oscura para arrepentirme!», pensaba. Pero en esa ocasión no quedaba más remedio que revelar sus pecados a sabiendas de que iba a repetirlos.

Dentro, admitió sus distracciones durante la misa; confesó su incontrolable gula; a veces, aceptó, llamaba «viejas feas» a las sirvientas. El sacerdote, removiéndose en su asiento, le preguntó si se tocaba. Un largo silencio se instaló en aquel recinto.

—¿Tocarme? —preguntó.

—Sí, tu cuerpo, y cómo lo haces.

La niña rebelde e indomable no entendía a qué se refería el religioso. Se sintió enjaulada; le faltaba aire y la semipenumbra la ahogaba. Frente a sus ojos apareció una mariposa negra. Aterrada, se pegó a la pared. «Si me muevo, me caerá encima». Gritó. Estiró apenas un brazo para abrir la puerta, pero no la alcanzó. El alarido sobresaltó al clérigo. Pita respiraba con dificultad.

Carolina, que en el reclinatorio rezaba con los ojos y los oídos cerrados al mundo, no escuchó. De pronto, la voz del sacerdote la devolvió al presente. Al girar vio a su hija en una silla, tenía la cabeza echada hacia atrás y una mujer la abanicaba.

—No se preocupe, doña Caro, Guadalupe está bien, debe de ser el calor.

Santiguándose, Carolina se puso de pie. Pita se enderezó y el padre pidió a la del abanico que trajera agua y tres vasos. Solo Guadalupe bebió. Después de bendecirlas, las Amor salieron a la luz del día.

«¿Hará Pita examen de conciencia después de haberse confesado?», se preguntó Carolina. «¿Cómo enmendar a esa niña?». Cuánto la desesperaba no hallar una solución. Pensaba en las amigas, en sus familiares, no, nadie tenía un hijo como Guadalupe.

Con sus piernas cortas y la redondez de su cuerpo, Pita hacía un esfuerzo por seguir el paso de su madre, que parecía volar. Ella, que tanto disfrutaba del sol, llevaba la vista fija en el suelo, cavilando en la pregunta del religioso.

«¿Tocarme el cuerpo? Lo hago al bañarme... Tal vez se refiera a cuando me caigo y me sobo las rodillas, o un codo.

¿Cómo lo hago? ¿No lo hacemos todos igual?». Se preguntó si convendría averiguar con Bibi a qué se refería el sacerdote, pero de pronto una idea discordante se atravesó en su mente: «¡No tengo que ir a la escuela!».

La alegría duró poco.

16

El cielo se entintaba de naranja y amarillo. Pepa ya había despertado a Maggie y, en el lavadero, bañaba a Kiki con una vieja regadera de hojalata. El canario piaba feliz mientras ella le hablaba con dulzura.

Detrás de la puerta Guadalupe la observaba. Luego de una larga noche de pesadillas, pálida, se había refugiado en aquel rincón para presenciar el nacimiento del día. Oír el empalagoso parloteo de la sirvienta la irritaba.

Pensó en correr y abrir la jaula; imaginó al pájaro volando hacia el sol; con las alas desplegadas, se elevaría sobre techos y árboles, conocería calles, jardines y ciudades a las que ella nunca llegaría.

Pero lo que más la regocijaba era vislumbrar a Pepa llorando. Llorar desconsolada igual que Guadalupe durante las noches en las que el terror la aprisionaba. Kiki podría visitar a la tía Julia en España y a la prima convertida en reina de Polonia. «Y como paloma mensajera, les dirá lo triste que estoy y las dos vendrán por mí para llevarme lejos de esta casa tétrica y el jardín convertido en cementerio. Ellas me van a querer más a mí que a mis hermanas; me comprarán vestidos de princesa, zapatos dorados, anillos...».

—Niña, su mamá la está buscando —la voz de Cuca la sobresaltó.

En el corredor, aún oscuro, oyó a Carolina:

—¿Dónde te habías metido? ¡Se hace tarde!

Sin responder, Guadalupe entró a su habitación; sobre la cama encontró la ropa que debía ponerse. Maggie se peinaba frente al espejo; Pita consideró volver a rogar que la dejaran quedarse; de nuevo prometería ser buena, pero la mirada de su madre no permitía más súplicas.

Don Emmanuel las acompañó a la estación. Tras los abrazos y las bendiciones, Margarita subió al tren. Guadalupe no pudo mirar a su madre a los ojos, culpándola por el destierro al que la sometía, musitó un adiós; después se colgó del cuello de su papá.

—No quiero ir —le dijo al oído.

Él le sonrió condescendiente.

—No temas, Pitusa. Estarás mucho mejor de lo que imaginas —le acarició la mejilla y la ayudó a subir—. Dale la mano a Maggie, este amable señor las llevará hasta sus asientos.

El silbato anunció la partida. El ferrocarril empezó a moverse y a remover los miedos de Guadalupe que, con la cara oculta entre las manos, juraba hacer lo indecible para regresar pronto.

—No te asustes, Pitusa —dijo su hermana—. Verás que pronto nos acostumbraremos.

—Tú qué sabes, nunca has estado ahí —refutó descubriéndose el rostro.

Sentadas muy juntas, con idénticos abrigos color camello, a ambas les latía rápido el corazón.

Maggie, en su papel de hermana mayor, fingía una tranquilidad que no sentía. Por la ventanilla, como si se los llevara el viento, vieron a la gente desaparecer. Margarita hurgó en la bolsa que su madre le había entregado. Decidió reservar las galletas y los sándwiches para más tarde y sacó dos caramelos. Le ofreció uno a Pita.

—No quiero tus dulces.

—Guárdalo para más tarde —la animó Maggie.

La menor lo metió al morralito, aquel del que alguna vez se había fugado Victoria. El paisaje que marchaba apurado por la ventana atrajo su atención. Todo parecía volar. Pita deseaba volar, volar como esos árboles que surgían y desaparecían sin poderlos aprehender. Volar como las aves que, por unos segundos, la acompañaron en perfecta formación, como Kiki, libre de jaulas.

«¿Por qué nadie me quiere? ¿Por qué se deshacen de mí? Si me dejan allá para siempre… Me escaparé. Al menos Maggie está conmigo. Peor hubiera sido que me mandaran sola. Pobre Chepe, él se fue solito y mucho más lejos, a otro país».

Dos religiosas aguardaban la llegada del tren.

Guadalupe las saludó con la misma cortesía que Margarita, pues durante el viaje volvió a prometer obediencia para que muy pronto sus padres fueran a recogerla.

Oscurecía en Monterrey cuando la camioneta se detuvo frente al Colegio de las Damas del Sagrado Corazón de Jesús, al final de la calle Padre Mier. Al advertir los muros de piedra y ladrillo rojo Guadalupe se sintió prisionera; además, las ventanas enrejadas anticipaban el presidio. Pegó la nariz a la ventanilla, su aliento emborronó la imagen; cerró los ojos deseando que, al abrirlos, aquel inmenso edificio hubiera desaparecido.

Maggie la llamó, ofreciéndole la mano para animarla a descender del vehículo. Pita lo hizo con la mirada baja, negándose a ver lo que, a partir de ese momento, sería su cárcel. La escalinata de acceso le pareció una montaña escabrosa. El enorme portón se abrió ante sus ojos.

Una monja vestida de negro salió a darles la bienvenida.

—Soy la madre Teresa —anunció.

A pesar de su sonrisa, la palidez de su rostro la convertía en fantasma. Guadalupe, temblorosa, no habló, no podía; si lo intentaba las palabras serían un torrente de maldiciones. Maggie lo hizo por ella.

Luego de un discurso al que no prestó oídos, siguió a su hermana que, a su vez, iba detrás de la religiosa por un corredor gélido y oscuro.

Las Amor penetraron en la penumbra de un cuarto muy amplio y se sentaron en la cama que les señaló un dedo torcido. Margarita le tendió un camisón a Guadalupe. Arrodilladas, rezaron antes de acostarse.

Resonancias desconocidas se transmutaban en aleteos de mariposas. Guadalupe mordió el embozo de la sábana para no gritar mientras las lágrimas resbalaban, una tras otra. Apretando fuerte los párpados, intentó imaginar que Pepa le hablaba con dulzura, como al canario. Tiritando de frío y de miedo, llamó varias veces a Margarita, pero esta dormía.

Horas después, fatigada tras el viaje, concilió el sueño. Mas no logró abandonarse por mucho tiempo: a las 5:30 sonó una campana. El susto le arrebató un grito. De inmediato oyó una voz empalagosa: «Sagrado corazón de Jesús, inmaculado corazón de María, rueguen por nosotros».

Miró a su hermana que, en la cama contigua, le sonreía. Pita odió su alegría, su perfección, su sometimiento.

La luz débil del amanecer le desveló un extenso pabellón con muchas camas separadas por cortinas blancas. Afortunadamente esa noche, por ser la primera, el bastidor que sostenía el grueso cortinaje que le hubiera impedido ver a Maggie estaba contra la pared.

—Parece un hospital —le dijo a Margarita.

Toses, algún estornudo, rumor de sábanas extendiéndose sobre colchones, pisadas y voces ahogadas reverberaban contra los muros. Un par de ojos se asomaron, luego varios más.

—Son las nuevas —murmuraron.

Una monja aplaudía metiéndoles prisa.

—¿Por qué no dormimos solas tú y yo?

—Así son los internados, mamá nos explicó.

Pita alzó la mirada. Del techo, altísimo, colgaban lámparas de fierro negro.

—Ten, es para bañarte. —Margarita le entregó una de las dos camisas largas de tela rayada que la noche anterior la religiosa le había dado mientras caminaban por el pasillo.

—¿Para bañarme? Siempre nos hemos bañado desnudas —el asombro le arqueaba las cejas.

—¿No oíste a la madre Teresa…?

—Me da igual lo que diga.

—También tendrás que usar esto.

Al recoger el uniforme que Margarita había desempacado, Pita notó que, como todos los anteriores, este tampoco era nuevo. Ambos, el suyo y el de su hermana, habían pertenecido a Carolina. Bibi los había descosido y volteado al revés para esconder el brillo de la tela.

—No le ajuste el uniforme a Pita sobre el cuerpo —le había dicho doña Carolina a la costurera—, tome alguna prenda que le quede bien para las medidas; así evitaremos que haga un escándalo.

La falda de lana le llegaba hasta los tobillos. Las mangas de la blusa eran demasiado largas y le apretaba el cuello cerrado.

—¿Por qué nos obligan a usar tantos trapos? Enaguas y más enaguas… ¿Otra camisa debajo? —se quejaba Pita al vestirse.

Tras los rezos y antes del desayuno, las alumnas hacían ejercicio en el patio al tiempo que cantaban el himno del colegio:

> Té, chocolate, café y leche
> en abundancia dan
> y no se diga nada

de los trozos de pan.
¡Se vive bien!
El corazón amante de Jesús.
Jesús mi bien, es mi sostén.

Guadalupe veía recelosa a las monjas con sus gestos agrios. Se había cansado de oír que en esa escuela se educaba a las hijas de las mejores familias del país. Extrañaba su casa, a Pepa, a Bibi, el juguetero lleno de muñecas viejas y maltrechas; la biblioteca y a su padre, escribiendo y leyendo detrás del escritorio con las fotografías que tanto le gustaban.

Pensaba en el globo terráqueo: «El mundo es grande y gira mientras yo estoy detenida en este claustro habitado por brujas». Odiaba la comida sosa, los budines, la carne dura y las verduras aguadas de tan cocidas.

Los primeros días, como dictaba el reglamento, entró al baño con la camisa a rayas. Bajo el chorro de la regadera se preguntó cómo enjabonarse si un lienzo la envolvía. Se pasó el jabón por la cara, el cabello, las piernas y los brazos; se enjuagó.

Pero una mañana decidió quitarse la túnica. Por un momento permaneció inmóvil. Inclinó la cabeza y vio las gotas deslizándose a lo largo de su cuerpo; los pezones irguiéndose, autónomos en sus pechos que apenas resaltaban. Los rozó. Un cosquilleo le recorrió la entrepierna. Ahí colocó su índice derecho y, con el izquierdo, presionó ese botón rosado que pugnaba por sobresalir. ¿A esto se refería el sacerdote? Fascinada por su descubrimiento, separó un poco más las piernas; se agachó. Deseó tener otro par de manos para acariciarse y continuar esa sensación que la debilitaba, al tiempo que un gozo desconocido la obligaba a cerrar los párpados y abrir la boca para liberar eso que hervía en su interior.

—Niña Guadalupe, estás demorando demasiado —gritó la monja encargada de los baños.

Pita enrolló la camisa y se la aventó. Azorada, la novicia recogió el bulto y lo metió al cesto. Luego de recibir varias veces el golpe de la prenda empapada, acusó a Guadalupe.

Una mañana debió presentarse frente a la madre Francisca. La mujer, afectuosa, le informó que ella y Carolina habían sido compañeras en esa institución, que por el cariño con que la recordaba, *esta vez* perdonaría su desobediencia y no la reportaría con la madre superiora.

Pita continuó duchándose sin la camisa, solo que, a partir de entonces, dejó de aventársela a la encargada de los baños.

Además de aborrecer la bata para el baño y así evitar la visión de su cuerpo que, por fin, empezaba a transformarse y a darle nuevas sensaciones, Guadalupe odiaba las enaguas y camisas que las obligaban a usar debajo del uniforme. Una mañana decidió prescindir de «tantos trapos».

Las primeras en notarlo fueron unas compañeras que, sin titubear, se lo dijeron a la madre Francisca. Durante el recreo, esta se acercó a Guadalupe y la llevó a una esquina.

—Hija mía, hace tiempo que no les envías una cartita a tus padres. Margarita les escribe a diario, aunque sea unas líneas. Deberías ser como ella, tan dócil… —hablaba despacio, sonriente, distrayéndola mientras le alzaba la falda para asegurarse de la verdad: la niña Amor no usaba refajo.

Frenética, con la cara enrojecida, Pita se abrió la blusa.

—¿Quiere ver mi desnudez? Ahí la tiene, hermanita.

La monja se atragantó con su saliva; la tos le coloreó la piel blanca, sus manos no atinaban a sacar el pañuelo.

Sonriente, la niña dio media vuelta y se alejó.

Leer las *Fábulas* de Esopo en la pequeña biblioteca la aburría. No así el poema *A una rosa*, de Sor Juana Inés de la Cruz, que les repartieron en una hoja para recitarlo el día de la primavera. Ese le resultó tan grato como sentarse en el patio y ver las nubes que el viento barría hacia otro mundo, un mundo sin rejas, sin prohibiciones ni caras desabridas. «Quizá», pensaba, «esas nubes pasarán por la escuela de Chepe, que también vive interno».

Una mañana le comentó a la profesora de historia que le gustaba memorizar las composiciones de Sor Juana.

—Disfrutas del ritmo de sus versos —le explicó la señorita Cecilia—. El orden acompasado es el efecto que causa la combinación regular de las sílabas, las pausas y los acentos.

La maestra mantenía la tez rosada y fresca. Con su mirada bonachona, intentaba ganarse la confianza de Guadalupe. A veces, sin que su alumna se diera cuenta, la observaba. «Es rebelde porque ansía su independencia», decidió.

Al notar las marcas rojas en las manos de la niña, y enterarse de que la profesora de matemáticas le pegaba con una regla, le pidió que aguardara a que sus compañeras salieran y luego se acercó a su pupitre.

—Guadalupe, no te dejes llevar por los arrebatos de furia. Primero inhala profundamente para que ese aire te tranquilice.

Pita, distraída con las líneas de sombra que el sol lanzaba a través de la ventana, sorprendida, alzó la vista.

—Eres como un caleidoscopio, tienes varios colores dentro de ti y con ellos enfocas a cada persona…

La alumna se reclinó en el respaldo. Su mente voló hasta su casa, subió las escaleras y vio el tragaluz que filtraba rayos solares y pintaba de distintos tonos el *hall*. Le gustaba acostarse en el tapete y contar los vidrios. Recordó su primera comunión, cuando cada persona resultó bañada de un color diferente.

Como dijo la maestra, eran infinitos matices dentro de su espíritu.

—Tuve un pequeño caleidoscopio, me atraía más que el tragaluz de mi casa, porque los cristales cambiaban de lugar y formaban figuras bonitas que no se repetían nunca. Yo creía que así eran las estrellas en el cielo —sus ojos se iluminaron—. Con cada giro aparecía otra constelación. Ese tubo mágico refulgía más que las luces del árbol de Navidad.

—¡Es hermoso que lo veas de esa forma! —la mujer tomó asiento junto a la menor—. Si tanto te gusta la poesía, te obsequio este libro, ojalá lo disfrutes.

Guadalupe contempló la cubierta: *Sor Juana Inés de la Cruz, sonetos.* Abajo, en un óvalo, el rostro de la monja. De pronto recordó haber visto aquella obra en la biblioteca de su padre y entonces oyó, como si él estuviera presente, su voz recitando mientras ella hojeaba la enciclopedia.

Nadie le había regalado un libro. Abrazó el volumen, y después de un momento elevó la mirada.

—Muchas gracias, señorita Cecilia.

La campana que anunciaba la hora del rezo quebró el vínculo.

Pita atesoraba el libro, lo difícil era tener un lugar y tiempo para leer. De noche apagaban la luz del dormitorio y, además de no contar con una lamparita, a cada tanto una religiosa entraba a cerciorarse de que las alumnas estuvieran en sus camas y en silencio.

Fingiendo dormir, Guadalupe cerraba los ojos, pero en cuanto la celadora se marchaba los abría y fijaba la vista en el reloj que pendía frente a su lecho. Con el mínimo resplandor que se colaba por las ventanas, seguía el giro del segundero y, con ese acompasado tictac, lograba controlar los terrores nocturnos.

Ansiosa por conocer los sonetos de Sor Juana, decidió pedir permiso para ir a la biblioteca a la hora del recreo. A la madre Francisca le pareció buena idea que esa niña malcriada pasara un rato instruyéndose.

Los días eran para Guadalupe como aire viciado difícil de respirar. Las voces de alumnas y religiosas, ecos irritantes, y el tañido de la campana, un odioso estruendo. Si en casa anhelaba que amaneciera para deshacerse de la oscuridad, ahora, aunque no gritara ni llorara, la agonía de las noches se había profundizado.

Los hábitos de las monjas semejaban mariposas negras; sus sonrisas, pozos oscuros como los ojos de Ignacia, la cocinera, que la amenazaba con echarle el insecto encima. «¿Cómo puede haber en el mundo esos repugnantes insectos? Si Dios existe, debería llevárselas a otro planeta. Ni las alas del diablo han de ser negras, seguro son rojas, o quizás una verde y la otra azul», pensaba Guadalupe durante sus insomnios.

Margarita, acostumbrada a dormir junto a su hermana, no reparaba en sus desvelos. Aplicándose en las lecciones, no se quejaba de la comida ni de los horarios. A veces invitaba a Pita a escribir unas líneas en la misma carta que ella redactaba para sus padres, pero Guadalupe siempre se negó.

—Si me desterraron es porque no les importo.

—¡No digas eso!

—Ay, Maggie, yo solo quiero regresar a la casa, a nuestro cuarto, ir a la biblioteca de papá y leer la enciclopedia. Comer lomo adobado y la gelatina con salsa de fresa que tanto me gusta. Ir con nana Pepa a la panadería y que nos compre milagros. —Se enjugó la boca—. Pasar por el salón de belleza y ver las fotos de peinados bonitos que ponen en la vidriera. Toparme con unos novios a los que les echan arroz saliendo de la iglesia. Tú ¿prefieres estar aquí, encerrada?

—No será por mucho tiempo…

—Extraño la casa de muñecas —continuó con la vista clavada en la lejanía—, a Bibi, y cuando tú, Chepe y yo recortábamos papel para hacer flores… Él sí me escribe cartas lindas. Lo extraño.

—¿Qué tienes ahí?

—Un libro, me lo regaló la señorita Cecilia. Es de poesía. ¿Quieres verlo?

—Ahora no, gracias. Necesito aprenderme la tabla de equivalencias.

—Los poemas son más valiosos que eso —aseveró dándole la espalda, volviendo a odiar a esa hermana modelo con la que siempre la comparaban.

Aprovechando ese rato de recreo, leyó:

> Detente, sombra de mi bien esquivo,
> imagen del hechizo que más quiero,
> bella ilusión por quien alegre muero,
> dulce ficción por quien penosa vivo.

A la segunda lectura, su memoria lo guardó. «No entendí la palabra *esquivo*, le preguntaré el significado a la maestra», decidió. Luego, mientras se dirigían al comedor, pensó: «¿Cómo alguien puede morir alegre por una bella ilusión? Nadie puede morir feliz, porque te encierran en una caja oscura». Intentó salirse de la fila y regresar a leer el segundo verso, pero la madre Francisca caminaba a su lado.

Una tarde, durante la hora de los rezos, cuando se reunían todas las internas, la madre Francisca le ordenó, como hacía a diario ante su rebeldía, que se hincara. Cual su costumbre, Guadalupe fingió no oírla.

Harta de que pisoteara su autoridad, se aproximó y, aplicando la fuerza de su coraje, apoyó la mano en el hombro de Pita para obligarla a arrodillarse. Ciega de odio, la niña lanzó un golpe a la cara de la religiosa. Las colegialas que estaban cerca vieron volar la dentadura postiza junto con el rosario que la monja sostenía entre los dedos.

Atónitas, algunas dejaron de orar, otras lo hicieron con más fervor, y el resto no se dio cuenta. Maggie, pasmada, solo atinó a taparse la boca.

La ira entintó el rostro de la madre Francisca. Sus manos se transformaron en dos puños que apenas logró detener en su impulso de pegarle a esa escuincla majadera. «¿Majadera? No, poseída por el maligno», decidió mientras intentaba recomponerse y, con restos de dignidad, salir a llorar lágrimas de humillación.

La insolencia llegó a oídos de la madre superiora. Jamás en aquel colegio había sucedido un hecho de semejante magnitud. El castigo fue encerrar a la niña Amor en la enfermería. Las alumnas, incluso Maggie, tenían prohibido hablar con ella.

Guadalupe miró su entorno y sonrió. Las tres camas estaban desocupadas, así que no había cortinas que las dividieran. Olía a hierbas, a bálsamo y aceites curativos. La ventana daba al huerto donde crecían plantas cuya gama de verdes deleitaba su vista. Si se paraba sobre la punta de sus pies y estiraba el brazo, rozaba las más altas.

La hermana enfermera, rubia con ojos de agua, le narraba historias de chiquillas santas asegurándole que aunque cometiera alguna irreverencia, si se arrepentía, iría al cielo. Guadalupe escuchaba con gusto los relatos, imaginando a esas niñas que hacían milagros, y entonces se prometía ser buena.

La sanción duró tres días: demasiado corta para lo contenta que se hallaba. «Terminaron mis vacaciones, si así son los castigos, me portaré mal», pensó al pisar de nuevo el patio, donde todas la observaban como si tuviera una enfermedad contagiosa.

En el corredor se topó con la madre Francisca. Su gesto y el ardor de su mirada detuvieron los pasos de la alumna.

—Escúchame bien, Guadalupe. Hemos sido consideradas contigo por ser hija de don Emmanuel y doña Carolina Amor, discípula ejemplar de nuestra escuela. Esta vez tu correctivo fue permanecer tres días en la enfermería, pero la próxima te encerraré en el calabozo —a unos centímetros de la cara de Pita, agitó un manojo de llaves—. Y no serán tres días, sino una semana —introdujo las manos dentro del escapulario y se alejó.

Guadalupe entró al dormitorio. ¿Cómo sería el calabozo? Imaginaba la celda oscura de los cuentos que Chepe les leía a ella y a Maggie. Un cuarto frío sin ventanas; el prisionero en harapos y con una bola de plomo encadenada al pie. Una tos la distrajo. Alzó la vista; Lucero, la que ocupaba la cama contigua, se asomó por detrás del biombo.

—¿Ya te liberaron? —preguntó con una sonrisa.

—Ya, pero la enfermería es mejor que esto. —Sus ojos recorrieron el espacio—. ¿Por qué estás aquí?

—Vine a buscar mi suéter.

—¿Sabes si existe el calabozo?

Lucero asintió.

—¿De verdad?

—Sí, es el cuarto de escobas y trapos sucios. Una vez la madre Francisca, para asustarnos, nos lo mostró. Huele feo y está lleno de telarañas. No tiene luz, pero las vi porque hasta arriba hay una ventanita… Y cucarachas, ¡seguro!

—¿Han encerrado a alguien?

—A una que trajo la foto de una mujer desnuda. —Soltó una risita y hundió la cabeza en los hombros—. Aunque me impresionó el tamaño de las chichis, hubiera preferido ver la de un hombre. ¿Has visto a alguno?

—No. Tengo un hermano, pero jamás lo vi sin ropa.

—Dicen que ellos no sangran, ya sabes… por ahí.

—Entonces, ¿solo nosotras? ¡Qué injusto!

—La que castigaron en el calabozo nos dijo cómo nacen los bebés.

A Guadalupe no le interesó hacerse la sabionda. Abrió grandes los ojos y se sentó en la cama lista para escuchar.

—Lo que ellos tienen abajo se lo meten a las mujeres por aquí. —Lucero señaló su entrepierna.

—¡No! ¡Qué horror! ¿Por donde hacemos pis?

La otra dudó. Sí, pensándolo bien, resultaba increíble.

—¿Estás segura? Debe doler muchísimo.

—Dijo haberlo leído en un libro que su mamá escondía detrás de un costurero. También vio la pirinola de su primo y que era como de este tamaño. —Extendió ambos índices y dejó en medio un espacio.

Guadalupe apretó las piernas y arrugó la nariz.

—Mi hermana mayor me había dicho que si te besan en la boca quedas embarazada, pero no creo —agregó Lucero.

La madre Francisca, con los brazos en jarras, las miraba. Al descubrir su presencia, Lucero, ruborizada, se levantó de un salto.

—¿Qué hacen?

—Le explicaba a Guadalupe lo feo que es el calabozo.

La monja asintió y, señalando la puerta, les ordenó acudir de inmediato a la clase de música.

Tras haber oído la amenaza de la madre Francisca sobre encerrarla en el calabozo, Pita decidió obedecer sin hacer muecas; no sacarles la lengua a las maestras cuando le daban la espalda; hallarle gusto a la comida y, durante los rezos, arrodillarse con las manos unidas y los ojos cerrados, solo que, en vez de concentrarse en las oraciones, le pedía a Dios que la sacara de aquella prisión.

Al mismo tiempo que procuraba subordinarse, dentro de ella germinaba un renovado odio hacia su madre. «Me envió a esta cárcel para deshacerse de mí, ¿tanto le estorbo? Me aborrece. Como si yo le hubiera pedido venir al mundo. Mejor me hubiera enterrado en el jardín, ahí, junto a Victoria, sería más feliz».

Guadalupe no había entrado a la clase de matemáticas. Adivinando el reglazo en las manos, decidió evitarse la furia y la anhelada venganza.

En un aula vacía se acostó sobre el alféizar; por la ventana miraba el cielo que la reja dividía en largos rectángulos. ¡Cómo se le antojaba un trozo de pastel con fresas y merengue! Se pasó la lengua por los labios. Pensó en Gus, a él también le encantaba. Recordó la merienda en la que Carolina le sirvió una rebanada pequeña y él, viendo que la suya era más grande, cambió los platos sin que Carolina lo notara.

Una nube gris atravesó el firmamento como si llevara prisa. Las hojas de los árboles, agitadas, la invitaban a salir. «¿Qué haces ahí, Pitusa?». Si tuviera una escalera podría llegar hasta la rama de aquel árbol que le susurraba y, desde esa altura, vería a las monjas pequeñitas, inermes.

Abandonó el salón y fue al patio trasero. Al fondo, por la desigualdad del terreno, el muro no era tan alto. Si se montaba en el tambo de la basura, podría sostenerse de los ladrillos que descollaban y así, trepando…

Su estatura le dificultó subirse al tambo, pero apoyada en una piedra lo logró. Estiró los brazos, se elevó sobre las puntas de los pies y dio el primer paso. El tambo rodó. Se raspó ambas rodillas, pero no le importó; por un momento sintió su cuerpo ingrávido. Sería libre; la princesa que huye de la torre. Un zapato se atoró en la bastilla de la falda, rasgándola. De pronto la pared se convirtió en una muralla.

—¡Alto ahí, jovencita!

Una garra se apoderó de su tobillo. Supuso que era la tela enganchada en la hebilla… pero no pudo mover la pierna izquierda. Miró hacia abajo. Una cara vagamente conocida abarcó su campo visual. Cabello negro e hirsuto; nariz ancha sobre una boca que mostraba la encía superior y unos dientes afilados.

Un trueno estalló. Quien atenazaba su pie ahora tenía un silbato entre los labios fruncidos. La mano dio un tirón. Guadalupe no tuvo la fuerza necesaria para aferrarse; sus dedos soltaron el asidero; las mangas se desgarraron, sus codos también. Ya no había tambo de basura donde pisar, solo un hombre inmutable que, tomándola de la cintura, la plantó en el suelo sin dejar de hacer sonar el silbato. El sombrero de paja se le había caído; junto a él estaban las tijeras con las que podaba el pasto.

Pita vio tres mariposas negras y enormes volando hacia ella.

17

La sonrisa triunfante de Guadalupe se reflejaba en la ventanilla del tren que la llevaba de regreso a casa. «¡Lo logré!», se repetía. Solo lamentaba que, al empacar sus pocas pertenencias, la madre Francisca hubiera descubierto el libro que le había dado la señorita Cecilia.

—Bruja, tú sí irás al infierno —le gritó cuando sus dedos torcidos se lo arrebataron. «Pero la maldita vieja no sabe que memoricé algunos poemas y podré continuar leyendo a Sor Juana en la biblioteca de papá. Porque él sí me quiere y me presta los libros que yo escojo».

Desde la expulsión, Maggie no le hablaba.

—¡Me avergonzaste!

—A ti, ¿por qué?

—Porque eres mi hermana. No quiero imaginar lo triste y enojada que se habrá puesto mamá cuando le habló la madre superiora.

—Pues saliste ganando, gracias a mí, tú también vuelves a casa.

Nadie las esperaba en la estación.

Asustada, Margarita miraba de un lado a otro preguntándose qué habría retrasado a sus padres.

Maleta en mano y sin dudar, Guadalupe fue detrás de los que se habían apeado del ferrocarril. A pocos metros se topó con el viejo chofer. El hombre la saludó, tomó la valija y descubrió a Maggie que, aliviada, alzaba el brazo para hacerse ver.

En el Ford T, Pita imaginaba cada rincón de su casa: «Ojalá el jardín esté recién sembrado y me pueda tumbar en el pasto». Entonces recordó a Ignacia diciéndole:

—Ese jardín fue camposanto, por eso, niña, no crecen flores.

El portón del número 66 de la calle Abraham González estaba abierto y, sin embargo, vacío. Margarita le lanzó a su hermana una mirada hostil.

—Eres la culpable de que nadie nos reciba —espetó.

La menor entró de prisa y subió las escaleras hasta el *hall.* De pronto apareció Carolina. «Qué guapa es mi mamá», pensó al verla tan alta, con el vestido color crema, el collar largo, el cabello brillante…

—Bienvenidas —dijo Pepa secándose las manos con el mandil, en tanto Margarita llegaba al primer piso.

—¿Bienvenidas? —repitió Carolina—. ¿Después de las vergüenzas que me hace pasar Guadalupe?

—¡Mamá! —Maggie corrió a abrazarla y hundió la cabeza en el pecho materno.

Pita fue tras ella. Carolina, por un momento que el tiempo congeló, no supo qué hacer. Luego, con la garganta oprimida, las estrechó. «Son mis hijas, hijas de Dios, no debo desdeñar a Guadalupe, su lugar es aquí, en su casa, bajo mis alas… Alguna razón tuvo nuestro Señor para mandarme a esta niña tan inteligente como incorregible; criatura de mis entrañas que no he sabido tratar…».

Don Emmanuel surgió de entre las sombras del corredor. Pita lo encontró disminuido. Parecía cargar en los hombros el peso de su inexistente hacienda. Se acercó a él, anhelando recibir la bienvenida y no un castigo, aunque estos los aplicaba su madre. El viejo le besó la frente; en esa cercanía, Guadalupe notó la piel manchada, fláccida, las manos temblorosas.

—¡Creciste! —la sonrisa del papá borró el miedo al regaño—. ¡Estás tan bella! *So beautiful* —y le susurró al oído—: Me alegra tenerte de regreso, extrañaba tu compañía en la biblioteca.

—Ambas están hermosas —agregó Carolina, observando a una y a otra.

—¿Y mis hermanas? —preguntó Guadalupe al ver que ninguna aparecía.

—Mimí y Carito trabajando —respondió Pepa ante el vergonzoso silencio de su patrona.

—¿En qué? —preguntó sorprendida.

Su madre se aclaró la garganta y tomó asiento bajo el tragaluz. Nunca hubiera imaginado que sus hijas se vieran en semejante necesidad. «¡Señoritas de buena familia saliendo a la calle para ganar dinero! ¡Qué deshonra, Dios mío!». Cabizbaja, declaró:

—Dan clases de inglés y francés en una secundaria.

A Pita le resultó divertido.

—María Elena e Inés no tardan, fueron a una visita.

Guadalupe recorrió la casa como si necesitara reconocerla. Tocaba las paredes con la punta de los dedos, extraviaba la vista en los pliegues de las cortinas y se detenía en sus lugares favoritos.

Junto al cesto de la ropa sucia, sonrió al pensar en la cantidad de veces que se había escondido y ahora, aunque no era alta, le sería imposible meterse. En el techo del cuarto de juegos, sobre la mesa donde Chepe, ella y Maggie estudiaban, recortaban papeles y llenaban bolsitas con confites para Navidad, descubrió una mancha abombada como una ampolla.

—Cuando llueve —dijo Pepa—, Cuca y yo corremos a poner cubetas porque se nos mete el agua.

—Te extrañé —declaró Guadalupe dirigiéndose a la casa de muñecas.

La nana no supo si se lo decía a ella o a alguna mona de las que se habían salvado del naufragio.

Poco tiempo después, tras finalizar sus estudios en Stonyhurst, también regresó Chepe.

Emocionada, Pita salió a la terraza mucho antes de la hora en que, según su padre, debían volver de la estación. Al verlos llegar corrió escaleras abajo y abrazó a su hermano. En ese momento supo que no era el Chepe del que se había despedido seis años atrás. Este, alto, rubio, fornido, con pantalones largos, corbata y un pañuelo en el bolsillo del saco, parecía haber perdido su ligereza. «Como oxidado», pensó Guadalupe.

Su dormitorio tampoco sería el de antes: Carolina había ordenado que, de la bodega, subieran y resanaran un escritorio de caoba que había pertenecido a Emmanuel; cortinas nuevas intentaban enmascarar el deterioro del parqué y de la vieja cama en la que Chepe, ahora José María, siempre durmió.

Pita se acercaba a los 14 años; no obstante, sentía enormes deseos de reanudar los juegos con sus hermanos: penetrar en las tinieblas de los sótanos, echarse en el jardín y, con la vista en las nubes, recuperarse del miedo a encontrar una rata o apaciguar sus corazones tras la visión del gato muerto. Pero Chepe jamás volvió a registrar el cajón en busca de trapos que sirvieran para disfrazarse de bandoleros. Pasaba el tiempo en su cuarto, con amigos y la puerta bajo llave.

Sigilosa, Pita se arrimaba a oír la conversación que las risas y el sonido de una guitarra solían ahogar. En cuanto los veía salir, se interponía en su camino haciéndose la desentendida. Uno de ellos le revolvía el cabello como si fuera una niña; otros la ignoraban y su hermano le espetaba:

—Vete, eres una latosa, ¡déjanos!

Dolida, juraba venganza.

Más que por la indómita Guadalupe, Carolina empezó a preocuparse por el ocio del hijo.

—No me gustan los amigos de José María. Él debe estudiar una carrera y no andar de flojo —se quejaba con el marido mientras lo acompañaba a tomar el sol en una silla permanentemente instalada en el balcón.

Emmanuel asentía sin despegar los ojos del libro que descansaba en su regazo, siempre abierto en la misma página.

Desde su regreso de Monterrey, Guadalupe leía y releía poemas. En la biblioteca halló libros de Fray Luis de León, López Velarde, Góngora y su ya conocida Sor Juana. Ya no le interesaba que las sirvientas la oyeran cantar; ahora, con flores de papel detrás de las orejas, sobre una silla y frente al espejo, recitaba con ademanes histriónicos; un público ilusorio aplaudía y ella repartía besos al aire.

Los días previos a la Navidad insuflaban entusiasmo a la familia. Carolina, con un delantal verde, daba órdenes y preparaba manjares en la cocina. Guadalupe disfrutaba de aquel trajín, tanto por la promesa de las delicias como por estar rodeada de sirvientas, clamores y el entrechocar de cazuelas; gozaba los aromas y el calor que escapaba de las ollas. Además, a ella le correspondía pelar las almendras, partir los frutos secos y, ante el descuido de su madre, se metía a la boca cuanto podía.

—¡Glotona! —la llamaba al notar sus mejillas abultadas.

Margarita engrasaba y enharinaba moldes, lo que a Pita le parecía poco divertido. Inés cortaba las guayabas y los tejocotes cerca de la vasija donde hervía el agua para el ponche. Cuando terminaban sus tareas culinarias, Carolina les pedía que abandonaran la cocina. Entonces el regocijo de Guadalupe se convertía en fastidio.

Esa mañana, al recorrer la casona, descubrió un líquido espeso y violáceo en el suelo del patio. Alzó la vista; un lento goteo aceleró su corazón. Aunque el miedo la inmovilizaba, miró más arriba.

Del barandal de hierro carcomido, con las alas abiertas, pendía un guajolote que se desangraba lenta e inexorablemente; el mismo que durante semanas habían alimentado con nueces y almendras. La cabeza, tumefacta, colgaba como un badajo; los ojos desorbitados del animal la veían culpándola por su fatídico destino. Pita retrocedió; un pie chocó con la palangana de peltre que almacenaba la sangre. El estruendo la sacudió. Su grito y la oscuridad sucedieron al mismo tiempo.

Cuando despertó, con una mano Pepa la abanicaba y con la otra le pasaba el frasquito de alcohol debajo de la nariz.

Temerosa de que el sol no volviera a salir, sus enormes ojos se negaban a permanecer cerrados. Con la timidez de los amaneceres invernales, el astro emergió y su luminosidad invadió el dormitorio.

—¡Por fin, diciembre 24, hoy todo mal se eclipsa! —vociferó.

Lo primero fue asomarse por la ventana: dos sirvientas cruzaban el jardín con canastas rebosantes de verduras y frutas. Salió al corredor, la casa olía a pino y, en la cocina, Nacha y otra criada preparaban buñuelos. La mesa del comedor ya tenía instaladas las extensiones; el mantel blanco de lino y encajes venía volando, como estela de espuma, entre las manos de las planchadoras.

Las seis hermanas ayudaban a poner la vajilla inglesa ribeteada de oro, los vasos, las copas de cristal y los cubiertos de plata que se guardaban en fundas de franela. Invariablemente Guadalupe imaginaba lo que ese tenedor depositaría en su boca. Luego de acomodar las servilletas, aparecía doña Carolina con el arreglo de flores para el centro y, al final, los candelabros venecianos, también de plata, con velas rojas.

Esa noche se aproximaba al sueño de habitar un palacio lujoso y elegante. La familia y los convidados parecían adquirir una postura más erguida. Su madre lucía un vestido de raso color malva y chalina a juego; sonriente agradecía los elogios. Era tal su contento que dejaba a Pita hablar sin pedirle que bajara la voz, se reía de sus ocurrencias y se unía a los aplausos cuando declamaba versos de Sor Juana.

Emmanuel, con su mejor traje y sus maneras distinguidas, contemplaba orgulloso a sus ocho hijos, pues siempre asistían Ignacio y su mujer. Los sobrinos llegaban puntuales; doña Lucrecia aparecía con un *fruit cake* y Jesús, el otrora tenedor de libros del hacendado, modesto y leal amigo, cada año se presentaba con el pantalón a rayas y la levita que heredara de don Emmanuel.

En el comedor, Carolina establecía el orden en que debían tomar asiento y aquella noche, tras los ruegos de Pitusa, le permitió sentarse junto a ella.

Entre risas, anécdotas de los primos, vocablos en francés o en inglés, el ir y venir de las sirvientas que vestían de negro con delantales blancos y almidonados, el tiempo pasaba raudo. A la hora del *plum pudding* su padre, como tantas otras veces, aseguró que muy pronto la hacienda florecería:

—Volveremos a tener caballos de carreras y el trapiche será el más moderno de Morelos. También traeré *from* Shetland siete *poneys* —agregó dirigiéndose a su sobrina favorita—, para que Karina monte uno distinto cada día de la semana…

Guadalupe fijó la vista en los dos leones de porcelana verde que adornaban la chimenea, segura de que aquellas palabras se las tragaban esas fieras cuyas fauces jamás se cerraban.

18

Un verano cálido y lluvioso se anunciaba aquel atardecer en que don Emmanuel, luego de pedir una taza de té, se retiró a descansar. Al otro día, a las diez de la mañana, Pepa entró al cuarto de Guadalupe:

—Niña Pita, la voy a acompañar a casa de los Gutiérrez.

—¿Por qué?

La nana se encogió de hombros.

—Le preguntaré a mamá.

—Ordenó que nadie la moleste.

—¿Iré sola? ¿Y Margarita?

—No sé, doña Carolina nomás dijo que la lleve a usted.

Lo extraño para Guadalupe no era visitar a los Gutiérrez, sino que la enviaran sin Maggie. Pero como su hermana seguía arisca desde el regreso de Monterrey, concluyó que la pasaría mejor sin ella. Le gustaba ir a esa casa, con su jardín sembrado de azaleas, el frutero siempre rebosante y los postres que servían sin medida. El sabor de los duraznos en almíbar bañados con cajeta inundó su boca.

Los Gutiérrez tenían siete hijos: cuatro mujeres y tres hombres. Todos, incluyendo los padres, la recibieron con exagerada cordialidad. Don Guillermo bromeó con ella antes de marcharse a trabajar; le ofrecieron bolillo con leche condensada y chocolate caliente. Jugaron damas y después de comer, con una mirada huidiza, la señora le anunció:

—Pita, estás invitada a pasar la noche aquí. Dormirás con Antonia.

—Muchas gracias —respondió entusiasmada, anhelando provocar la envidia de Maggie, que seguro estaría aburriéndose.

—Tu madre mandó una maletita con tu ropa. Serán unos días…

—¡Sí, quédate! —insistieron las hijas.

Más feliz que sorprendida, Guadalupe sonrió. «¡Como unas vacaciones! ¡Mi familia va a extrañarme! No soportarán mi ausencia». Por un momento le angustió sufrir insomnio en casa ajena, pero afortunadamente en la recámara de Antonia había un reloj en el buró, en cuyo segundero fijaba la vista para acompasar su respiración y así evitar el pánico nocturno.

La primera noche, antes de apagar la luz, le preguntó a Toñita si en su cuarto no había mariposas negras.

—¡No! Aquí nunca entran.

Gozosa con el trato que recibía, deseó que las horas se alargaran. Jugaban a las canicas, a las escondidas, al hula-hula; aprendió a hacer figuras de papel: aves que, a pesar de no elevarse, alborotaban su imaginación y el tiempo volaba. El hermano mayor, estudiante de leyes, le mostraba sus libros.

Algunas tardes ponían en el fonógrafo canciones en francés que debían traducir y, a veces, Pita declamaba sin que le pidieran bajar la voz. Cuando miraba los canarios revoloteando en las jaulas del corredor pensaba que pronto volvería a su propia jaula.

Tras nueve días, a las once de la mañana, Cuca fue a recogerla. En el camino de regreso Guadalupe solo preguntó por qué no había ido Pepa.

—No sé decirle, niña.

Al entrar a la casa Pita percibió algo distinto: un vaho invisible pero palpable que se adhería a su piel. En el segundo piso una figura atrajo su mirada: doña Carolina, como una estatua de mármol negro, la veía estática, sin parpadear. Guadalupe buscó a su alrededor: acaso habría alguien que le explicara el traje oscuro y la palidez de aquel rostro inmutable. Volvió la vista hacia arriba; sus hermanos aparecieron uno tras otro. Todos vestían de negro.

Temerosa, envuelta en ese silencio fúnebre, sintiéndose observada, subió despacio. Al pisar el *hall*, Carolina se acercó a ella y abrió los brazos. Pita se detuvo. A la izquierda, a un paso de distancia, estaba Mimí ofreciéndole su mano. Guadalupe la tomó y, con fuego en la mirada, gritó a su madre:

—¡No me toques! —su voz fue un estruendo—. ¿Dónde está mi papá? ¡Tú lo mataste! Nunca volveré a verlo —soltó a Mimí y echó la cabeza atrás—. ¡Yo también quiero morir!

Los brazos que la hija rechazó, ya inútiles, cayeron, pesados.

—Pitusa…

—¡Malvada! —arremetió—. ¡Me quitaste a mi papá! Tú eres la mariposa negra.

Margarita la arrastró a su habitación. Guadalupe se tumbó en el lecho, hundió el rostro en la almohada y lloró hasta quedarse dormida.

Durante una semana nadie logró convencerla de salir.

Pepa le llevaba pan dulce y café con leche; sopa y jarras con limonada. Ni siquiera probó la gelatina, solo se alimentaba de flan, el postre favorito de don Emmanuel.

Sin que la tristeza la abandonara, por fin atravesó la puerta de su cuarto. Muda, Pita recorría la casa como si buscara algo que hubiera perdido. Unos días después volvió a la escuela.

Aunque tiempo atrás la habían expulsado, las monjas aceptaron darle otra oportunidad a esa pobre huérfana. Para sorpresa de las maestras y de la familia, Guadalupe cumplía sin provocar respingos ni tempestades. La guerra no era contra las religiosas, sino contra su madre, que la había desterrado al fallecer don Emmanuel.

La casa Amor, a pesar de sus muchos habitantes, nunca fue bulliciosa. Ahora, tras la defunción del padre, la tristeza profundizaba el silencio. Manuela se casó; Carito trabajaba; María Elena e Inés consiguieron una beca para estudiar en Luisiana. La mitad del personal, sin indemnización, fue despedido.

Chepe, el nuevo jefe de familia, no lograba reintegrarse al país: a sus 18 años ignoraba qué hacer con su futuro luego de haber convivido con muchachos aristócratas sin problemas económicos. Carolina, sola y endeudada, parecía escalar un talud de cuya cima caía una catarata de guijarros que le impedían sostenerse.

Hipotecada hacía veinte años, la casona estaba por salir a remate.

Antes de que la noche derramara su negrura, Guadalupe, con una sábana y dos cobijas, subió a la azotea. Junto a los tinacos de metal plomizo extendió los tres lienzos. Caminó hasta el tragaluz y se inclinó para ver qué miraba el sol cuando atravesaba aquellos vidrios multicolores, mas solo distinguió tinieblas. Entonces se sentó a esperar la oscuridad.

—No cambiaré mi decisión, desde aquí contemplaré el amanecer, nada puede pasarme —repetía en voz alta, tratando de convencerse a sí misma.

Abrazando sus rodillas, observó cómo las sombras, fatigadas, se alargaban y cubrían calles, edificaciones y azoteas. Rectángulos de luz fueron apareciendo detrás de las ventanas. Un viento fresco le alborotó el cabello. Se envolvió con la sábana; luego con el cobertor. Algunas estrellas salpicaron el cielo y la luna, casi llena, se liberó de una nube argentando su contorno.

Pepa solía decirle que cada estrella era el alma de un difunto. Buscó en ellas a su padre, pero le resultó imposible creer que él estuviera allí.

Recordó la tarde en que, tras regresar de casa de los Gutiérrez, Bibi entró a su dormitorio. Se hincó junto a la cama, le acarició la cabeza y dijo:

—No te enojes con tu mamá, ella nomás quería separarte del dolor.

—Se deshizo de mí porque me odia. Se quedó con todos mis hermanos, como si yo no fuera su hija. Siempre le he estorbado.

—¿Cómo crees, Pitusa? Todavía eres chamaca y a doña Carolina no le gusta que las niñas sufran.

—¡No soy niña! Tengo 14 años.

Sin saber qué más decir para consolarla, Bibi agregó:

—El patrón ya estaba muy malito, llevaba semanas sin salir; de la cama a la silla, al sofá y…

—¿Y? Esa no es razón para mandarme lejos. Era mi papá. Yo lo quería, y él a mí.

Se tumbó sobre la manta extendida y contempló las venas amoratadas de la luna, como las que el tiempo había resaltado en las manos de don Emmanuel. Imaginó a la familia y a los amigos rezando por el eterno descanso del alma de su padre…

—Del que no me despedí —gritó— gracias al egoísmo de mamá. Ya que me impediste velarlo, seré guardiana de la noche, y papá sabrá cuánto me hubiera gustado acompañarlo.

Su vista se nubló; por un momento dudó si eran lágrimas o el vaho nocturno. Un segundo después sintió la tibieza de las gotas que resbalaban por sus frías mejillas.

Cuando sus párpados, vencidos por el sueño, amenazaron con caer, se incorporó y, de pie, recitó versos de Sor Juana a ese enorme público que, a sus pies, ansiaba oírla:

Verde embeleso de la vida humana,
loca esperanza, frenesí dorado,
sueño de los despiertos intrincado,
como de sueños, de tesoros vana;
alma del mundo, senectud lozana,
decrépito verdor imaginado;
el hoy de los dichosos esperado
y de los desdichados el mañana...

Una mezcla de rojos y anaranjados moteó sus pupilas. Amarillo, violeta y una franja algodonosa, como una nube desprendida del vientre materno, surgió en la inmensidad del cielo. Muerta la noche, renació la luz.

Las azoteas empezaron a iluminarse y a mostrar prendas que pasaron horas velando a la luna, o quizás a sus difuntos. Ropa sin dueño a quien abrigar. «Papá jamás volverá a ponerse el traje que usó en Nochebuena; tampoco lucirá las corbatas que con tanta concentración se anudaba frente al espejo de su baño; ni usará las mancuernillas de oro, nunca más se arreglará el bigote con el peine de plata ni meterá los pies en los zapatos que le lustraban a diario. Bibi ya no remendará sus calcetines. La silla en la que se asoleaba se quedó huérfana, como yo».

Arropada con el cobertor, entre sábanas fantasmales, caminó hasta la parte recubierta con teja estilo inglés. Desde ahí divisó los volcanes, cuyas nieves parecían espolvoreadas de azúcar color rosa. Luego su mirada recorrió las siete almenas que su padre había mandado construir: una por cada hijo.

Se acercó hasta la orilla para ver los siete árboles que seguían creciendo en la banqueta, ignorantes de que el dueño ya no gozaría de su sombra. Deseó no envejecer.

—Si permanezco de 14 años podré vivir eternamente —dijo, convencida de que su anhelo se haría realidad.

Mientras bajaba la escalera pensó en las personas y los automóviles que había visto desde arriba. Pocas veces se había alejado más allá de los alrededores de su hogar y sintió una ansiedad inmensa por conocer otros rumbos.

En alguna publicación había leído sobre la nueva colonia Hipódromo, surgida en los terrenos de la otrora Condesa de Miravalle. La palabra *condesa* la transportaba a un espacio majestuoso; además, según el artículo, en esa zona había una plaza de toros. En la radio narraban las corridas y la curiosidad le cosquilleaba en el pecho.

—Pero nadie me llevará —dijo al entrar.

19

Carito, más preocupada por ganar dinero que por las murmuraciones de vecinos y amigos, había dejado de impartir clases en la secundaria y consiguió trabajo en *Excélsior.* Durante las comidas, con un nuevo brillo en los ojos, hablaba sobre los personajes que entrevistaba:

—... Juan Arvizu, le llaman «el tenor de la voz de seda». Busqué a Salvador Novo, parte del grupo sin grupo...

—¿Qué es eso? —preguntó Guadalupe.

—Así llaman a varios intelectuales no muy queridos, los acusan de inmorales, afeminados. —Carito, arrepentida de haber soltado esa palabra, miró a su madre, pero esta, inmersa en sus cavilaciones, no escuchaba—. Uno de ellos es Salvador Novo, me citó en el Sanborns de Madero. ¡Es provocador e ingenioso! «Lo que nos distingue», me dijo, «es nuestra actitud ante la cultura y la sociedad, para la que resultamos monstruosos». Habla de Gide y Oscar Wilde...

—¿Por qué monstruos? —curiosa, Pita volvió a interrumpir.

—Es una manera de hablar —acotó Inés evitándole turbaciones a su hermanita—, se refiere a escritores grandiosos.

De pronto, su madre atendió la conversación. Miró de soslayo a Carito, cuestionándose si debía exteriorizar su desacuerdo con aquel empleo donde su hija, seguramente, se relacionaba con hombres osados, groseros, de bajo nivel social. Sin embargo, el sueldo era casi el triple del que recibía como profesora de inglés, y la mala situación económica anulaba su dignidad de gran dama.

La plática de Carito hechizaba a Guadalupe. Con lo que le gustaba cantar y declamar, tal vez su hermana podría conseguir que la invitaran a la XEW. Imaginó a cientos de personas escuchando su voz a través del radio; a gente reuniéndose alrededor del aparato en espera de que Samaniego, el locutor, la anunciara.

Aquella ansiedad la enloquecía. «Necesitaré ropa nueva, no estos vestidos viejos y aniñados que me da mamá», pensó mientras se dirigía al balcón. Cerró por fuera y aventó la llave al jardín. Se desnudó y así, de cara al sol, permaneció hasta que Cuca, la sirvienta, oyó los silbidos y las insolencias que gritaban desde la calle. Al asomarse vio los índices y las miradas dirigidas hacia el primer piso de la casa. Subió las escaleras a toda prisa; como la puerta estaba cerrada, golpeó el vidrio. Guadalupe no se dio por enterada.

—Niña Pita —llamó una y otra vez, sin alzar mucho la voz, pues temía que la señora descubriera a su hija en tan vergonzosa actitud—, por favor, escóndase. Métase, se va a enfriar —rogaba con las palmas unidas a la altura del pecho—. Ándele, niña, vístase. Por favorcito… ¡Mi señora nos va a matar!

Después de un rato Guadalupe señaló el jardín. Cuca corrió en busca de la llave que, por confundirse con la tierra, tardó en encontrar.

Divertida, la adolescente se vistió sin apuro.

A pesar de tener el consuelo de la biblioteca, Guadalupe se aburría. Con frecuencia pensaba en huir, irse lejos, conocer mundo. Se detenía frente a los retratos del abuelo y el bisabuelo

Amor, ambos de nombre Ignacio que, estaba segura, también deseaban abandonar sus marcos dorados y alejarse.

Esa tarde sonrió al recordar la última Nochebuena, cuando las primas mayores se reunieron a cuchichear en la salita rosa y Pita, agazapada junto al sofá, oyó la leyenda de su apellido.

—Hace como cien años, en una fiesta de disfraces, dos jóvenes se enamoraron. Querían besarse; se escondieron en algún sótano e hicieron el amor. Cuando se quitaron las máscaras descubrieron que no solo se conocían, ¡eran primos! Como es pecado tener relaciones entre familia, fueron a hablar con el Papa. Le juraron estar enamoradísimos y el Santo Padre los disculpó si prometían casarse y apellidarse Amor.

En tanto sus hermanas pedían más detalles a la prima, Guadalupe evocaba los sótanos de su casa, tan oscuros y fríos, pero ahí, sobre la piel de cocodrilo del sillón, haría el amor con un príncipe de verdad, sin disfraz.

Pita observaba ambos óleos, preguntándose cuál sería el Ignacio travieso, culpable de ese apellido tan bonito. La pintura que representaba a su padre pendía entre dos libreros. Cada vez que entraba a la biblioteca recordaba las veces que de niña, sobre el tapete, hojeaba la enciclopedia mientras su papá leía o escribía. Dentro de esas cuatro paredes había, además del globo terráqueo que su padre ponía a girar, muchos libros, la pluma, el tintero de plata y, lo que consideraba el mayor tesoro: el aroma de su papá.

Cierta mañana se acomodó en el sillón frente al escritorio. Las fotografías bajo el vidrio, que solía observar arrellanada en las piernas de don Emmanuel, seguían ahí. Se contempló de niña en tono sepia, con el vestido y las calcetas blancas, los zapatos de traba; Inés le sostenía una mano, la otra descansaba en el regazo materno. Sus padres sentados y los hijos de pie, a su alrededor. Semblantes circunspectos. La foto de San Gabriel estaba junto a la imagen de su mamá vestida para ir al Palacio Nacional.

Abrió un cajón. Al ver la libreta con tapas de cuero color musgo se estremeció. La letra de su padre, estilizada y elegante, llenaba varias páginas con poemas, algunos en inglés, otros en francés. El hallazgo iluminó su cara. «¡Esto es lo que escribías! ¡Ay, papá! ¡A ambos nos gusta la poesía! De ti lo heredé». Ocultó el cuaderno debajo de su falda y corrió a esconderse en la habitación que había sido de Mimí.

Ahora que sus hermanos trabajaban (José María consiguió empleo en el Banco de Comercio), Pita veía con envidia que a veces estrenaban ropa o zapatos.

—No pueden presentarse con prendas remendadas —le dijo Bibi.

—Yo quiero vestirme como señorita y ponerme joyas, muchos anillos, uno en cada dedo.

—Ay, Pitusa, eres una chiquilla, ya crecerás…

—¡Tú también me ves como niña! —gritó, arrugando el entrecejo—. Mamá ni siquiera me deja estar en las reuniones de mis hermanas.

—Ellas hablan de puras cuitas, además se juntan a tejer gorritos y cobijas para los niños pobres —cerró un ojo intentando ensartar una aguja, con la que remendaba un mantel rasgado.

Hasta el costurero llegaban los murmullos de María Elena y sus amigas. Cada semana se citaban en una casa distinta y a las seis en punto la anfitriona ofrecía una merienda. Doña Carolina, incapaz de dar una imagen de inopia, se esforzaba para que la mesa luciera como en tiempos de holgura.

Guadalupe salió del costurero y bajó despacio las escaleras. Se escondió detrás de la puerta para oír la conversación y, en cuanto el grupo se dirigió al comedor, por una rendija las vio acomodarse.

El servicio de té, sobre un mantel de lino, ya no era el de plata repujada, sino de porcelana; al centro de la mesa había platones con dulces, pastelillos, sándwiches, *éclaires* y *choux*. Las sirvientas vestían uniformes negros, gastados:

—De gala —había ordenado la patrona.

Acostumbradas a que cuando había visita Guadalupe se acuclillara en una esquina a espiar, las criadas pasaban a su lado ignorándola y a veces se reían de ella.

—Por favor, tráeme algo, lo que sea —rogaba en cuanto se acercaban.

En ocasiones Cuca se compadecía y, como si fuera a rellenarlo, tomaba un platón y, antes de llevarlo a la cocina, se lo arrimaba a Guadalupe. Esta tomaba varios *éclaires* y los engullía sin despegar la vista del comedor, pues ansiaba la hora en que se despidieran para devorar las sobras.

—¡Esa escuincla! —gruñía la cocinera—. Se encuera en el balcón, pero no se atreve a robarse la comida frente a las amigas de María Elena. ¡No le den nada! Que se quede con el antojo.

20

El octubre de 1934 regaló a los habitantes de la Ciudad de México cielos azules y amaneceres fríos. Acurrucada bajo las mantas, Guadalupe se negaba a levantarse. El sueño de llegar a la XEW por medio de su hermana se frustró: Carito había conseguido empleo en una sala de arte, en la Secretaría de Educación Pública.

Arrastrando la edad y la fatiga, Pepa ya no apresuraba a Guadalupe, pues sabía que era inútil insistir en que fuera al colegio. Algunas mañanas, por aburrimiento o por escapar de su madre, se dirigía a la escuela: llegaba tarde y con frecuencia se fugaba, a hurtadillas, antes del campanazo que anunciaba la hora de salir.

Una tarde, al volver a casa, Caro reunió a su mamá y a sus hermanas en la salita rosa. Ansiosas por oír novedades, las mujeres se acomodaron en los sillones de anémico brocado.

—Les había platicado que antes de la apertura de la sala donde entré a trabajar el único lugar en México en el que los artistas podían ofrecer sus pinturas era el estudio de Frances Toor, editora de la revista *Mexican Folkways*. ¿Se acuerdan?

—¡Claro! —respondió María Elena—. Comentaste que esa mujer no los tomaba muy en serio, que cuando Diego Rivera le llevó una pintura, ella le dijo: «La cuelgo y quizá algún gringo despistado la compre».

—¿Rivera, el muralista? —preguntó Maggie.

—Sí, también pinta cuadros —dijo Caro desabotonándose el saco de *tweed*—. Les conté que desde que terminaron la remodelación del Teatro Nacional, bueno, ya se llama Palacio de Bellas Artes, decidieron mudar la sala para allá. Resulta que el director del Departamento de Artes Plásticas está lanzando una campaña en contra de la pintura de caballete.

—¿Por qué? —preguntó Inés.

—Él apoya el muralismo y, con esa campaña, los artistas se quedan sin oportunidades de exponer sus obras —hizo una pausa; tragó saliva—. Como no estoy de acuerdo, ayer renuncié.

La madre asintió despacio, intentando asimilar aquella revelación. El sueldo de su hija era necesario; contaba con esa suma, pero no podía exigirle que trabajara donde estuviera inconforme.

Maggie desvió la mirada hacia la vitrina cuyos adornos se hallaban en el Monte de Piedad.

—Hoy me reuní con algunos pintores —acodándose en las rodillas, Carito continuó—: Planeamos abrir una galería. Necesitaba hablar con ustedes porque se me ocurrió instalarla aquí, en el *den*.

Carolina la miró con el ceño y los labios fruncidos.

—Ahí huele a humedad —dijo la menor.

Ignorando el comentario, su hermana siguió:

—Como tiene puerta independiente de la entrada principal, si ustedes están de acuerdo, podría acondicionarlo.

—Habrá que preguntarle a Chepe, él también vive en esta casa —afirmó su madre.

—¡Por supuesto! —exclamó Carito.

—El *den* está lleno de telarañas —opinó Guadalupe—. ¿Sacarás la mesa de billar?

—Hace siglos que nadie la usa —dijo Inés.

—Si José María no se opone, mañana mismo vendrán Isabela Corona, Julio Castellanos y Julio Bracho a ver si el espacio puede funcionar.

—No sé. La idea de un negocio dentro de la casa me inquieta. Gente desconocida… Debo pensarlo con calma —doña Carolina se levantó—. ¿Y el dinero para remodelar, hija, de dónde saldrá?

—De mis ahorros y la indemnización que recibiré tras mi renuncia —su voz era más firme que su confianza.

La señora De Amor encendió el candil cuyas gotas de cristal anularon las tinieblas. Se oyó un rechinido, luego pasos y el crujir de las duelas.

—Es Chepe. Después de la cena, todos juntos, decidiremos —concluyó doña Carolina.

Esa noche la viuda tardó en conciliar el sueño. Aunque llevaba años durmiendo sola, y habían transcurrido más de dos desde la muerte de Emmanuel, una soledad gris le cayó encima, como si se hallara en la cumbre de una montaña cubierta por nubes bajas e invernales. A sus 56 años, arrebujada en el edredón de plumas, sintió la fatiga de una anciana, el desánimo de una agonizante. Había pasado tanto tiempo abrumada por las privaciones, por demostrar fortaleza y brío, que dudó si podría levantarse al otro día. Las lágrimas que nunca se permitió derramar le oprimieron la garganta y luego, ardientes, le quemaron los párpados y brotaron en un torrente imposible de contener.

Durante la cena, Carito había repetido sus planes para enterar a Chepe. Él, más tranquilo por la prórroga de la hipoteca de la casa, no halló motivos para negarse y aprobó la apertura de la galería.

Su madre quiso creer que era un buen augurio: «Como suele decirse cuando nace un bebé, esta empresa traerá una torta bajo el brazo». Ninguno sabía que, dos años atrás, un par de galerías habían fracasado por falta de clientes.

Caro tampoco podía dormir: con la emoción del proyecto imaginaba artistas llevando sus obras, compradores valorando qué pintura adquirir. Se preguntaba una y otra vez a quién contratar para la remodelación. Anotó varios nombres para el negocio; enlistó artistas y a los invitados que pudieran interesarse en asistir a la apertura.

En su recámara al fondo del pasillo, Guadalupe, como tantas otras noches, miraba el reloj desde su cama: cada sístole del segundero acompasaba su corazón y su mente. El recuerdo de las veces que ella, Chepe y Maggie se aventuraron en el *den* le dibujó una sonrisa.

La mesa de billar, que aún mostraba su fieltro verde, aunque ceniciento, siempre había albergado objetos estropeados: una mujer de porcelana manca y decapitada, un elefante de alabastro sin trompa, flores de jade cuyos pétalos yacían en un cenicero desportillado. Junto a la pared se empolvaba un sillón grande, tapizado con piel de cocodrilo; varias sillas cojas o sin asiento se apilaban en un rincón; dos lámparas... Papá lo llamaba *den*. «Quizá ese debería ser el nombre de la galería», pensó.

Tras la anuencia de la familia y el beneplácito de Corona, Castellanos y Bracho, buscaron a Juan O'Gorman para la remodelación. El arquitecto tardó tres meses en acondicionar el espacio. Mientras tanto imprimieron invitaciones, tarjetas de propaganda y papelería diseñada por Fernández Ledesma.

En sus ratos libres Carito bajaba al *den* para comprobar el avance de la obra. Su entusiasmo, como las cuerdas de un violín, vibraba y se extendía por la casa.

Doña Carolina se obligaba a no atestiguar la entrada y salida de obreros que primero vaciaron el recinto para después cambiarle la fisonomía: yute en las paredes, lámparas cuya luz se reflejaba en el barniz reluciente de la duela; molduras de caoba a pocos centímetros del techo enmarcaban el espacio.

Con cuadros de Rivera, Siqueiros, el Dr. Atl, Orozco, Beloff, Rodríguez Lozano y Tamayo, se inauguró, un 7 de marzo, la Galería de Arte Mexicano.

—Este será refugio de artistas, a quienes agradezco su confianza al dejar sus pinturas en nuestras manos —dijo Carito Amor alzando la copa y recorriendo con la mirada a los asistentes.

Los aplausos dieron paso a los meseros, a las felicitaciones y los elogios. No faltó el comentario de algún *snob* que, desde un rincón, veía con desprecio las obras y opinaba:

—Arte, el francés; los paisajes de Turner, las escenas de Manet...

Guadalupe apareció en ese momento. Había sido un triunfo convencer a su madre de que le permitiera asomarse:

—Un ratito, te lo ruego, por favor; estaré callada, no molestaré a los invitados, di que sí...

Harta de sus súplicas, doña Carolina accedió, no sin antes advertirle:

—Pero llevarás el cabello trenzado, calcetas y zapatos bajos.

Pita lo prometió. Cuando sus hermanos bajaron al *den*, sigilosa, entró al cuarto de María Elena y se enfundó en un vestido que su hermana había usado para alguna fiesta. Aunque le quedaba grande, decidió que el raso color púrpura y las flores de canutillo en la solapa eran lo indicado. Al verla aparecer, su madre palideció:

—¡Mírala, muestra los hombros como mujer fatal! —susurró al oído de Inés—. Y se puso colorete, ¡Virgen santísima! Y la boca pintada...

Era demasiado tarde para reprenderla: Guadalupe se paseaba entre la gente. Aquellos desconocidos le encendían una pasión nueva que le provocaba palpitaciones. Pensó en subir algunos peldaños de la escalera y declamar, pero temió que su madre la mandara a su cuarto.

A partir de entonces ese fue el lugar donde los artistas se reunían para exhibir y vender su trabajo. Pronto empezaron a organizar tertulias y sesiones de dibujo con modelo.

Guadalupe, encantada con aquel ambiente y aburrida de vagar por la casona, bajaba al *den* procurando que su madre no la descubriera, pues se lo había prohibido.

—No tienes edad para relacionarte con adultos —insistía la señora.

—¡Tengo 17 años! —objetaba su hija inútilmente.

Aun así, Pita se contoneaba entre clientes y pintores. Cuando se inauguraba alguna exposición, a hurtadillas aparecía con calcetines, trenzas, labial rojo, colorete y actitudes de mujer seductora.

A la concurrencia le hacía gracia que, con su aspecto aniñado, soltara frases altisonantes y rebuscadas.

En el espejo ensayaba gestos y poses imaginando a los artistas devorándola con la mirada, mientras los pinceles la reproducían en telas enormes. Ese espacio, antes ruinoso, la alejaba de la tristeza y la soledad. A José María, el compañero de juegos, lo veía poco; Maggie, acusándola de insolente y grosera, no le dirigía la palabra. Para colmo, la nana Pepa había sufrido una embolia cerebral, que pronto se la llevaría al otro mundo.

21

La mañana del 30 de mayo Guadalupe despertó atormentada, sintiendo un vacío que le hundía el pecho como si unas sanguijuelas royeran su corazón.

Aventó la cobija; buscando sosiego, permaneció de pie con la vista en la ventana. Al darse vuelta, el espejo le mostró una generosa sonrisa de dientes blancos, perfectos. Sus dedos ensayaron un peinado.

Se vistió de prisa, sacó unos billetes de la alcancía y salió al corredor. Convencida de que el piso se abriría bajo sus pies, dio varios pasos inseguros. De pronto se topó con su madre. En la semipenumbra del pasillo, envuelta en una bata blanca, doña Carolina semejaba un alcatraz. Por un momento se miraron.

—Supongo que hoy tampoco irás a la escuela —espetó la viuda.

—Y yo supongo que ni te acuerdas de que hoy es mi cumpleaños.

—¿Acaso es motivo para faltar?

—¿Por qué no me felicitas?

—Me duele la cabeza —dijo en tono amargo y desapareció tras la puerta de su habitación.

Entonces el suelo se separó y Guadalupe se fue hundiendo en la fisura. Cuando logró moverse, se dirigió a la escalera. Con la vista perdida en el tapete arrasado por los años deseó, una vez más, huir. Las varillas de latón, que sujetaban la alfombra a los peldaños, le parecieron los barrotes de una celda. «Huir», pensaba a cada paso, «huir de esta casa en la que a nadie le importo».

Levantó la mirada; en la pared envejecía un grabado del colegio inglés donde estudiaron los varones Amor; la finca normanda que su padre describía al recordar su niñez; San Gabriel, la hacienda por la que tanto lloró; el retrato del abuelo...

Huir. Un mareo la obligó a sostenerse del pasamanos. Al fin llegó a la planta baja. Vio la escalera que llevaba al *den*. Deseó entrar y quedarse un rato en aquel espacio prohibido, lleno de cuadros y artistas. Pero había tomado una decisión y ya nada la detendría.

Caminó hasta la puerta.

La tristeza del jardín le recordó su infancia, a Victoria y el hámster ahí enterrados. Una lágrima cayó formando un círculo oscuro en esa tierra donde no crecían flores ni esperanzas. El columpio colgaba desequilibrado, con la tablilla ulcerada y el gancho mohoso.

Clavó la vista en el zaguán.

Abrió el cerrojo. Su corazón latía tan veloz que por un momento su entorno se oscureció. Sin la compañía de Pepa, sin Maggie ni su madre, el exterior amenazaba con devorarla.

—Las niñas de tu edad no caminan solas en la calle.

Sobresaltada, segura de encontrarse cara a cara con su mamá, giró. Pero la voz era un eco que le hablaba desde dentro. Apretando los dientes, cerró el portón. El golpe silenció a doña Carolina.

Miró la fachada. Los recuerdos le cayeron encima como los confites de las piñatas que ella y sus hermanos fabricaban para las posadas. Sacudió la cabeza para alejarlos y evitar que la obligaran a arrepentirse.

No obstante, sus ojos continuaron recorriendo las ventanas, las almenas, los barandales de los balcones a los que varias veces salió desnuda. Contempló el nicho que, sobre el pórtico, alojaba la figura pétrea de la Virgen de Guadalupe.

Inhaló, contuvo el aire y observó el café de chinos que habían instalado en la casa donde antes vivía Gus. Últimamente doña Carolina se quejaba de la basura y la cantidad de misceláneas que habían abierto en esa colonia otrora de abolengo. Pasó un tranvía; las chispas producidas por los cables le devolvieron el ímpetu.

Sonriente, echó a andar. A cada paso sus dudas se disolvían.

En la esquina de Abraham González y Lucerna oyó las campanadas del reloj de la calle Bucareli. Estiró el brazo para detener un taxi. Antes de darle la dirección memorizada, le dijo al conductor:

—¡Soy libre!

CUERPO SEGUNDO

1

Bajó del coche frente al número 52 de Río Duero. Como un río caudaloso, la sangre corrió por sus venas agitando su pecho, golpeando sus sienes. «Río, ¿de reír?», se preguntó y una sonrisa iluminó sus ojos.

Tocó un timbre. Al oír el nombre de la joven, el portero le entregó dos llaves. Pita las sujetó con tanta fuerza que se le encajaron en la palma. Subió despacio. Con los párpados muy abiertos, observaba las baldosas del piso, los arbotantes y las ventanas angostas que dejaban caer rectángulos de luz en los corredores. Llegó al número 11; la mano, temblorosa, le impedía introducir la llave.

Por fin un nuevo mundo se desplegó ante ella. Aún convulsa dio un paso, luego otro. La recibió un desconocido y agradable olor a nuevo. Rozó el papel que, con flores tenues, cubría la desnudez de los muros.

Aunque reluciente, el mobiliario de la sala le recordó la casa paterna. No así los cuadros que, en vez de reproducir caras de ignotos ancianos o lugares ya desaparecidos, representaban coloridas figuras geométricas. No había figuritas de porcelana ni carpetas ni tibores.

Su corazón volvió a agitarse cuando se aproximó a los dormitorios. ¿A cuál entrar primero? El azar la condujo a la derecha.

Sus pupilas recorrieron aquel espacio: «Sin duda está destinado a mi felicidad», pensó.

La cama grande, mucho más grande que la suya, cubierta por un edredón celeste, la invitó a saltar en ella. Los cojines blancos rebotaban mientras una cascada de risas estallaba contra las paredes forradas de papel con pétalos color rosa.

Después observó la *chaise longue* y el tocador en cuya luna se veía reflejada. Incrédula, tocó el espejo para cerciorarse de que era ella quien estaba ahí.

—¡Soy libreee! —gritó mientras se deshacía las trenzas.

Emancipada, la cabellera cayó en ondas sobre sus hombros.

De pronto sintió mucha hambre. Antes de ir a la cocina se asomó a la otra habitación: solo había un secreter y una silla de bejuco.

El refrigerador estaba vacío. También los estantes. La felicidad se tornó en sofoco. ¿Qué clase de hombre era que la dejaba sin comer?

Iracunda, se recostó en la *chaise longue* y, mirándose en el espejo, empezó a cantar. Su voz estridente encubrió las pisadas que se acercaban.

Fijos en sí misma, sus ojos no descubrieron al recién llegado hasta que lo vio detrás de ella, reflejado en el azogue. Se levantó sin titubear. Él la recibió en sus brazos.

Aún incrédulo de que cumpliera con la promesa hecha días antes, tras un momento la alejó para ver aquel rostro que parecía inaugurar la belleza, la frescura. Le acarició el cabello; le besó la frente, la nariz, tomó entre sus manos grandes y expertas las mejillas entintadas; unieron sus bocas.

Un temblor incontrolable la sacudía toda, completa. Aquella sensación no se parecía a ninguna. Ávida, abrió los labios para descubrir el sabor de otra saliva, de otra lengua. El hombre, mucho más alto, tomándola de la cintura, la elevó del piso; pero ella ya flotaba.

A pesar de su erección, José decidió ir despacio. La depositó sobre el parqué. Pita le echó los brazos al cuello.

—Quiero más —dijo alzándose en las puntas de sus pies.

Boca con sabor a estreno. Lengua un tanto áspera que, al unirse a la suya, le erizó la piel. Los labios de novicia emprendieron la aventura de besar. La curiosidad se tornó en avidez; en necesidad de tocar, descubrir; manos que la exhumaban así, lentamente, desprendiéndola de sus vestiduras.

Horizontal sobre el cobertor, percibió un dulce aroma que pronto se mezcló con la loción masculina. Los pies, libres de zapatos bajos y calcetas, recibían besos mientras él se quitaba el saco: finísimo casimir que yacería arrugado, encima la corbata de seda, y sobre estos el corpiño un poco deshilachado en el escote.

Ella alzó los brazos, arqueó la espalda y sus pechos, tan jóvenes, despuntaron. Suspiros. De pronto hubo una pausa. Al abrir los párpados se enfrentó con un pene erecto, enorme y amenazante. El miedo le cerró las piernas que él recorría con ambas manos. Comprensivo, besó su ombligo y se recostó a su lado.

«Lo que ellos tienen abajo se lo meten a las mujeres por aquí», recordó las palabras de Lucero en el colegio de Monterrey. «¿Por donde hacemos pis? ¡Qué horror! Debe doler muchísimo». La pirinola del primo era de este tamaño. Lucero había dejado entre sus índices un espacio…

Guadalupe tragó saliva. ¿Qué se sentirá? Giró para enfrentarse a la mirada de José. Él volvió a acariciarle el cabello.

—No temas.

—¿Duele? —preguntó arrugando la nariz.

—El amor no duele. Será cuando tú lo desees.

Pita contempló los labios de aquel hombre; aunque el superior era apenas visible, en armonía con su par, le regalaban un increíble gozo.

Así permanecieron varios minutos, cada uno evocando la tarde en que él visitó la galería. Mientras él observaba una pintura de Angelina Beloff, apareció esa niña con calcetines, zapatos bajos con traba y moñito en la punta; el vestido dejaba al descubierto los hombros aún redondos, donde las trenzas reposaban invitándolo a la caricia. Llevaba los labios pintados de un rojo estrepitoso. ¡Qué ganas de tocárselos, besarla…!

—¿Quién eres?

—Pita Amor.

La palabra *amor*, pronunciada en cámara lenta, le alteró el ritmo cardiaco.

Guadalupe, retadora, no despegaba la mirada de aquel rostro alargado, frente ancha, cejas y ojos oscuros que la abrasaban sin disimulo.

—¿Va a comprar algún cuadro, señor? —coqueta, inclinó la cabeza.

—Si es suyo, ahora mismo.

Ella soltó una carcajada, contagiando al desconocido.

—Yo solo sé declamar.

El hombre arqueó las cejas al tiempo que decía:

—Adelante, por favor, declame algo…

Pita no dudó:

> Prolóngase tu doncellez
> como una vacua intriga de ajedrez.
> Torneada como una reina
> de cedro, ningún jaque te despeina.
> Mis peones tantálicos
> al rondarte a deshora,
> fracasan en sus ímpetus vandálicos.
> La lámpara sonroja tu balcón;
> despilfarras el tiempo y la emoción.
> Yo despilfarro, en una absurda espera,
> fantasía y hoguera…

—¡Mujeres! Ustedes, como la dama en el ajedrez, nos dominan.

Pita se atragantó al pasar saliva. «¡Este señor me ha dicho mujer!» Su mente, veloz, tuvo la ocurrencia de preguntar:

—¿Y usted es un rey?

—Solo en tu corte.

—¿Vamos a tutearnos?

—Sí, para decirte que hueles mejor que un jardín de flores.

Mareada, se reclinó en la pared.

—Si conoces el resto del poema, buscaremos la ocasión para que me lo digas al oído.

Atizada su vanidad, irguió la espalda y se mojó los labios:

—¿Aquí?

—No, en algún lugar donde los espíritus celosos no nos estorben —respondió sin despegar la mirada de esa boca llena, jugosa, sugestiva.

—Dígame dónde y cuándo —se oyó decir.

—Mañana salgo de viaje. Regreso el día 29 y…

—El 30 es mi cumpleaños. —Su sonrisa oronda lo encandilaba.

—¿Cuántas primaveras?

—Dieciocho.

Él extrajo una pluma y una pequeña libreta del bolsillo interior del saco. Mientras anotaba, el mareo que Pita sintiera un momento atrás volvió con mayor intensidad; llenó sus pulmones de aire al tiempo que rogaba: «Dios, no permitas que me caiga desmayada frente a este señor a quien sí le importo, ¡por favor! Seré buena…».

—Aquí apunté la dirección.

Tomó el papel con mano temblorosa.

—Me gustaría festejar tu cumpleaños, a menos que acostumbres celebrar en familia, entonces…

—No, no —se apresuró a negar—, nunca hacemos fiestas ni nada de eso.

—Entonces, si no cambias de opinión, al llegar al edificio le das tu nombre al portero; él te mostrará el camino.

Guadalupe, aturdida, asintió.

—José Madrazo, a tus pies —inclinó la cabeza y besó su mano.

La joven aprisionó la hoja en su palma para que nadie la descubriera. Tras despedirse observó al hombre, elegante y gallardo, tomar su sombrero de la percha y subir despacio las escaleras. Después corrió a la ventana del vestíbulo para verlo abordar un Packard negro, reluciente. Luego voló al primer piso y, desde el balcón, sus ojos lo siguieron hasta que el auto dobló en la esquina.

Encerrada en el baño, desplegó el papel y, antes de romperlo en trozos pequeñitos, memorizó el domicilio. Con un brillo nuevo en los ojos, como solía hacer antes, tomó una cinta de papel y marcó, no las trescientas sesenta y cinco rayitas que faltaban para su cumpleaños, sino diecisiete.

—Solo diecisiete días —repetía.

Entonces, en lugar de enrollar la tira y guardarla en un tubo de cartón, con ella señaló la página del libro donde estaba el poema que le recitaría al hombre que la reconocía como mujer, que sabía apreciar su voz, su olor y su compañía.

José la regresó a ese extraño presente en el que ella se preguntaba si estaría soñando.

—¡Feliz cumpleaños!

—Creí que no te acordabas —exclamó incorporándose así, desnuda y sin vergüenza.

—Imposible olvidarlo. No te muevas —ordenó mientras buscaba en el bolsillo de los pantalones—. Date vuelta y recoge tu cabello.

Guadalupe sintió un cosquilleo en la nuca. Luego inclinó la cabeza para descubrir, entre sus senos, la letra P ensartada en una fina cadena de oro. Un estremecimiento erizó su piel. Giró, muda, con los ojos tan abiertos que José, enternecido, la acunó en sus brazos.

—Tu diminutivo y el mío —dijo él—, Pita y Pepe.

Guadalupe brincó y se acercó al espejo del tocador.

—Nunca me habían regalado algo tan bonito… Jamás.

—Ahora recítame al oído el resto del poema. ¿De quién es?

—López Velarde —volvió a la cama, se sentó sobre las rodillas y susurró:

> En la velada incompatible,
> frústrase el yacimiento espiritual
> y de nuestras arterias el caudal.
> Los pródigos al uso
> que vengan a nosotros a aprender
> cómo se…

Enloquecido, besó sus labios, los mordisqueaba al tiempo que le acariciaba la espalda desnuda y tibia. Guadalupe, sin saber qué hacer con esa sensación que agitaba su cuerpo y le nublaba la conciencia, hundió los dedos en el cabello, todavía abundante, de aquel hombre 29 años mayor que ella. Él acercó sus manos a los costados, a los senos, pequeños, con pezones que adivinaba dulces. Se detuvo y la miró como pidiéndole permiso. Guadalupe asintió. Al sentir los pulgares rozando aquellos botones que ni ella se había tocado, su respiración se aceleró y sus caderas empezaron a moverse. Pepe la recostó y se unió al vaivén. Su boca viajó por el cuello, el pecho; se entretuvo en cada uno; luego continuó por el vientre y la entrepierna. Jadeante, Guadalupe abrió los muslos y, con cierta inquietud, lo recibió dentro de ella.

En la calidez del lecho, entre las sábanas revueltas, Guadalupe le anunció que había huido de su casa a la que no pensaba regresar y que salió con lo puesto; lo dijo con naturalidad, como si hubiera dicho: «Me gustan los dulces y el chocolate».

Admirado por su osadía, Pepe soltó una carcajada. Pero un momento después su rostro se convirtió en una máscara de yeso.

—No, Pita, así no, tu madre estará preocupadísima. Debes avisarle que te encuentras bien.

—Mandaré una carta o… ya veré.

—¡Es urgente! Comunícate ahora mismo —exigió.

—A mi mamá no le importa lo que haga.

—Eso es imposible…

—Cree que fui a dormir a casa de una amiga —mintió, recordando el día que falleció don Emmanuel: su madre, desconsiderada, impasible, la había echado de la casa—. Mañana la llamo.

Dubitativo, desvió la mirada. Aunque no tenía hijos ni esposa, daba por hecho que una madre, por indiferente que fuera, debía mortificarse. «Su familia me puede acusar…».

—Hoy cumplo 18 años, soy una mujer dueña de mis decisiones —afirmó.

Con la punta de la lengua, Pita le recorrió el contorno de los labios. Vencido, la abrazó:

—Entonces te quedas aquí; esta será tu casa, con una condición: avísale a tu familia.

—Lo prometo —dijo, irreflexiva—. Muero de hambre —agregó coqueta, entornando los párpados.

La ayudó a vestirse y la llevó a un pequeño restaurante a dos cuadras del departamento. Aunque le hubiera gustado ir a uno más lujoso, entró ufana, segura de que todos los parroquianos la creían esposa de aquel señor, «¡Señorón!», se dijo, «guapo y de evidente linaje».

Pepe, divertido, la veía devorar un pozole y tostadas con salsa verde; de postre, ella pidió helado con mermelada de fresa. Al regresar, antes de besarle la frente, le prometió volver al otro día para acompañarla a comprar un guardarropa y surtir la despensa.

—¿Te vas? —preguntó desconcertada.

—Sí, adueñate de tu nueva casa.

—¿De verdad eres soltero?

—No te mentiría.

Le creyó. Además, nunca vio a sus padres compartir la cama; por lo tanto, le pareció natural que José no pasara la noche con ella.

Nadie notó la desaparición de Guadalupe hasta que se reunieron para la merienda. A doña Carolina le pareció extraño que su hija menor, tan golosa, no hubiera sido la primera en llegar, como cada año, con la sonrisa pícara a esperar los regalos y la rebanada de pastel.

Entonces recordó: esa mañana se habían encontrado en el pasillo. Le dolía tanto la cabeza que, temerosa de los arranques y la cháchara de Guadalupe, ni siquiera le deseó feliz cumpleaños. La voz de la sirvienta preguntando si ya servía las enchiladas la devolvió al presente.

—Cuca, ve a buscar a Pita —ordenó.

—No tardará en venir —dijo José María desplegando la servilleta.

—Muy propio de mi hermana montar una escena, con más razón hoy —agregó Maggie torciendo la boca.

—¡Sirvan ya! —dispuso la señora tras sacudir la campanita—. Si se queda sin cenar, allá ella y sus berrinches.

Los minutos pasaban, los platos se fueron vaciando. Algo raro flotaba en el aire, obligándolos a guardar silencio. Inés miraba las dos enchiladas que, solitarias, parecían marchitarse y, sin importarle que su madre la reprendiera, decidió cubrirlas para que la festejada pudiera cenar. Llegó el chocolate recién batido y el pastel embetunado.

Seguros de oír pasos, cada tanto el clan giraba la cabeza hacia la puerta del comedor.

Llamándola a gritos, convencido de que Pita se había quedado dormida en algún rincón, Chepe bajó a los sótanos. Carito buscó en el *den* y María Elena en la azotea. Minutos después, otra sirvienta y el resto de la familia registraban cada una de las cuarenta habitaciones.

—¡No aparece, señora! —lloriqueaba Cuca—. ¿Qué hacemos? Está reteoscuro allá afuera, y a la niña Pita le pueden volver los miedos a la oscuridá.

Carolina se derrumbó en el sofá de la salita rosa.

—Solo esto me faltaba, Dios bendito. ¿Por qué me castigas? Yo tengo la culpa, he sido… —El llanto le estranguló la garganta.

Maggie fue a casa de los vecinos: nadie la había visto.

Más preocupada por Guadalupe que por el cotilleo, doña Carolina llamó a sus amigas. «Lo siento, aquí no ha venido».

El rumor se extendió: la hija loca de los Amor se había escapado con algún malandrín. ¿Qué otra cosa se podría esperar de ella? Ociosa desde chiquita. Tan rara. Díscola. No hay mal que por bien no venga: finalmente, a la pobre Carolina se le quitarán las aflicciones que esa ingrata le ha dado desde su nacimiento.

Cerca de las once la familia, rendida, volvió a reunirse en el *hall* de arriba. En la penumbra que apenas mitigaba una lámpara de pantalla color pergamino, las ojeras de la viuda, espectrales, se acentuaban.

—Debemos avisar a la policía —decidió Chepe.

Su madre lo miró unos segundos antes de decir:

—No, me niego a meter a esa gente en la casa, interrogándonos como si fuéramos delincuentes. Además, nos arriesgamos a que aparezca la noticia en los periódicos. No permitiré un escándalo.

Maggie dio las buenas noches y se retiró a su habitación.

—Señora, disculpe la molestia... hace rato trajeron este telegrama...

Carolina abrió grandes los ojos y le arrebató el sobre a la sirvienta.

—¿Hace rato? ¿Cuánto rato? —gritó.

Sus manos temblorosas lo rasgaron.

—Lee tú —ordenó al hijo.

—Pita está bien. Por propia voluntad decidió irse. Mañana se comunica. Firma un tal José Madrazo.

—Lo conozco —dijo Carito—. Ha venido varias veces a la galería. En una o dos ocasiones lo vi platicando con Pitusa. Me pareció un caballero, educado...

—¿Qué caballero se roba a una señorita de buena familia? —la voz de Chepe retumbó bajo el tragaluz de colores.

—Esa impresión me dieron él y su hermano, gente fina. A mí me tranquiliza saber que ella está bien.

—Pues a mí no. ¡Hija insensible! ¿No ve el dolor que me causa? ¡Esto es inadmisible! Como si estuviéramos en tiempo de la Revolución. —Carolina hundió la cara entre sus manos—. ¡Qué vergüenza! No en vano le prohibí bajar al *den*. Ese hombre le habrá envenenado el cerebro. Ahora anda por ahí ensuciando nuestro apellido...

—Mamá, es tarde, ve a descansar. —Chepe la ayudó a levantarse y la acompañó hasta la puerta de su recámara.

Tras una noche en que los minutos, lentísimos, le irritaban más los ojos y profundizaban sus ojeras y su palidez, Carolina pidió un té de tila y fue a sentarse junto al teléfono. Pero a la angustia de la desaparición de Guadalupe se sumó otra: la inminente pérdida de la casa. El Banco Nacional de México la sacó a remate.

2

Cada mañana, al despertar, Guadalupe sonreía y se estiraba en la cama enorme. Ahí permanecía largo rato, feliz del ocio, de poder holgazanear hasta que le diera la gana; feliz de no ver a su madre ni a Ignacia; feliz de habitar un departamento sin mariposas negras, sin antigüedades desportilladas ni recovecos oscuros; sin tapetes roídos ni cortinas rotas.

—Todo mío —repetía en voz alta frente al espejo—, soy la reina, reina del día y de la noche.

Los cajones del tocador se iban llenando de labiales, rubores y lápices para las cejas. Salía sola, con la ropa nueva que José le regalaba, estrenando zapatos.

—¡Medias! —gritaba al sacar cada par de su envoltorio.

—Despacio —ordenaba José.

Obediente, tomaba asiento e imitaba a su madre, a la que tantas veces había espiado: la pierna, apenas doblada en el aire, como si flotara; el pie en punta y, lentamente, con delicadeza, soltaba aquella malla sedosa hasta llegar a la parte alta del muslo y engancharla en el liguero. A veces, aunque planearan salir, Pepe, avivado su deseo, empezaba a quitarle las prendas que llevara encima.

Solícito, el capitán del Prendes los condujo a la mesa que siempre estaba reservada para don José Madrazo. El repicar de los tacones nuevos y la gracia de Pita reclamaban las miradas de los clientes. Con agrado, ella se detenía en las mesas donde Pepe saludaba.

Hombres elegantes inclinaban la cabeza, tomaban su mano y la acercaban a sus rostros, simulando besar el dorso y sin dejar de observarla. Oía nombres que alguna vez pronunció su padre; apellidos que aparecían en el periódico.

Atenta a cuanto sucedía a su alrededor, Pita pensaba en el universo que hormigueaba mientras a ella la escondían en las sombras, aislada, encarcelada como al mono del zoológico.

Pepe le mencionó lo mejor del menú; ella lo dejó elegir. Absorta, lo oyó narrarle que Pancho Villa había entrado a caballo al restaurante para comer el famoso filete de res que ahí servían. Luego, tras ordenar una botella de vino francés, continuó con la historia familiar que había interrumpido:

—En los Altos de Jalisco mi padre se dedicaba a la crianza de ganado menor y, más tarde, en 1918, mi hermano y yo empezamos a criar el de lidia con solo dos sementales españoles. Buscábamos calidad. Siete años después trajimos doce vacas desde Santander, luego importamos cuarenta más y cuatro sementales, diez utreros…

—¿Qué es eso? —preguntó curiosa.

—Novillos. Nunca cruzamos ejemplares españoles con criollos, así logramos toros largos y arrogantes, con cuernos generosos, únicos e inconfundibles en el campo bravo mexicano —explicó esa tarde, mientras el mesero, siempre solícito con don José, les servía sendos filetes acompañados de puré de papas—. Me gustaría llevarte a la hacienda. Ahora tenemos más de mil reses cuya sangre sigue pura.

—¡Vamos!

—Son más de veinticuatro mil hectáreas…

Guadalupe pensó en la extensión de San Gabriel que, según repetía su padre, tenía veinte mil. Recordó la fotografía de la hacienda resguardada bajo el vidrio del escritorio y la reproducción que colgaba en el muro de la escalera. Vio a su papá absorto, siempre triste, leyendo en la penumbra de la biblioteca y, sobre la mesita, el té inglés en la finísima taza de porcelana. Y sus últimos días, sentado en el balcón, con la manta escocesa abrigando sus piernas cansadas.

—... ahora comprendes por qué voy continuamente a Jalisco y, dos o tres veces al año, a España.

—¡Llévame!

Pita se vio en Madrid cantando coplas, con un traje sedoso lleno de holanes, plumas en el sombrero y un clavel en el escote. «Visitaré a la tía Julia y le diré: "¿Sabes?, soy tan rica como tú; no necesito que me mandes regalos, ya tengo para comprarme lo que me dé la gana. Mira cuántos anillos traigo, los collares se enredan en el joyero. Aquella imagen del Buen Pastor que me obsequiaste para mi primera comunión quedó arrumbada en la caja con los misales y las tarjetas. Serás muy condesa de Bermejillo, tía, pero yo soy la reina. Reina de la libertad, del día y de la noche"».

—Lo haré —respondió Pepe pasando el índice por la barbilla de Guadalupe—. Pero antes iremos a una corrida, entonces comprobarás que nuestros toros tienen mucho trapío, son grandes y bravos —bebió el tinto que aún restaba en su copa.

Guadalupe tomó entre sus dedos la cadena de oro y balanceó el dije. Con la otra mano se llevó a los labios aquella bebida que, al verla en otras mesas, insistió en probar. Además del tono rosa, le encantaba el nombre, medias de seda, y más aún, su sabor dulce. «Dulce, como mi libertad».

—El mes próximo viajo a Europa. Me urge arreglar algunos asuntos y con la guerra en España, no sé cuándo podamos ir juntos. Al regresar tramitaremos un pasaporte para ti.

3

Contoneándose con un vestido de tafetán azul, Guadalupe cruzaba, del brazo de José, el vestíbulo del Palacio de Bellas Artes. Iba expectante, observando y deseando ser observada por la concurrencia.

Por momentos bajaba la vista para llenarse los ojos con los destellos que las luces derramaban en los mármoles, o la elevaba para admirar los candiles. De pronto pensó en Margarita y sonrió: «Ni se imagina dónde estoy, pobre tonta».

Ni Maggie sabía dónde estaba su hermana ni Pita qué hacía la familia desde que la abandonara.

—El banco nos da dos meses para desocupar la casa —anunció doña Carolina con los ojos inflamados y la nariz roja; estrujaba un pañuelo que ya no tenía espacio para absorber ni una lágrima más: pañuelos importados de Francia, con sus iniciales bordadas y que jamás volvería a conseguir.

Sus hijos, pesarosos, asustados, se miraban uno al otro.

—No quisiera malbaratar los cuadros ni los tibores antiguos, tampoco los muebles ni las joyas. Además se acerca la fecha de tu boda —su vista se dirigió a Carito—, y tienes que salir de aquí vestida de novia —pálida y con un sabor amargo en la boca, añadió—: Es urgente conseguir que extiendan el plazo.

Unos días después supieron quién había comprado la residencia. Entre los hijos y la madre, decidieron intentar una prórroga.

El licenciado Ramírez, que conocía la historia de don Emmanuel, aceptó darles una cita. Las dos Carolinas ensayaron el discurso y, tragándose la vergüenza de verse obligadas a pedir semejante favor, se presentaron en la oficina. Con menos ruegos de los imaginados, lograron su propósito: el hombre concedió dejarlos vivir en la casona ocho semanas más, siempre y cuando le pagaran renta.

Durante ese tiempo los Amor se dieron a la tarea de vender aquellos objetos que la viuda atesoraba. De cajones y baúles salían sedas y brocados traídos de Europa; mancuernillas de oro con el monograma de don Emmanuel; algún anillo que, oculto al fondo de un cofre, hasta ese momento se había librado del Monte de Piedad. Además de abonar el alquiler, debían reunir lo suficiente para la mudanza, la renta de otro inmueble y la boda de Carito.

Muchas familias que habían perdido sus bienes durante la Revolución se vieron en la necesidad de instalarse en la segunda sección de la colonia Juárez, donde las viviendas, aunque reducidas, tenían ese toque afrancesado que gustaba a la burguesía. Hacia allá se dirigió doña Carolina.

Después de varias visitas y decepciones, cansada de ver jardines diminutos, escaleras angostas y pasillos cortos, casas sin costurero ni antecocina, no le quedó más remedio que conformarse con una seis veces más pequeña que la suya: solo cuatro recámaras, sala, comedor y un trozo de jardín.

En el taxi que la regresaba al hogar desmoronado, la viuda intentaba imaginar su existencia en ese otro mundo al que le temía, no solo por ignoto, sino porque también evidenciaba el derrumbe de su pasado, de sus esperanzas y costumbres. Nostálgica, llenó el automóvil de suspiros y temblores incontrolables.

El chofer la veía por el espejo: «¿De qué puede sufrir esta señora tan guapa y distinguida? Los ricos no pasan miserias como uno, que anda rascando la cartera, ¿qué les falta? Nomás de ver la casota donde la dejé…».

«Al menos tiene ventanas grandes por las que entra la luz y la calidez que los Amor hemos perdido», pensó doña Carolina mientras observaba los viejos muebles que, con la esperanza de llevarlos al nuevo domicilio, aún no había vendido. Sin embargo, en ese momento debió aceptar que eran demasiado grandes. «Cuando la casa quede vacía surgirán los fantasmas agazapados durante años», se dijo.

Luego recordó aquel día en el que esperaba a sus amigas en la salita rosa y oyó ruidos extraños. En la biblioteca halló a su esposo con medio cuerpo fuera de la ventana, dando indicaciones. Temerosa de que al llamarlo el sobresalto lo lanzara al exterior, en voz baja pronunció su nombre. Vestía levita. Tan elegante. Habían llegado unos muebles que había ordenado trasladar desde la hacienda. «Ay, Emmanuel, ¿quién hubiera imaginado que acabaría yo vendiendo esos tesoros que rescataste de San Gabriel? Fuimos tan ciegos… Pero… ¿cómo adivinar que lo perderíamos todo? ¡Todo! El mueble de caoba brasileña, la mesa de marquetería y las consolas Luis XIV que heredaste de tus padres. Mis joyas». La tristeza afloraba en su rostro, en su corazón. Miró su entorno, sin marfiles ni juegos de plata; sin las vajillas alemanas ni los tapetes persas. Su vista se enredó en el candil que pendía del techo. Lo imaginó cayendo sobre ella, oyó el estrépito, los prismas convertidos en astillas, en polvo, en nada.

Se dirigía a la cocina cuando un rectángulo blanco llamó su atención. De inmediato reconoció la caligrafía de Guadalupe. Rasgó el sobre. Mordiéndose los labios leyó que su hija estaba bien, contenta con su «nueva vida y por favor no me busquen porque no pienso regresar».

—Ni un *te quiero*, o... *los extraño, me gustaría visitarlos* —informó a sus hijos durante la cena.

Gracias a ciertas amistades, esa misma tarde Chepe había descubierto que su hermana, como dijo Carito, vivía con un poderoso ganadero.

—Te dije, mamá, que no te preocuparas por ella. Ahora compruebas que es feliz lejos de nosotros. Le estorbábamos.

—Siempre fue indisciplinada, una niña difícil —murmuró doña Carolina—, y aunque nos ha causado tantos disgustos, es y será siempre tu hermana. He perdido tantas cosas, pero perder a una hija es lo más doloroso. ¡Y de esa manera! Porque la verdad es que se marchó sintiendo que ella nos estorbaba a nosotros.

El silencio cayó como una paletada de tierra.

Mientras José Madrazo viajaba en su coche de México a Nueva York (un banderillero le pagó por dejarlo conducir el Cadillac hasta la Gran Manzana), Pita se dirigía al café París donde, según algunos vecinos, solían reunirse los intelectuales.

Antes de salir delineó sus ojos que parecían haberse agrandado; carnosa, tiñó su boca de carmín. Dividió su cabellera y, abultándola en la parte superior de la cabeza para enmascarar su juventud, como había visto a Olivia de Havilland en una revista, entrelazó cada mitad. «Me estoy mudando al país de las maravillas encantadas...», repitió aquella frase de la actriz.

Atravesó la puerta del café. Casi todas las sillas estaban ocupadas y los clientes conversaban a voces. En la esquina, apoyándose en un taburete alto, un mocito, prieto como Bibi, tocaba la guitarra. A Guadalupe le molestó aquella presencia. «Pitusa, no hables con esa gente, no son tus iguales», remachaba su madre cada vez que la encontraba en la cocina platicando con las sirvientas.

Sus pupilas recorrían el local cuando alguien, de pie, la llamó.

—¡Pita Amor! ¡Qué sorpresa!

—¡Julio Castellanos!

Tras saludarla, señaló a quienes lo acompañaban:

—Te presento a Salvador Novo, Clementina Otero, Andrés Henestrosa y Xavier Villaurrutia. Por favor, siéntate con nosotros.

Guadalupe no dudó.

—¿Recuerdan que les hablé de la Galería de Arte Mexicano? Ella es Pita, hermana de Carolina. Ahí nos conocimos —dijo el pintor y, dirigiéndose a la joven, preguntó—: ¿Cómo van los arreglos del nuevo local?

—Bien… creo… No lo he visto —ocultó su desconcierto fingiendo buscar algo dentro de su bolsa.

—La galería se muda porque vendieron la casona —explicó Julio a los demás—. Ahora estará en General Prim. No es un espacio adecuado para montar exposiciones, pero esperemos que con una manita quede bien. ¿Gustas tomar algo? —preguntó a la recién llegada.

Tras el «vendieron la casa», Guadalupe dejó de oír. No sentía nostalgia, sino cierta extrañeza al imaginar a otra Pita durmiendo en su cama, escondiéndose en el cesto de la ropa sucia, unos niños persiguiéndose en los sótanos, un desconocido en la biblioteca de su padre. La mesera, con delantal blanco, le rozó el brazo, trayéndola de regreso.

Mientras revolvía las tres cucharadas de azúcar y la leche que le había puesto al café, miraba embelesada a Villaurrutia: la frente ancha de hombre inteligente, los ojos grandes, el traje oscuro con solapa angosta. De pronto interrumpió la conversación:

—¡Usted escribió *Nocturnos* y *Nostalgia de la muerte*!

Xavier sonrió con los labios, no con la mirada; esta parecía vagar en algún abismo.

—«Soñar, soñar la noche, la calle, la escalera / y el grito de la estatua desdoblando la esquina. / Correr hacia la estatua y encontrar solo el grito, / querer tocar el grito y solo hallar el eco…».

Pita declamaba aquellos versos con teatralidad; sus pupilas paseaban entre los comensales, ansiosa de ser escuchada, pero en aquel bullicio solo sus acompañantes le prestaban atención. Xavier salió de su mutismo y la contempló emocionado:

—¡Tan joven y la sabe de memoria! —exclamó Novo.

—Creo —intervino Henestrosa— que a usted, como a mí, su madre le leía a Bécquer, a Amado Nervo y…

—Se equivoca. Mi madre no me leía ni los titulares del periódico —respondió circunspecta.

A los varones les divertía la naturalidad y el desparpajo con que la jovencita se comportaba. En cambio, a Clementina le disgustaban su afectación y su voz chillona.

—Andrés también ha publicado libros —dijo Julio.

Una sonrisa iluminó la cara redonda de Henestrosa.

—Eso se lo debo a la amabilidad de Manuel Rodríguez Lozano y María Antonieta Rivas Mercado, ambos me adoptaron al poco de llegar a la capital. Ahí, en casa de ella, conocí a Julio —explicó sin soltar la sonrisa.

Pita, más interesada en relacionarse con ese mundo que en la vida de aquel hombre que, no obstante su tono de piel, le resultaba simpático, preguntó quién era Rodríguez Lozano. Novo hizo una mueca burlona; Castellanos, sorprendido de que Guadalupe no lo supiera, dijo:

—Es pintor, mi maestro y parte de nuestro grupo. Llevó una obra suya a la inauguración de la galería de tu hermana. Alguna vez lo habrás visto ahí.

Guadalupe se encogió de hombros.

—Por cierto, Carolina me entrevistó hace años para *Excélsior* —recordó Salvador Novo y luego, dirigiéndose a Villaurrutia—: Cuéntale a esta bella señorita lo que Rodríguez Lozano dice de ti —y él mismo continuó engolando la voz—: «Xavier es un bonito narciso que se mira en la superficie de un lago y en la pluma fuente de Cocea».

—Recuerdo a mis hermanas mencionar a un grupo sin grupo… —dijo Pita—. ¿Novo, Gilberto Owen…? ¡Villaurrutia, claro!

—Los Contemporáneos —terció Xavier—. Una pesadilla que empezó con la revista *Examen.* En ese entonces la prensa derechista nos censuraba por «ultraje a la moral pública» —una risa amarga escapó de su boca—. Nos denunciaron judicialmente. ¡Esa hipócrita sociedad porfiriana!

La mirada de Guadalupe pedía más.

—Nos reuníamos en el café Selecta, donde Xavier siempre pedía té inglés, *buns* y mermelada de naranja —intervino Salvador Novo.

—¡Ay, por favor, no se detenga! —reclamó Pita.

—Con el número 43 de *Contemporáneos* se rompió la cuerda que nos afianzaba, terminó la desazón, la etapa de grupo e iniciamos la obra personal —las manos de Villaurrutia se movían como aves inquietas—. Alguno incluso renegó de la revista.

—Adiós a nuestras reuniones en la calle Independencia —suspiró Salvador.

«Y yo encerrada dentro de una casa sombría, lejos de este universo», pensó Guadalupe. Sus ojos dejaron a Villaurrutia para dirigirse a la mujer cuyo nombre no recordaba.

—¿Y usted?

—Soy actriz.

Conocedores de su discreción y mutismo, los señores empezaron a hablar al mismo tiempo, pero fue Xavier quien dijo:

—Clementina, además de su belleza, actúa como nadie.

—Bajo tu muy crítica dirección, Xavier —añadió.

Guadalupe la observó sin disimulo. «Sí, guapa, aunque de mirada triste».

—Entonces, Xavier, además de poeta, ¿dirige usted obras de teatro? —los ojos de Pita se agrandaron.

—El ocio puede provocar cosas buenas —Julio dio un sorbo a su café ya frío—. Me refiero a esas tardes en las que hablábamos de libros extranjeros y se nos ocurrió publicar una revista titulada *Ulises*. Y a falta de diversión, surgió la idea de formar un pequeño teatro.

Pita se vio actriz, ataviada con vestido de tafetán rojo, rojísimo. Peinada como la Otero, con un collar de cinco vueltas y una pluma en la cabeza. Pestañeaba con ganas de pararse sobre esa horrible silla de mimbre y ponerse a declamar.

El nombre de Antonieta Rivas Mercado volvió a surgir, atizando la curiosidad de Guadalupe: que si fue la creadora del teatro Ulises, mecenas de proyectos culturales…

—Clementina es nuestra musa inspiradora…

Segura de brillar como actriz, Pita flotaba en la ingravidez del éter. Teatro, cine…

—Xavier regresó hace poco de estudiar teatro en la Universidad de Yale, becado, ¿verdad? —Salvador lo dijo con cierta idolatría e hizo un gesto animándolo a narrar la experiencia.

Villaurrutia le lanzó una mirada de disgusto, pues Novo sabía que no era un tema del que le gustara hablar. Pero al ver a Pita con los codos sobre la mesa y la barbilla apoyada en las palmas, interesada en escucharlo, resignado, resumió:

—Clases y prácticas en las que abundaban palabras deshilvanadas, sin humanidad; los alumnos, vacíos. Academicismo. Apenas conocen a Calderón de la Barca. Perdí el miedo a la dirección escénica, eso sí.

Al conversar movía sus manos largas y sus ojos proyectaban inteligencia. Guadalupe se imaginaba en el escenario del teatro Fábregas, dirigida por Xavier.

De pronto llegó la hora de despedirse, pues sus acompañantes tenían un compromiso.

Guadalupe regresó a su departamento decidida a ensayar. Sin boa de plumas ni estola de mink, se envolvió en una sábana; aplicó carmín en sus labios, en sus mejillas y, delante del espejo, recitó poemas de Sor Juana.

Entre «Amor empieza por desasosiego, / solicitud, ardores y desvelos», se llevaba una mano al corazón y alzaba el brazo contrario; luego abría los brazos como si quisiera abrazar al mundo. La diestra en el cuello, la mirada en un horizonte imaginario y, de perfil, sin dejar de observar sus dramáticos movimientos, lanzaba besos al público, hacía caravanas.

Después recordó haber oído que para lubricar la garganta era necesario hacer gárgaras de agua tibia y limón. Para el *grand finale* se sirvió una generosa porción de gelatina y la bañó con mermelada de fresa.

4

Poco después de inaugurar la Galería de Arte Mexicano, cuando la duda y el temor al fracaso aún ondeaban en los muros del *den*, donde colgaban las obras que los artistas habían dejado con el deseo y la necesidad de vender; mientras los Tamayo y los Orozco de caballete permanecían sin llamar la atención, apareció un gringo.

Tras un «*Good morning*, señoritas», estudió cada cuadro y anotó los precios en una libreta. De pronto, señalando a izquierda y derecha, anunció cuáles se llevaría y, ensimismado, salió sin despedirse. Carolina e Inés, decepcionadas al verlo partir con las manos vacías, quedaron en espera de algún cliente que quisiera gastar.

El norteamericano regresó al otro día con cuatro bolsas de lona que vació sobre el escritorio. Atónitas, las hermanas veían amontonarse los billetes. El hombre garabateó la dirección donde debían enviar las obras. Las Amor asentían, parpadeaban. En cuanto el extranjero se fue, a carcajadas, lanzaron puñados de dinero al techo. Llovían dólares cuando el señor reapareció:

—*Sorry, I forgot my hat* —recogió su sombrero y se retiró.

En el Lady Baltimore, entre sorbos de café y vistazos a su reloj, Carolina evocaba aquella escena; entonces la vio llegar. «¡Qué bonita!», pensó mientras la joven se acercaba.

—¡Pitusa! ¡Qué gusto…!

—Vine porque los pasteles aquí son riquísimos.

Con cierto disimulo la mayor observaba esa boca pintada, las cejas delineadas sobre unos ojos grandes que, en el rostro afinado de mujer, resplandecían. Quiso apretar su mano y decirle que le entusiasmaba aquella reunión, pero se contuvo.

—¿Qué tal la vida de casada? —preguntó Guadalupe con un dejo de sarcasmo.

—Raoul acaba de ser nombrado profesor de gastroenterología en…

Guadalupe no escuchaba; deseosa de reconocer a alguien importante, su atención estaba en la concurrencia. Palpó el dije de oro, cerciorándose de que no se escondiera entre los holanes de su blusa lila. Luego su interés cayó en la tarta de almendra y el *éclair au chocolat*.

Por encima del rumor y el entrechocar de cubiertos y platos, Guadalupe creyó oír el nombre de su amante. Dejó el tenedor y clavó sus pupilas en las de Carolina.

—¿Qué dijiste?

—Te preguntaba si José Madrazo te trata bien.

Pita se fijó en el traje sastre y la camisa beige abotonada hasta el cuello que traía su hermana, «tan diferente de mí», pensó. El tono dulce y afable de Carolina le recordó su infancia, las cenas navideñas, las clases de Mimí en La Libélula, a Pepa, a Bibi… Un fogonazo de cariño, como el que había sentido cuando Carito la citó para encontrarse en el café, la estremeció.

—Si él te hace feliz, lo demás no importa —apretó los labios y agregó—: Mamá y la gente…

—¿Quieres saber si voy a casarme? —echó la cabeza hacia atrás y soltó una risita—. Pepe me propuso matrimonio, pero no acepté. Soy libre, ¡libre! Amo mi libertad más que a nadie. Mantenemos la relación ideal: él en su casa, yo en la mía. Soy una reina —extendió los brazos para mostrar los seis anillos y las cinco pulseras.

Carolina dio un sorbo al café para ayudarse a digerir aquel vínculo extravagante que su hermana mantenía con un hombre casi treinta años mayor.

—Me alegra tu felicidad, créeme. Cuentas conmigo, Pitusa. Lo que necesites...

Se le quebró la voz. Entonces la menor buscó la mano de aquella hermana a la que de pronto, y por primera vez, sintió tan cerca.

Lejos del hogar que a veces no sentía suyo, alejada del tedio, del laberinto oscuro que, juraba, había sido su vida durante 18 años, Guadalupe se contemplaba en el espejo. Tres lunas la repetían, una de frente y dos perfiles que, como en el cuento, cada mañana le respondían: tú, y solo tú, eres la más bonita del universo. «Qué habría sido de mí si Pepe no hubiera ido a la galería? ¿Si yo no hubiera bajado al *den*?».

Lista para pasar otra tarde en el Café París, segura de que Villaurrutia o Julio Castellanos le reservaban un lugar en la mesa, salió con la espalda erguida, el vaivén de dos collares y el tintineo de las pulseras.

Al entrar reparó en una silla vacía junto a ellos. Hacia allá se dirigió y, ya sentada, con ojos hambrientos de conocer y pertenecer, observó a los clientes y preguntó quién era ese o aquel.

—Cerca de la puerta, con el cabello semejando sarmientos, está Silvestre Revueltas rumiando la melodía de su siguiente composición; allá, con lentes —señaló Julio Castellanos—, Efraín Huerta; hacia la derecha, Octavio Paz y Juan Soriano.

Igual que la poesía, rostros y nombres quedaban cincelados en la mente de Guadalupe.

—Barreda —intervino Henestrosa— es muy ocurrente; hace poco, entre serio y risueño, sugirió diez años de suspensión editorial para que los «pobres lectores» nos pongamos al día —una carcajada le sacudió el cuerpo—. Sufren las prensas y sufrimos los lectores ante la avalancha de novedades bibliográficas.

—Tiene razón. Yo padezco cuando en las tertulias hablan de algún libro que no he leído —afirmó Julio.

Salvador Novo, con un cigarro entre índice y medio, se acercó. Era inusitado que se dirigiera directamente a ellos, sin antes pasar un rato en compañía de Carlos Chávez o en conciliábulo con Renato Leduc u otros poetas.

—Ignoro de qué hablan, pero si es de la expropiación petrolera, me veré en la imperiosa necesidad de abandonarlos —declaró el recién llegado—. Como saben, me choca hablar de política, costosa mojiganga sin propósitos nobles o fines comunitarios. Torpeza y farsa; engaño.

—Descuida, no era nuestro tema —respondió Villaurrutia.

—Sin embargo, quisiera saber si a ustedes les sorprende tanto como a mí que la gente haga fila en el Palacio de Bellas Artes para entregar joyas, alguna monedita y hasta gallinas —dijo Henestrosa.

—Europa arde y los mexicanos se unen. Punto final —concluyó Novo apagando el cigarro en un cenicero ya colmado.

Guadalupe miraba los destellos de la piedra enorme que Salvador llevaba en su anillo. La envidia le torció el gesto y él lo notó. Con un movimiento afeminado, estiró el brazo hacia ella.

—Te gusta, ¿verdad?

—Mucho.

—Aunque no lo parezca es un topacio. La gente cree que son azules, pero los hay hasta en color champaña —sus dedos ondearon en el aire—. Este es dorado imperial. Su nombre deriva del sánscrito, simboliza el fuego.

—Plinio lo menciona —intervino Xavier, entornando los párpados para ubicar dónde lo había leído—. Proviene de una isla del mar Rojo, le llamaban *topazos*. En griego significa «buscar».

A Pita no le importaba su procedencia. Quería uno igual o aún más grande.

Esa noche esperó a José perfumada, con las uñas recién pintadas y la bata nueva. Sin ropa interior, ensayó frente al espejo varias poses, indecisa entre dejar la prenda abierta o cerrada. El hombre la halló sobre la nevera con las piernas cruzadas y, en la cabeza, un sombrero cordobés.

El ganadero amaba esos juegos que le producían un delicioso cosquilleo en los genitales. Le aprisionó un tobillo, con la punta de la lengua recorrió despacio la planta del pie derecho, luego lo asentó sobre su hombro y lamió los dedos del izquierdo, mientras sus pupilas se hundían en aquella abertura que las piernas cruzadas habían mantenido oculta. Él las apartó más; su boca viajaba por la parte interna de un muslo, después el otro. La mujer lo miraba, se humedecía los labios, gemía. Pepe, ávido, la tomó de la cintura, pero Guadalupe no pisó las losetas; decidió rodear la cadera de José y por atrás, en su espalda, como una acróbata, entrelazó los tobillos. El hombre colocó el torso de la joven sobre la mesa. Le besó el cuello, dejó caer sus pantalones y por fin la penetró.

Luego de llevarla a la cama en brazos, le preguntó qué tal había pasado el día. Pita le habló de la conversación en el café y volvió a decirle lo que él había oído varias veces:

—Van tantas personas interesantes que, si pudiera, me fraccionaría para estar en todas las mesas al mismo tiempo.

De ahí pasó a describirle, como una niña que hablara de un torrente inagotable de golosinas, el anillo de Salvador Novo. Y, por supuesto, José le regaló uno similar en su vigésimo cumpleaños.

Guadalupe había contratado a una sirvienta y Toña, el ama de llaves que le organizaba la agenda, atendía el teléfono; cada mañana, según los compromisos de la señora, debía preparar tres, cuatro o hasta cinco atuendos para que su patrona eligiera cuál ponerse primero, pues durante el día se cambiaba varias veces.

Mientras sombreaba sus párpados, volvió a recordar su primera visita a La Punta. ¡Cuánto había aprendido sobre toros! No le atraía la tauromaquia, menos aún al descubrir que a los animales nacidos sin capa negra, con pelaje de otro color, o mezclado, le había explicado José, los sacrificaban:

—Es nuestro sello, parte de lo que hace únicos e inconfundibles a nuestros toros en el campo bravo mexicano. Los toreros saben que tienen que lograr el dominio y después la faena. Quienes lo consiguen obtienen el reconocimiento y la aprobación del público.

Desde que atravesaron la reja negra bajo el letrero: GANADERÍA DE «LA PUNTA» y su emblema, Guadalupe quedó maravillada. Alborotando la tierra a su paso, el coche llegó hasta el casco de la hacienda, rodeó la fuente y se detuvo ante los muros blancos e impecables de la fachada.

En el centro del patio, entre macetones, había un pozo y su brocal; adosadas a las paredes, Pita admiró las bancas con azulejos sevillanos y, encima, algunas cabezas de toros disecados presumían su cornamenta blanquinegra. Bajo la arcada, decenas de canarios trinaban dentro de enormes jaulas doradas.

—¿Paseamos o prefieres descansar? —preguntó el hombre.

Guadalupe quería todo a la vez. La decisión la tomó un mozo que les ofreció pasar a beber algo fresco. Madrazo ordenó una jarra con sangría, mientras llevaba a su invitada a conocer los dos comedores, el frontón, la capilla y una alberca.

Los techos altísimos reproducían el sonido de los pasos que daban sobre la duela y que, a cada tanto, los tapetes oaxaqueños tejidos a mano atenuaban. Luego, en la sala, tomaron asiento frente a la chimenea, también cubierta con mosaicos sevillanos.

«Escapé de mi destino de espectadora del mundo, un mundo que existe detrás de viejas y pesadas cortinas, de vidrios que se empañaban con mi desesperación y mi tristeza», pensó Guadalupe al chocar los vasos con la bebida fresca.

—Por ti —brindó Pepe, bebieron—. Antes de comer quiero mostrarte el resto de la finca.

Sintiéndose emperatriz, Guadalupe caminó hasta el tentadero del brazo del patrón, alto y fornido, y de porte señorial. Oían el lejano relinchar de los caballos, los mugidos y el aleteo de aves.

—Aquí probamos la bravura de los erales: treinta y siete metros de diámetro, cuatro burladeros y el callejón que tiene más de dos metros de ancho. ¿Qué te parece? —el orgullo se traslucía en su mirada.

—El toro de lidia exige espacio abierto, aire puro y pastizales —dijo una voz, acercándose.

—¡Paco!

José los presentó. Tan robusto como Pepe, pero un poco menos alto, Francisco tomó la mano de Pita y la acercó a sus labios:

—Encantado, señorita. Sea usted bienvenida a La Punta.

—Muchas gracias. Por fin conozco este impresionante lugar y al hermano del que tanto habla José.

—La verdad es que hacemos buena mancuerna: Pepe es el negociador y quien gestiona con los gobernadores, en las secretarías de Estado, en la presidencia y en los despachos taurinos. Es el genio de las relaciones públicas. Yo prefiero el campo.

Un mozo anunció que doña María Luisa los esperaba con la comida lista.

—Vamos, esta bella señorita debe tener hambre —dijo Francisco y los tres echaron a andar bajo la arboleda.

La voz de Toña la distrajo del recuerdo:

—Señora Guadalupe, la cita con el diseñador es en media hora.

Pita solía ser impuntual; llegaba tarde para que la gente la viera entrar y su presencia fuera notoria. Pero con el modisto no se daba ese lujo. De prisa se aplicó el labial, metió los pies en los zapatos de tacón alto y se subió al taxi que ya la esperaba.

La tienda del parisino Henri de Chatillon, situada sobre el paseo de la Reforma, era una mansión antigua donde, según decían, había vivido una amante de Maximiliano. Ahí las mujeres elegantes compraban los mismos sombreros que aparecían en las revistas europeas. Los precios no eran accesibles para cualquiera.

Aunque Pita hubiera preferido uno sin red para no velar su rostro, el francés, con sus pomposos ademanes, insistió en que ese, negro, redondito y con tubitos de cendal imitando pétalos de orquídeas, tenía el *savoir faire* que Guadalupe necesitaba para la *fête de cette soirée*. Ante la sapiencia del diseñador, pagó una considerable cantidad y caminó unas cuadras solo para exhibir el nombre de Henri de Chatillon en la caja cilíndrica.

Al regresar a su departamento comió con apetito y se dirigió al tocador.

—Luciré más que hermosa —le dijo al espejo.

Sobre la sombra que se había puesto en los párpados un rato antes, aplicó polvo brillante; delineó sus cejas con uno de los diez lápices que se acumulaban en una charola; rúbea, como siempre, dibujó su boca en forma de corazón; roció diamantina en distintas partes del cabello y fijó con horquillas el pequeño sombrero.

Intentaba imaginar la fiesta de esa noche, distraerse, pues aquel vacío que la atacaba antes con tanta frecuencia volvió a hundirle el pecho y a opacarle la mirada.

«¡Colorete!, necesito más rubor en las mejillas. No quiero morir. Dios mío, haz una excepción conmigo, concédeme la eternidad». Aunque brillaban todas las luces de su recámara y la sirvienta había encendido la del corredor, Pita salió a tientas. Como si fuera invidente, iba sosteniéndose de las paredes. Su corazón latía con fuerza. Se dejó caer en el sofá de la sala y gritando llamó a Toña. Pero acudió la sirvienta.

—¡Enciende la lámpara, rápido, que me muero!

Asustada, obedeció.

—¿Dónde está Toña?

—Acaba de irse. ¡Señora...! ¿Busco a un doctor? —se retorcía los dedos de una mano.

—¡Qué doctor ni qué la chingada! —gritó arrancándose el sombrero—. Necesito que Dios me vea para que se acuerde que a mí me dará vida eterna, con este cuerpo, con mi cara y hasta con este peinado. ¡Ay, me muero!

La sirvienta, segura de que el diablo se había metido dentro de la patrona, que a veces deambulaba desnuda cantando en voz alta, corrió a su cuarto.

Guadalupe, entre sollozos y suspiros, con el maquillaje convertido en manchas, se quedó dormida en el sofá.

5

Por calles poco transitadas en una colonia incipiente, el automóvil se acercaba al toreo de la Condesa. Pepe, con traje, chaleco, corbata y sombrero, le narraba a Guadalupe la historia de la plaza. Distraída, apenas oía retazos de la crónica.

—... imagínate, la estructura metálica la importaron de Bélgica. La tarde de la inauguración no hubo un lleno total porque la vía de los trenes eléctricos, que debía llegar hasta ahí, no estuvo terminada a tiempo...

Pita no oyó los nombres de los toreros ni quién fue corneado; pensaba en Carolina, que esa mañana le había llamado para invitarla a comer. El silencio viajó por la línea telefónica; gracias a los chirridos que solían interferir las comunicaciones, Carolina supo que su hermana no había colgado.

—No sé —dijo por fin—, tal vez...

—Pitusa, apunta la dirección. Te espero mañana.

—Mañana —repitió Guadalupe y cortó, quedándose inmóvil, mirando el teléfono, estremecida por aquel contacto que a ratos prefería evitar. ¿O no?

Carolina era su único lazo con los Amor y la verdad, decidió, le gustaba su compañía. José hablaba de la misa celebrada esa mañana, cuando al fin descendieron del auto.

—Bienvenida a la catedral del toreo —dijo Pepe a una Guadalupe que sonreía para los fotógrafos.

Francisco, el hermano mayor de Pepe, y su esposa, María Luisa, ya estaban ahí.

Los Madrazo guiaron a las dos señoras hasta el palco de ganaderos y se alejaron. Pita observaba a la gente que, mucho antes de la hora, ya ocupaba sus asientos o, de pie, saludaban aquí y allá. Se congratuló de haber estrenado el vestido de seda estampada con el escote en V y falda amplia que le marcaba el talle. Aun con los tacones altos, junto a su amante, era notoria su baja estatura.

Cuando ambos ganaderos regresaron al palco José, a su lado, miraba ansioso su reloj de oro. A las cuatro en punto estalló la música; aparecieron dos hombres de negro montados en sendos caballos y dio inicio el paseíllo.

A Guadalupe, que solo había visto toreros en fotografías o pinturas, los trajes le parecían deslumbrantes. «¡Y qué figura tienen!», murmuró para sí. María Luisa, al tanto de que Pita nunca había presenciado una corrida, le daba explicaciones sin despegar la vista del ruedo.

A cada «alguacilillo», «toriles», «trapío», «chicuelina», «tafallera» pronunciado por la mujer, la joven rechinaba los dientes: «¿Quién se cree? ¿Mi maestra de escuela? ¿Quién le pidió que me dé clases, vieja metiche?».

Inmerso en el espectáculo, Pepe se levantaba, volvía a sentarse, alzaba los brazos. Pita prestaba poca atención. Prefería observar al público que, al gritar «¡Ole!», hacía vibrar la plaza.

—¡Vaya faena! —exclamaban a su alrededor.

Oyó bufar al animal; ovaciones. Echó un vistazo: de las dos banderillas clavadas en el lomo chorreaba sangre, notoria por el brillo sobre el pelo negrísimo del toro. Decidió no mirar más. Lo disimuló, pues no era conveniente que José lo descubriera. Fingiendo entusiasmo se unió a los aplausos, las felicitaciones y los abrazos.

Encubriendo la admiración que le provocaba la suntuosidad del Casino Español, Pita se forzó a no mantener la mirada fija en el vitral del techo que le recordó el tragaluz de su casa. De la mano de Pepe subió las escaleras. «Aún más espectaculares», decidió, «que las de la mansión de la película *Lo que el viento se llevó*». El *maître* los condujo a la gran mesa redonda ya dispuesta para el grupo. La tarde se alargó entre vinos, tortilla española, chistorra, jamón serrano y pulpos a la gallega que los Madrazo ordenaron para agasajar a Armillita y a otro torero. Guadalupe comía y bebía pensando en la fealdad de Armillita, por quien brindaron como el mejor torero que había dado México. Aburrida, tuvo que oír que a los dieciséis años tomó la alternativa... Su arte, su temple... Oreja de oro... Seis rabos. Guadalupe ocultaba los bostezos detrás de la servilleta. Se quitó los zapatos, se frotaba las plantas; luego empezó a meter un pie dentro del pantalón de su amante, acariciándole el tobillo, la pantorrilla. Él, con una sonrisa, negó ligeramente con la cabeza y cruzó la pierna. Entonces ella posó la mano en el muslo de José, deslizándola hacia la ingle. Divertida, sintió la erección. Madrazo le apretó la muñeca y así, sin soltarla, permanecieron hasta el momento de partir.

Al despertar, cerca de la una de la tarde, mandó a la sirvienta en busca de todos los periódicos. A esa hora solo consiguió *El Universal Ilustrado*. Molesta, le arrebató la publicación de las manos. Pasó las páginas de ida y regreso. La única foto de la corrida mostraba a los hermanos Madrazo. «¿Y yo?», se preguntó frunciendo el entrecejo. La molestia se convirtió en furia.

—De seguro salgo retratada en los demás diarios que esta inútil no consiguió —dijo en voz alta.

6

Pita apareció con una hora de retraso. Un poco por costumbre, otro tanto debido a las cinco veces que se desvistió decidida a no ir. Finalmente tocó la campana de la casa en San Jerónimo.

Carolina abrió la reja. Ninguna se atrevió a besar, mucho menos a abrazar a la otra. Un simple *Bienvenida* surgió de labios de la mayor, mientras guiaba a Pita a través de un gran jardín arbolado. Guadalupe tuvo ganas de caminar entre las macetas y los arriates. A lo lejos distinguió un palomar y un abrevadero.

—Siempre deseé que nuestro jardín fuera así —dijo con un brillo en los ojos.

—Me da un gusto enorme que aceptaras venir —exclamó Carolina invitándola a entrar—. Raoul no viene a comer, el trabajo en el hospital no le deja tiempo. Si prefieres, pasamos a la mesa.

Pita asintió sin disimular la inspección que hacía de los muebles, los cuadros, las lámparas y los adornos.

—Aunque casi nuevo, todo es como en casa de mamá —opinó—. ¿Por qué vinieron a vivir tan lejos? Estás rodeada de granjas.

—Sí, un poco alejados, pero es muy tranquilo y, ya ves, el jardín es un enorme huerto.

Conocedora de sus caprichos, Carolina se había preocupado por preparar un menú que gustara a Pita, quien no dudó en darle la vuelta a un plato para leer la marca de aquella porcelana. Sentadas frente a frente, mientras les servían la crema de tomate, la señora Fournier, con la cara limpia de afeites, el cabello trenzado y recogido en la nuca, la blusa blanca abotonada hasta el cuello y mangas largas, miraba de soslayo los gestos de su hermana.

—Mamá quiere verte —se animó a decir.

—Lo dudo. ¿Tienes más bolillos? —preguntó Guadalupe sin levantar la vista.

—Me lo dijo. No la pasa bien, los problemas económicos la han afectado, envejece… Le darías una gran alegría, Pitusa… Si no quieres ir sola, te acompaño.

El silencio no se fue con la sopera vacía. Lo rompió Carolina preguntándole cómo estaba.

—Feliz. Ahora vivo en el mundo que siempre me ocultaron. Nada me falta ni recibo malas caras. Tú creciste acumulando regalos, estrenando ropa, calzado, no como yo, con prendas remendadas y cuadernos usados.

Carolina se mordió el labio inferior para no interrumpir la arenga de esa hermana resentida, pesarosa y que, ahora comprendía, había crecido sin mucho afecto.

Guadalupe masticaba la carne con prisa. Sus aretes brillaban entre las ondas de su cabellera castaña.

—A Inés le diagnosticaron osteomielitis, una afección de los huesos. ¡Le duelen tanto las piernas! —dijo Carolina, deseosa de involucrar a Pita en los acontecimientos familiares—. Espero que Raoul la ayude.

—Para oír malas noticias, mejor no hubiera venido.

—Pensé que te gustaría saber…

—Mejor cuéntame de la galería.

—Desde que me casé Inés la dirige, y lo hace bien a pesar de su enfermedad. Gracias a Dios ha sido un buen negocio.

La sorpresiva aparición de una vecina abrió una fisura por donde se escurrió la intimidad que Carolina estaba creando. Aunque lo lamentó, su educación la obligaba a ser amable. El flan llegó al mismo tiempo que unas galletas.

Guadalupe se acabó el postre y aprovechó el momento para levantarse. Tomó su bolsa y se despidió.

En el taxi, mientras recorría la distancia que la acercaba a su reino, escenas de su infancia desfilaban frente a ella: Aguilucho Pérez, Jaime Patada y Pedro Muelas, los tres revolucionarios que, gracias a la imaginación y los disfraces que Chepe les repartía, se internaban en las tinieblas de los sótanos. O Maggie y Pepa deteniéndose ante las puertas del templo del Sagrado Corazón para ver a una pareja de novios, bajo una lluvia de arroz, abordar el automóvil decorado con listones blancos. La bata a rayas que debía usar dentro de la regadera en el internado de Monterrey. Los milagros que su nana le compraba en la pastelería Lisboa. Mamá eligiendo qué alhajas empeñar para mantener las apariencias y al ejército de empleados… Alegrías entrelazadas con momentos de desesperación y tristeza.

Cabizbaja, se apeó del taxi y subió las escaleras.

Se cambió de ropa y fue al Café París.

Los asiduos ya se habían acostumbrado a su presencia, a su voz aguda y a sus ocurrencias. Al acercarse, interrumpió la conversación que mantenían Villaurrutia y Salvador Novo.

—… cuál habría sido la vida que no escogimos, las posibilidades que dejamos pasar… —Xavier se levantó y jaló una silla para Guadalupe.

Mientras Pita echaba un vistazo a su alrededor, ellos continuaron hablando. La palabra *insomnio*, pronunciada por Villaurrutia, llamó su atención.

—¿Tú también lo padeces? —preguntó.

—Xavier es un solitario. Sus mejores poemas los dedica a la noche —dijo Salvador.

—Durante el insomnio, cuerpo y alma luchan por unirse, ambos sufren y viven… —Villaurrutia se enderezó la corbata de diminutos lunares blancos.

—Crecí pasando las noches en vela… angustiada —confesó Guadalupe.

—El insomnio puede más que yo. Me arrastra; naufrago en sus horas hasta dar con el fantasma de mí mismo, con la sombra de mi cuerpo. Entonces, rendido, vuelvo a la cama, cierro los ojos, pero solo un rato…

—Creí que yo era la única. Mi familia me veía como a un ser extraño, intratable, berrinchuda, siempre temerosa de la oscuridad.

—A ratos logro abandonarme y descanso —siguió Villaurrutia tras unos sorbos de café.

—Me escondía en el cesto de ropa sucia, ahí nadie me encontraba; entre las sábanas conciliaba el sueño. La más pequeña de la familia, de edad y de tamaño, tan indomable que mamá no me alzaba en brazos, decía que pesaba como un bloque de mármol. Lo hacía mi nana. Pepa sí me quería, aunque pocas veces me dejó cantar. A nadie le gustaba mi voz, bueno, solo a Bibi, nuestra costurera, los demás se tapaban los oídos, me corrían de la cocina o de donde estuviera. Subía a la azotea a ver el amanecer…

Pita peroraba como si no hubiera nadie junto a ella; jugueteaba con la cucharita y veía sin ver al hombre que boleaba los zapatos de Salvador Novo. Los dos poetas se miraban uno al otro, arqueando las cejas sin atreverse a interrumpir aquella confesión, como a los sonámbulos que, según las abuelas, si los despiertan caen en estado de coma.

—Quizás he perdido el tiempo —continuó Guadalupe—. ¿Debí escribir durante mis insomnios? —Frunció el entrecejo—. No, el pánico me hubiera arrancado la pluma, mi respiración agitada hubiera hecho volar las hojas.

—Decía Oscar Wilde que el dolor es un inmenso instante —acotó Salvador, cautivado por las revelaciones de aquella joven cuya compañía disfrutaba—. Escribir por si acaso componemos un soneto más, aunque nada valga. Así funciona, estimada amiga, construir un espacio propio tiene su precio.

Novo le dio una moneda al bolero y giró la silla para quedar frente a sus acompañantes. En la pared había una cuadrícula de espejos en los que se contempló por unos segundos, se pasó el anular por una ceja y continuó:

—A mí no me tratarán como a Wilde en Inglaterra.

—Claro que no, con tu sentido del humor repeles la estupidez moralizante —afirmó Xavier.

—Es la mejor defensa cuando te tachan de apátrida, elitista y mariquita —alzó el mentón y engoló la voz, imitando los gestos acartonados de los políticos—: Ofendemos la hombría de México y, por lo tanto, a la Revolución. A ese par de brutos, me refiero a Villa y Zapata, los escritores los convirtieron en figuras, les otorgaron capacidad de raciocinio. En resumen, los inventaron.

—Inventados o no, gracias a Zapata y sus huestes, mi familia quedó destrozada —dijo Guadalupe—. Nos robaron todo.

Algo le preguntó Xavier, pero Pita no escuchó. El humo del cigarro que expulsaba Salvador formó en su mente una nube que flotaba sobre la hacienda que nunca conoció. Cañaverales, el granero, la casa, los muebles, el trapiche, las caballerizas, repetía su padre, todo convirtiéndose en ceniza; polvo negro que cubrió a su papá y veló su mirada.

—A algunos la Revolución nos hizo lectores.

—Cuéntame —pidió Guadalupe.

—En 1911, a mis 7 años, nos fuimos al norte —reveló Novo—, a Chihuahua. Recuerdo incendios, ataques, saqueos, balazos, así que, encerrado y sin hermanos, leía. Luego, ya en Torreón, nos mudábamos de casa cuando los villistas, a tiros y alaridos, entraron a la ciudad. Por error asesinaron a mi tío, pues al que buscaban era a mi padre, por gachupín. Villa le perdonó la vida con la condición de que al día siguiente se largara al extranjero. Envió un salvoconducto con su asquerosa firma. Papá se marchó a El Paso. Cuando regresó volvimos los tres a México —encendió un cigarro, inhaló y soltó el humo formando círculos que pronto se desvanecieron—. Mis padres daban por hecho que yo sería médico, y solo en la capital podía estudiar medicina.

—¿Médico? —cuestionó Pita.

—Lo que más deseaba era permanecer niño, un niño consentido, comer helados y mecerme en el columpio. A ratos tenía un vago deseo de ser actor.

—Yo deseaba lo mismo, aún lo deseo, eternizarme joven —declaró Pita—. Y actuar en el teatro. ¿Y tú, Xavier?

—Abandoné la jurisprudencia para dedicarme a la literatura.

—¿A qué edad empezaste?

—A los 16 años publiqué dos poemas en *El Universal Ilustrado.* La única forma de vivir la realidad es a través del arte —la mirada de Xavier volvió a perderse en un punto lejano—. Aislados, desterrados, desarraigados…

Las tres palabras vibraron dentro de Guadalupe como un adagio que le templaba el alma. Por primera vez experimentaba empatía y confianza al desahogar sus intimidades. «José es un caballero, me ama, se alegra cuando yo disfruto; pero él pertenece a un mundo diferente, el taurino, los herrajes y las vacas…». Magnetizada con el diálogo de esos dos hombres, como en un partido de tenis, su cabeza iba de izquierda a derecha para no perderse una palabra.

—En nuestro país todo ocurre al compás de la eyaculación convulsiva de la política. La sociedad considera que la literatura es un enjoyo para las tertulias. Atacaban nuestros textos por afeminados, afrancesados, vanguardistas. —Novo sonrió con sarcasmo; consultó su reloj, hizo una seña a Xavier, dejó unas monedas sobre la mesa y ambos se levantaron.

Pita frunció el ceño; aseguró tener una cita y también se marchó.

Sus tacones resonaban a cada paso. Igual que de niña en los paseos con Pepa, se detuvo frente a la vidriera de un salón de belleza. Miró las fotografías. Las *flappers* ya no estaban de moda. Entró.

—No, señito, el cabello corto ya no se usa, pero con su melena —dijo la empleada— le hacemos un peinado de artista de cine.

—Como Rita Hayworth —aclaró Guadalupe, pensando en la actriz que recién había visto en el cine—. Quiero ondulaciones; la raya de lado da un efecto sensual —dijo observándose en el espejo.

Meses después de aquella comida en casa de su hermana, Pita abordó un taxi. Al detenerse en la calle Génova número 15 no se animó a bajar.

—Dé otra vuelta —le dijo al chofer, quien, mirándola por el espejo retrovisor, refunfuñó. Tres veces pasaron frente a la fachada color crema, hasta que al fin la pasajera decidió apearse.

Una sirvienta uniformada y desconocida asomó la cara.

—Busco a la señora Carolina.

—¿De parte de quién?

—Soy su hija.

—...

—Guadalupe Amor.

Luego de examinar el vestido, los zapatos y collares, la dejó pasar.

—Doña Carolina está arriba, voy a avisarle…

—Ni se moleste.

Pita entró con pasos firmes, como propietaria de esa casa desconocida. Un olor familiar se desprendía de aquellos muebles que la acompañaron durante su niñez. Reconoció la mesa de marquetería donde, junto a un florerito vacío, descansaba la foto con los nueve Amor. Sobre la consola Luis XV, tan apreciada por su padre, enmarcados en plata, estaban los retratos de Mimí, Carito, Inés y Maggie, vestidas de novia al lado de sus cónyuges. En la pared se topó con el reloj de números romanos del que, desde que tenía memoria, su única manecilla marcaba las doce. No había biblioteca ni salita rosa ni juguetero. Tampoco estaban los leones de porcelana verde ni los tibores chinos.

Subió despacio. En el muro de la escalera colgaba el grabado de la hacienda, fuente de riqueza y tragedia; mina de oro y profunda melancolía. Se acercó a observarlo: al vidrio, de la esquina superior a la inferior, igual que un rayo, lo atravesaba una grieta que dividía a San Gabriel en dos segmentos. Como un antes y un después, pero jamás hubo ese después con el que soñaba su padre.

—¿Quién anda ahí?

—Soy Pitusa —anunció y, guiándose por el rastro de la voz, se detuvo en el umbral de la puerta.

Desde ahí, madre e hija se miraron en un aciago silencio.

Guadalupe penetró a ese espacio otrora prohibido. Pisó el tapete persa ya exangüe y sin flecos. «¡Qué pequeña alcoba!», pensó, recordando aquella, enorme, a la que se metía sin pedir permiso: el techo azul cielo donde flotaban tres ángeles que sostenían una guirnalda de flores; de la corona de oropel sobre la gran cama caían encajes y velos; cojines bordados con las iniciales de la familia cubrían la colcha. En cambio, en esta colgaba un candil rescatado de algún sótano: le faltaban varios prismas y el latón no brillaba.

Cerca del ventanal, el sol entibiaba el cuerpo debilitado de la mujer que, en una mecedora, tejía. Gusanos de lana ascendían desde una madeja y se enroscaban en dos agujas de haya.

—¿Para quién tejes? —fueron las primeras palabras que se oyeron en esa habitación, en la que persistía el aroma maternal de antaño.

Su madre permaneció inmóvil. Ni siquiera parpadeaba.

Guadalupe se acercó. El silencio era un río congelado que cristalizaba el espacio, sus rostros, cada miembro de ambos cuerpos. El de la vieja, debilitado por la hipertensión; el de la joven, retador.

—¿A qué vienes? —preguntó al fin—. ¿A atormentarme?

—Carito me dijo que querías verme, tal vez mintió —dijo sentándose sobre la cama, sin importarle recibir autorización o una reprimenda por arrugar la colcha.

Doña Carolina observaba los tacones altos, los anillos, el rojo en la boca y las uñas de aquella hija que se había perdido seis años atrás, cuando le exigía peinarse con dos trenzas, usar calcetines y zapatos bajos. Hija ingrata que la había avergonzado. Seis años cargando la deshonra. «¡Ojalá los vecinos no la hayan visto entrar, aunque desgraciadamente las habladurías corren!».

—¿Aún vives con ese… señor? O te abandonó y por eso regresas…

—Ese *señor* me quiere y me trata mejor que nadie.

—Si tanto te quiere te hubiera hecho la corte, como dictan las buenas costumbres. Hubiera pedido tu mano para casarse contigo por la Iglesia, ante Dios. Tu conducta mancilla a la familia. Has destruido…

—No vine a discutir mis decisiones —interrumpió alzando la voz.

—Ahora recuerdo que desconoces el arrepentimiento, la palabra *perdón*…

—¿Y Chepe?

El cambio de tema descontroló a doña Carolina; sus ojos volvieron a la trama cuyos hilos se habían enredado. Por fin dijo:

—Él es un caballero digno de nuestros apellidos; se casará por la Iglesia, como Dios manda. María Elena sigue soltera, es maestra de inglés. Por las tardes me acompaña...

Apretó los labios pensando que ya había dicho suficiente. «Pitusa siempre ha sido una carga, es una vergüenza que lleve el apellido Amor Schmidtlein. ¡Tan insensible!, nunca vio el dolor que nos causaba a Emmanuel y a mí, a sus hermanos...», pensó.

La saliva, como un ácido, le llenó la boca. «Perder a la familia es perderlo todo, y sin embargo aquí está, la más bonita de mis hijas. Si la viera su padre...». En el silencio solo se oía el tintineo de las agujas que la mujer movía con extraordinaria agilidad.

Pita lanzó un suspiro de fastidio y se levantó.

—Puedes volver cuando quieras, aquí estaré —dijo la madre sin alzar la vista.

Guadalupe, como si huyera de un cazador, corrió escaleras abajo. Abordó un taxi. Ante la insistencia del conductor, le ordenó que paseara un rato por Chapultepec mientras decidía a dónde ir. En la ventana del coche el rostro de su madre permanecía estático y la mirada de Pita fija en él, en las arrugas y las canas que seis años atrás no tenía. Acostumbrada a verla desplazándose por la casona, alta, erguida, elegante, incansable, organizando almuerzos para llevarles comida a los pobres, batiendo betunes que adornarían los pasteles navideños...

Encontrarla tan marchita la estremeció. Guadalupe intuyó la nostalgia que, como agua turbia, día tras día, se filtraba dentro de su madre. Respiró hondo y, al exhalar, se deshizo de aquellos pensamientos que la alejaban del sosiego.

Cuando esa noche José se despidió de ella, mientras Pita limpiaba con un algodón el delineador de sus párpados, en su mente desfilaron sus hermanas con ropa nueva, felices, reuniéndose con amigas. Las tardes en que su madre ordenaba a las criadas vestir de gala para servirles las golosinas que a ella le negaban. Se vio en cuclillas, espiando a su mamá en la salita rosa, tomando té y galletas en platitos alemanes, y a ella le daban café con leche en tazas viejas y desportilladas.

—Además de mi primera comunión, nunca tuve un festejo, y ese ni siquiera fue para mí, fue para que mis padres se lucieran ante amigos y parientes. Siempre le estorbé, la niña berrinchuda que jamás debió nacer. Pero aquí estoy, viva, vivísima. Bellísima, brillando como el sol.

Se metió a la cama con las *Soledades* de Góngora. Repetía cada línea en voz alta. Cerca de las tres apagó la luz, pero el insomnio la abrazó.

«Hay madres que no quieren a sus hijas. ¡Cuánta soledad!». Encendió la luz, tomó un lápiz e intentó escribir. «Mis versos son mediocres», decidió. Rompió las hojas y, de un manotazo, las tiró al piso.

Solía despertar entre doce y una de la tarde, sintonizaba Radio UNAM para oír elegías, coplas y baladas que coreaba con toda la potencia de su voz y nadie, nadie la callaba. Les recitaba a las paredes, al espejo y a la sirvienta. Cantaba dentro de la regadera, «donde el eco de mis palabras llega al cielo y endulzo los oídos de ángeles y querubines. Teatro, quiero hacer teatro, seré actriz».

7

Debido a la guerra civil española y a la que después estalló en Europa, José Madrazo había suspendido sus viajes al Viejo Continente. Él, como muchos más, asociaba a Lázaro Cárdenas con el comunismo. Las compañías extranjeras habían retirado su dinero de los bancos mexicanos y no daban préstamos. Cada semana aumentaban los precios. Al final del mandato cardenista, para protegerse, algunos transfirieron sus capitales fuera del país, otros especularon con terrenos, y la mayoría de los pudientes, aunque hubiera calles sin pavimentar, adquirieron autos importados. Pepe compró un Cadillac. Él y su hermano, al comprobar que Ávila Camacho enderezaba el camino hacia la derecha, fundaron otra ganadería con el nombre de Matancillas.

—Hierro que surge del encaste de Campos Varela y que nos facilitará el control del ganado —le explicó José a Guadalupe.

—Pero según los periódicos, estamos en guerra…

Pepe soltó una carcajada:

—Primero México incauta barcos del Eje que se encontraban en aguas nacionales, Alemania hunde dos barcos mexicanos, y entonces decretan el estado de guerra. ¡Con nuestro triste ejército! ¡Vaya decisión! No hagas caso. Mejor hablemos de toros.

—Quiero hacer una fiesta, no muy taurina, más bien una reunión de artistas.

—Buena idea. ¿Dónde? —preguntó mientras se dirigían en el coche nuevo hacia Chapultepec Heights, la colonia que estaban fraccionando en los que fueran los terrenos de la Hacienda de los Morales.

—En mi departamento.

—Dime qué necesitas, yo me encargo de enviártelo —dijo al posar su mano en la pierna desnuda de Pita que, semanas atrás, había decidido no usar medias ni ropa interior.

José no compró ningún lote, pero al día siguiente mandó un cargamento de botellas, quesos y embutidos a casa de Pita, pues sabía que con ella no existía «lo pequeño». Ella contrató meseros que se esmeraron en la preparación del ambigú.

Estrenando un vestido *strapless* de satén azul, con encaje negro a media pierna de donde surgían holanes hasta el suelo, la anfitriona recibió a sus invitados. Fernando Benítez, reportero de *Revista de Revistas* y *El Nacional*, llegó acompañado por Carlos Amador y su esposa, una tal Marga López, explicó Guadalupe cuando Roberto Montenegro le preguntó quién era «ese pimpollo».

Cerca de la medianoche Luis Aguilar, un norteño que presumía estar grabando su primera película después de haber sido cazador de tiburones, cantó entre aplausos y vasitos de tequila. Hugo Margáin y el millonario Archibaldo Burns, para regocijo de Pita, también asistieron. Novo, Villaurrutia, Montenegro y Henestrosa hicieron corrillo aparte. Guadalupe, sobre una mesa, declamó hasta quedarse ronca, mientras lanzaba claveles aquí y allá. Luego, entre vítores y silbidos, imitó a María Félix y a Gloria Marín.

Amaneció en la cama con un joven cuyo nombre no recordaba. Una sonrisa pícara le iluminó la cara manchada de afeites. La diamantina que se había aplicado en la cabellera brillaba sobre la almohada y en la barba del hombre que dormía desnudo. Le acarició los brazos musculosos, la nariz recta, la boca. Él abrió los ojos y se abatió sobre aquella mujer que la noche anterior, colgada de su cuello, lo empujó a la recámara. Le besó ambos pechos; con una rodilla le separó las piernas. Apoyándose en el codo observó los gestos de Pita mientras que con tres dedos le provocaba un orgasmo.

—¿Qué me ves? —preguntó ella.

—Me gusta observar las caras cuando sienten placer.

—Pues el espectáculo terminó.

Se levantó sin cubrirse; pisó el vestido que, como desmayado, yacía en el suelo. En su camino al baño se tropezó con una sandalia, pateó el saco y la corbata de ese…

—¿Cómo te llamas? —preguntó sin darse vuelta.

—Carlos Be…

No lo dejó terminar:

—Con el nombre es suficiente. Ven mañana, diez de la noche. Si llegas tarde te perderás minutos valiosos de mí.

Carlos apareció a las 9:50. Pepe había salido media hora antes. Guadalupe se retocó el maquillaje y desnuda, tal como despidió al ganadero, recibió al joven. Sorprendido, alzó las cejas, su mirada la recorrió de arriba abajo, se detuvo en los pezones, ansioso por sorberlos. Entró al departamento y entró en ella, en el piso y sin muchos preámbulos.

8

Pita se depiló las cejas, delgadas, como dictaba la moda; las marcó con un lápiz y se aplicó labial rojo. Entró a la segunda habitación donde Toña había preparado tres vestidos; el de organdí colgaba de un gancho, los demás estaban puestos sobre dos maniquíes, igual que en las tiendas. Se probó uno, luego otro. El azogue le devolvía su imagen en diferentes poses.

Eligió el traje adecuado para presentarse en el estudio, y aunque sabía que tendría que usar el vestuario de su personaje, revisó los zapatos; se calzó los blancos con la punta abierta. Sin dejar de verse en el espejo, alzando la barbilla, repitió por enésima ocasión una de las líneas del libreto: «De allá vengo, devorando hombres; pero como no hay hambre que se sacie ni manjar que no acabe por aburrir, yo ya no quiero devorar sino adorar hombres, habrá uno aquí que no me tema...». Satisfecha, se imaginó bajo las luminarias, el elenco admirándola, la cámara siguiendo su rostro, sus movimientos.

Tras haber hecho papeles secundarios en dos películas anteriores, ahora que conocía mejor el oficio, dirigida por Palacios y con la mira puesta en un coestelar, pensó que brillaría más que Gloria Marín.

La grabación fue agotadora. Palacios insistía en repetir la escena una y otra vez.

—¡Corte!

A Guadalupe la enfurecía que el director la considerara culpable de los errores. Se enderezó el sombrero y de nuevo a sentarse en la góndola arrastrada por una cuerda invisible para la audiencia. Los músicos que simulaban formar la orquesta del cabaret, con sacos blancos y corbatas de moño, bostezaban mientras Guadalupe volvía a entrar en escena. El presunto gondolero, alto y robusto, con solo un calzón satinado, avanzaba moviendo el remo.

—¿Con quién vamos?

—Con Dios —respondió el lanchero.

—Pues sigue tú con él que yo aquí me quedo.

«¿A qué hora me tocará besar a Abel Salazar? ¡Tan guapo!», pensaba Guadalupe al apearse de la barca.

—De más allá del Bravo. De más allá del Suchiate, de más abajo del Paricutín, de allá vengo, devorando hombres… —Sus ojos recorrían al supuesto público que, en las mesas, fingía prestarle atención—. Pero como no hay hambre que se sacie, ni manjar que no acabe por aburrir, yo ya no quiero devorar sino adorar hombres, habrá uno aquí…

—¡Corte!

La ira amenazaba con tomarla de rehén. El grueso cinturón a lo gaucho se le encajaba en las costillas. Empezó a sudar. La mantuvieron arrinconada en la oscuridad, vestida con aquella ropa prestada. Las botas, ¡a saber quién las había usado antes!, le oprimían las pantorrillas. De nuevo a grabar:

—… Pero bárbara que soy, yo domino las malas artes y por las malas tendré al hombre que yo quiera. Rebullones del infierno.

—¡Corte! Debía usted sacar la pistola —gritó Palacios.

Por enésima vez, con la mano en la cartuchera, como decía el libreto, Guadalupe repitió las palabras memorizadas.

—… si yo domino las malas artes y por las malas tendré al

hombre que yo quiera —retumbó el disparo, se acercó a Salazar, le echó el látigo al cuello—... Si no me besas te mato.

—¡Corte!

Finalmente le anunciaron que su participación había terminado y su presencia ya no era necesaria.

Guadalupe veía en la pantalla del Olimpia a la esplendorosa Pita Amor. Erguida en el asiento, alargaba el cuello y, segura de que los espectadores la admiraban, se le erizaba la piel.

—Soy mejor que cualquiera de las *estrellitas* que, con artimañas, me roban el papel principal —afirmó al salir del cine.

Si José difería de opinión, no se lo dijo. «Contrariarla haría explotar el polvorín que Pita lleva dentro. Es joven y sondea caminos que la conduzcan a encontrarse a sí misma», pensaba.

—Me niego a seguir figurando en papeles que no sean principalísimos. ¡Soy Pita Amor! No nací para brillar unos minutos, mi luz debe iluminar la sala, las miradas, provocar aplausos, desmayos. Soy hechicera. ¡Un astro!

Madrazo asentía.

Sus manos acariciaban aquel rostro amado; besaba su boca sensual, labios completos, llenos, piel suave, fresca; dispuesta, arrogante, traviesa. Enamorado de esa mujer que aún buscaba definirse, insistía en que lo acompañara a La Punta, pero a Guadalupe le disgustaba ensuciar sus zapatos al caminar sobre la tierra suelta o por tramos lodosos; le molestaba el olor a animal, a estiércol; además odiaba ver a tanto «indígena», como solía calificar a los de piel morena y rasgos toscos. Asistir a las corridas ya era bastante sacrificio que ella sabía disimular y que él, inmerso en el espectáculo, no advertía.

A Guadalupe la apasionaba oír a sus amigos escritores, quienes la encaminaban al mundo de las palabras justas, exactas. Ella los conquistaba con su agilidad mental, su memoria portentosa, su manera espontánea y directa de expresarse. La invitaban a veladas literarias, le presentaban artistas.

Uno de los anfitriones era Roberto Montenegro. En su departamento de General Prim, cerca de la galería de Inés Amor, organizaba tertulias que entre copas, debates y carcajadas se alargaban hasta el amanecer. A veces alguien tocaba la guitarra y, animados por el alcohol, cantaban tan alto que los vecinos, hartos, golpeaban la puerta sin ser atendidos.

—Diego Rivera se niega a exhibir sus obras junto a las de los exiliados españoles en la galería de tu hermana. Alega que ese espacio es solo para mexicanos —le dijo Clementina Otero a Guadalupe, continuando una conversación que la joven, distraída, se había perdido.

—Pero Inés le espetó al gordo que lo importante es la obra, no su origen —comentó Julio Castellanos.

Con solo oír el nombre del muralista, a Salvador Novo se le contraían los labios en una mueca de desdén. Aquella frase de Rivera: «Arte puro: puros maricones». Y esa otra: «En México hay ya un grupo incipiente de seudoplásticos y escribidores burguesillos que, diciéndose poetas, no son en realidad sino puros maricones», le latigueaban el pecho. Quiso creer que Clementina ignoraba su odio hacia el Botija, quien, además, había pintado a Salvador en el mural de la Secretaría de Educación Pública en cuatro patas, con orejas de burro y a un obrero poniéndole el pie sobre la espalda. ¡El muy hijo de la chingada! Xavier Villaurrutia conocía aquella guerra e intentó desviar la conversación; sin embargo, Roberto Montenegro se le adelantó y, desde la cabecera, espoleó a Novo:

—Recítanos algunos versos de *La diegada*.

Dándose importancia, Salvador apuró su bebida, con el meñique recogió una gota que le bailaba en la comisura de la boca y encendió un cigarro. Todos lo miraban. Se aclaró la garganta:

Hasta un rascacielos enorme y derecho
lleva sus pinceles el hijo de puta.
Nueva York se asombra, porque se ejecuta
por vez primera *El buey sobre el techo* […]

Un suceso espantable es lo ocurrido;
descendió del andamio tan cansado,
que al granero se fue, soltó un mugido
y púsose a roncar aletargado.

Las risas estallaron, chocaron los vasos y brindaron por la poesía.

—Aviéntate el de Cuesta —pidió el anfitrión.

Pita interrogó a Montenegro. Este, alborozado por narrar el chisme, se arremangó y dijo:

—Se refieren a Jorge Cuesta. Cuando el cultirrevolucionario Rivera se fue a Rusia, Lupe, su mujer, empacaba la maleta para largarse con Jorgito que, por cierto, suele hacer alarde del tamaño de su…

—Pito —soltó Novo.

Divertida, Guadalupe se unió al reclamo. Salvador se puso de pie y engoló la voz:

Dejemos a Diego que Rusia registre,
dejemos a Diego que el dedo se chupe,
vengamos a Jorge, que lápiz en ristre,
en tanto, ministre sus juegos a Lupe.

Repudia a la vaca jalisca y rabida,
la deja en la mano del crítico ralo
y va y le echa un palo a una que Kahlo
se apellida y llama —cojitranca Frida.

Los convidados pidieron más, pero Novo se negó:

—Ya basta de invocar al panzón marxista.

Como por telepatía, en ese instante Xavier y Salvador recordaron aquel número del periódico *El Machete* en el que, años atrás, Diego Rivera y José Clemente Orozco habían publicado una sátira dirigida a ellos, llamándolos «Rorros fachistas, mancebos eruditos y poetas, corresponsales de periódicos burgueses y comisionados por algunas secretarías de Estado para agasajar a sus cuates…».

Robado de algún restaurante, el cenicero rebosaba de colillas. Novo apagó ahí su cigarro. Había tantos vasos en la mesa, que dudó cuál tomar. Sin darle mayor importancia, llenó dos y le ofreció uno a Villaurrutia.

—La mayoría de nosotros, a los 20 años, trabajábamos en el gobierno, el magisterio o el periodismo —intervino Julio Castellanos arrastrando las palabras—. Ávila Camacho intentará quedar bien con Dios y con el diablo. Afortunadamente Cárdenas lo designó a él y no a Múgica. La sociedad se ha tranquilizado.

—La política es farsa con fines despreciables. A mí la Historia, con mayúscula, no me conmueve. Cuando sin remedio me convertí en funcionario sumiso, esos demagogos nos declaraban —la mano de Salvador abarcó al grupo que lo rodeaba— «corruptores, asaltabraguetas literarios». Mi antipatía hacia Cárdenas, ese *bolcheviki*, persiste. A mí tampoco me agradó la llegada de los exiliados españoles. Desde entonces lo dejé bien claro en mi columna de *Hoy*: «En algún lugar de la ciudad hay una Casa de España dotada de alcobas, clima artificial y bodega con champaña, destinada a dar la gran vida a un número misterioso de conspiradores izquierdistas» —se aflojó el nudo de la corbata y agregó—: No repetiré lo que todos sabemos: un catedrático mexicano recibe, o recibía entonces, 2.50; mientras que los refugachos, 20, y Alfonso Reyes, 30.

—Por algo dicen que en tierra de ciegos, el tuerto es Reyes —señaló Montenegro.

En otros círculos, Guadalupe había oído elogios para el regiomontano y su enorme biblioteca. Curiosa, ardía en deseos de conocerlo.

9

Pita se maquillaba y dentro de ella una fisura, como las que abren la tierra durante los terremotos, se agrandaba y engullía sus entrañas.

—No soy actriz, fracasé —le dijo a su doble al otro lado del espejo.

Soltó la brocha y buscó las fotografías que le tomaron durante las representaciones. Gracias a Xavier Villaurrutia, había hecho *Casa de muñecas*, *En qué piensas*, *La dama del alba*. De pronto recordó a algún lengualarga confesándole que, el día del estreno de *Casa de muñecas*, la directora se apostó en la puerta para prevenir a los asistentes de lo «acartonada que era la actuación de la Amor».

—¡Esa estúpida! —dijo Guadalupe en voz alta, acercando la foto para verse a sí misma con un traje sastre acinturado, sus enormes ojos mirando hacia el cielo, pensativa—. ¡Yo, interpretando el papel de mujer abnegada, sumisa! Yo, ¿débil, ingenua? No soy una más, soy Pita Amor —gritaba—. ¡A mí, que estreno ajuar de Henri de Chatillon, me obligan a ponerme ropa usada!

Sus facciones empezaron a disolverse. El corazón le latía agitado.

—¡Fracasé en el cine y en el teatro! —gritó más fuerte, arrancándose los aretes.

Esparció el labial por su cara, las lágrimas disolvieron el rímel y el delineador transformando su rostro en una máscara rojinegra. Se mordió el labio, la sangre se mezcló con los afeites, pues sus manos seguían empeñadas en borrar su belleza.

—¿Para qué me sirves?

Se tiró al piso. Emborronadas, vio las ilustraciones que tapizaban las paredes del cuarto que había convertido en el templo de su vanidad.

—¡Me muero! ¡Esta vez sí me muero!

Toña pegó la oreja a la puerta, dudando si entrar o ignorar los ataques histéricos de la señora. Convencida de que la patrona convulsionaba, asomó la nariz. La escena le abrió grandes los párpados, se cubrió la boca y decidió salvarle la vida.

Primero arropó la desnudez de Guadalupe con una bata; se acuclilló y, para no asustarla, le rozó la mejilla. Los dedos de aquella mujer fueron para Pita alas de mariposas negras. Lanzó un alarido y, con los ojos desorbitados, le dio un manotazo. Toña perdió el equilibrio. Los chillidos de la Amor retumbaban:

—¡No me toques! ¡Largo! ¡Me infectas! No eres nadie, y yo, una diosa. ¡Lárgate!

Acurrucada en la alfombra, temblorosa, se vio de niña llorando en un rincón. Tan sola. Noches que el insomnio hacía interminables. Ninguna voz llamándola. Un aullido silenciando sus deseos de cantar. Sola entre las sábanas aguardando el amanecer, a su madre que no acude ni la abraza. Lóbrego el tragaluz de colores y ella regresando del exilio, sin despedirse del padre. Sin vestir el negro que enluta a los demás. Sola en la penumbra de un dormitorio. Sola en un jardín convertido en cementerio. Sola en un balcón pidiendo que alguien la mire.

Un rato después llamó a Toña. Acostumbrada a esos desequilibrios, el ama de llaves, desde el pasillo, le preguntó si podía pasar.

—¡Entra ya! Cierra las cortinas y vete.

Guadalupe se arrastró hasta el lecho. En la oscuridad de la habitación, apenas iluminada por el círculo de la lámpara, escribió:

Casa redonda tenía,
de redonda soledad:
el aire que la invadía
era redonda armonía
de irrespirable ansiedad.

Las mañanas eran noches,
las noches desvanecidas,
las penas muy bien logradas,
las dichas muy mal vividas.

Y de ese ambiente redondo,
redondo por negativo,
mi corazón salió herido
y mi conciencia turbada.
Un recuerdo mantenido:
redonda, redonda nada.

Encerrada en el silencio de las palabras, dejó caer el lápiz y el cuaderno. Se envolvió con la sábana y no salió hasta el día siguiente.

Al despertar, el espejo le mostró una máscara sucia y ensangrentada. Con crema y agua disolvió las costras; volvió a maquillarse y, para mutilar su infortunio, decidió ir a cortarse el cabello. En el salón exigió que le separaran un mechoncito que, redondo, le caía sobre la frente.

Mientras, en el Casino Español, un amigo de Pepe, el único que no se había despedido tras la comida de camaradas, le notificó que había visto a Guadalupe besando a un joven afuera del restaurante Ambassadeurs. Sosteniéndole la mirada, José respondió:

—Pita es libre. Nunca vuelvas a mencionar su nombre —apuró su jerez y se marchó.

No era la primera ocasión en que oía chismes de su amante. Meses atrás le había pedido que se comportara con más prudencia. Luego de enterarse de que había bailado desnuda sobre la mesa de un cabaret, la amenazó con alejarse. Sin embargo, cada vez que la imaginaba haciendo *striptease* se excitaba.

Además se enorgullecía de esa joven que sin haber estudiado, por su inteligencia y sagacidad, los intelectuales la tomaban en cuenta. Pepe amaba su chispa, su locuacidad y belleza; «dentro de ella y a su alrededor todo es fuego», pensaba; a él no le faltaban mujeres, damas que, dichosas, se casarían si se los propusiera, le darían hijos, pero como Pita, José amaba su propia libertad.

En cada llamada y en cada encuentro Carolina le insistía a Guadalupe que saludara a su madre.

—¡Ay, Carito! No tengo tiempo.

—Hace mucho que no la visitas, la pobre envejece, está enferma.

Por un segundo Pita rumiaba la idea de ir, después arrinconaba aquel propósito.

No obstante, ansiosa de hacer una reunión distinta a las que solía organizar en su departamento, una noche decidió invitar a sus amigos a casa de doña Carolina. Llegó temprano pues debía cerciorarse de que el mesero tuviera todo listo y en orden. Despreocupada, subió las escaleras como si lo hiciera del diario. Para no asustar a la señora, la llamó desde el corredor:

—Hola, soy Pitusa —asomó la cara.

Su mamá la recibió sonriente.

—¡Qué gusto! Pasa... ¡Te cortaste el cabello! ¡Estás guapísima!

Guadalupe se contempló en el espejo, de frente y de perfil. Se acercó para acomodarse el mechón que Toña le peinaba usando agua de linaza.

—María Elena está en su cuarto —dijo la vieja en tono sugerente.

Atraída por las voces, en ese momento apareció su hermana. Como si hubieran esparcido alguna sustancia, el ambiente se endureció.

—¿A qué vienes?

—A visitarnos —se apresuró a responder doña Carolina.

—¿Qué perdiste por aquí? —María Elena se acercó a la madre en actitud defensiva.

Por un instante, en ellas dos, Guadalupe vio al coro de mujeres que habían amueblado su niñez. El recuerdo no le provocó ningún espasmo.

—No discutan —ordenó la madre con el mismo ímpetu de años atrás—. Pitusa sabe, porque se lo he dicho, que puede venir cuando quiera. No tienen que abrazarse, pero mientras yo viva mantendrán una relación cortés.

—Estoy de acuerdo —dijo la menor.

—Descuida, mamá, de mí no tendrás quejas —agregó la otra con cierta ironía.

Guadalupe abrió la cartera, dejó varios billetes en la mesita y besó la frente seca de su madre.

—Invité a unos amigos —anunció, y en seguida se oyeron sus tacones bajando la escalera.

María Elena espió el ajetreo del mesero, las sillas que arrastraba acatando las instrucciones de Guadalupe. Luego, una y otra vez, el timbre de la puerta; voces, pasos; tintineo de copas y cubiertos.

Juan Soriano conoció a la Guadalupe de calcetines y trenzas en la galería del *den*. Se había hecho amigo de Carolina y, más tarde, siguió llevándole su obra a Inés. Cierto día en que Pita visitó a Carolina en la casa de San Jerónimo, al entrar, la sonrisa blanca y alargada de Soriano la recibió.

A partir de entonces, al enterarse de que a ella le gustaba el teatro, Juan, también escenógrafo y diseñador de vestuario, la invitaba a algunos estrenos y a las reuniones que mantenía con poetas y artistas.

Esa noche, en el domicilio de doña Carolina, Soriano llegó con su pareja, un español alto y delgado, como él. Lola Álvarez Bravo, María Izquierdo y Juan O'Gorman se presentaron con una botella de tequila; Manuel Altolaguirre y algunos escritores más aparecieron después. En esa reunión, Pita volvió a oír el nombre de Alfonso Reyes y Soriano le prometió llevarla a conocerlo.

De doble altura, bajo cuatro lámparas grandes y redondas, la biblioteca de Reyes causaba envidia a los visitantes. Desde la puerta que conectaba con la casa, la mirada lo abarcaba todo: arriba, libreros separados por ventanas angostas y un escritorio; abajo, dos salas, vitrinas y una mesa rectangular en cuyo centro había un florero con gladiolas blancas.

—Construido a mi gusto y necesidades —explicó el anfitrión al notar el asombro en el rostro de Guadalupe.

—Maestro, gracias por recibirnos —dijo Soriano—. Le presento a Pita Amor.

—¡Me alegra conocerlo! —dijo ella estrechando la mano regordeta de Reyes.

Al entrar, sus ojos enfocaron un óleo firmado por Roberto Montenegro, quien había llegado unos minutos antes.

—¿Por qué no me habías dicho que conoces a don Alfonso? —reclamó Pita.

Montenegro se encogió de hombros, se quitó la bufanda, saludó a Manuel Altolaguirre y ocupó, junto a este, un sofá tapizado en piel color canela; frente a ellos se hallaba la esposa de Reyes. Juan Soriano besó la mano de la señora y le presentó a su amiga.

—Encantada —dijo doña Manuelita a Guadalupe; el gesto de su rostro no lo ratificaba—. Siéntese —invitó señalando el sillón más lejano del preferido de su esposo.

—Hablábamos de Gabriela Mistral —le informó Reyes a Guadalupe.

Ella asintió y en seguida se distrajo estudiando su entorno hasta que oyó su nombre. Entonces dejó de observar unos libros encuadernados en piel, cuyas letras doradas le recordaban la biblioteca de su padre.

—Le decía al maestro que has escrito varios poemas —repitió Juan.

Ante el azoro de los demás, Pita sacó de su bolsa un rollito de papel de baño. Desplegándolo como si fuera un pergamino, leyó las primeras líneas, después lo soltó. Mientras su voz estridente llenaba el espacio, los escuchas veían la tira de papel sanitario que yacía sobre la falda azul: trazadas con lápiz marrón, las letras parecían un remolino.

No sé si muero despierta
o si es que vivo soñando;
sí sé que me estoy quemando
y que todo me atormenta.

Lo que a mí solo me pasa
está más allá de todo,
no hay nadie que de este modo
sentirse pueda en su casa.

Y al decir casa, pretendo,
con simbolismo expresar,
que casa, suelo llamar
al refugio que yo entiendo
que el alma debe habitar.

—¿Usted lo escribió? —preguntó Reyes alzando las cejas; sus ojos recorrían el cuerpo de la mujer cuya boca, roja y acorazonada, era una invitación al beso.

Pita asintió; se puso de pie y declamó el que había compuesto aquella mañana, derrumbada y melancólica, en su lecho. Contundentes, las palabras resonaban en la enorme biblioteca. Ella vigilaba a su público sintiendo la admiración que en el teatro le negaron. Pomposa, con los brazos en jarras, recitó uno más.

—Los poemas son buenos, tienen estructura —reconoció el regiomontano.

Guadalupe se sentó, cruzó las piernas con teatralidad y tomó el vaso que le ofrecía una sirvienta.

—La jamaica combina con tus labios —dijo Montenegro.

A pesar de ser tan vanidosa y coqueta, ignoró el comentario. Doña Manuelita acribilló a Montenegro con la mirada y preguntó si alguien apetecía un café. Ninguno aceptó.

Luego de hablar sobre Santa Teresa de Jesús, Sor Juana y García Lorca, Reyes invitó a Pita a elegir un libro con la condición de que al terminarlo volviera.

En dos tardes Guadalupe leyó a Rubén Darío. Ansiosa por regresar a la Capilla Alfonsina, abordó un taxi. En el trayecto, el chofer oyó a la dama recitar poemas como si estuviera en un escenario. Le dio las gracias y no le cobró el pasaje.

Detrás de la reja la sirvienta anunció que don Alfonso tardaría en regresar. Negándose a partir, Guadalupe le aseguró que él la había citado a esa hora. La mentira funcionó.

Un perro blanco y grande estaba echado junto al sofá; movió las orejas puntiagudas, alzó la cabeza y escrutó a la intrusa. Ella esbozó una sonrisa en señal de amistad. Desde el *mezzanine*, una voz preguntó quién era.

—Soy Guadalupe Amor.

Amparo, la secretaria, la miraba con recelo.

—Don Alfonso no agendó su visita.

—Lo habrá olvidado. El caso es que aquí estoy y, con su permiso o sin él, lo esperaré.

Amparo Dávila bajó al primer piso. Los perfumes de ambas jóvenes, no muy altas pero sí muy bellas, parecían pugnar por el espacio. La recién llegada, tras una mirada desdeñosa a la otra, recorrió la biblioteca, rozando los lomos de ciertos libros y observando algunos adornos. Amparo la vigilaba. Un rato después entró Reyes. Al ver a Guadalupe su expresión no fue de sorpresa, sino de gusto. Tras él aparecieron Edmundo O'Gorman y Justino Fernández.

Lo que Pita pensó que sería un *tête-a-tête* con don Alfonso resultó una charla erudita de la cual se le escapaban nombres y conceptos filosóficos.

O'Gorman, abogado, historiador y filósofo, hermano de Juan, el arquitecto que adaptara el *den* para la galería, hablaba sobre Ortega y Gasset. Los otros dos opinaban y los tres, cada tanto, la miraban haciéndola partícipe de la conversación.

Sigilosa, la sirvienta les llevó aceitunas, cubos de queso *gruyère* y nueces. Don Alfonso rellenaba las copas con tinto francés. De repente el tema viró hacia el cuento. Justino recordó las reuniones dominicales en casa de la familia O'Gorman donde, por cierto, le dijo a Guadalupe, conoció a su hermana Carolina.

—Más que el cuento, prefiero la poesía —despreocupada, se levantó a declamar un soneto.

Los eruditos guardaron silencio. Reyes, calvo, con el bigote y las sienes empezando a encanecer, asentía. El samoyedo siberiano, sobre sus cuartos traseros, inclinó la cabeza y contemplaba a la mujer como embelesado.

Si vosotros sabéis lo que es la noche,
os ruego que entendáis mi oscuridad.

¡Ay, cómo me hieres, puerta!
No por puerta, por abierta.
Cuando te voy a cruzar
siento mi ser palpitar
por una angustia escondida,
pues aunque miro la salida,
temo el sendero extraviar.

No me acobarda pasar
bajo el umbral misterioso,
antes, como incierto gozo,
quiero a la meta llegar.

Tu hueco me ha de indicar
fatalmente mi destino,
porque eres, puerta, camino
abierto a la eternidad.

El silencio lo rompió la Olivetti que Amparo tecleaba con sospechosa rapidez. Los tres hombres aplaudieron.

O'Gorman se pasó los dedos por el cabello ralo. Justino Fernández limpiaba sus lentes con un pañuelo beige; otro, blanco, asomaba del bolsillo superior de su saco oscuro.

Guadalupe apuró su copa.

—Como apuntara Rubén Darío: no hay escuelas, hay poetas —comentó el anfitrión.

—Señorita, ¿cuántos versos ha escrito? —preguntó Fernández al colocarse los anteojos.

—Mmm... No sé, no los he contado —respondió Pita.

—Hace tiempo Justino y yo —intervino O'Gorman— fundamos una pequeña editorial en la que publicamos obras escogidas; traducciones, ensayos, algo de Leduc, Gaos, García Lorca, entre otros. Son ediciones limitadas. Si tienes veinte o treinta poemas, los revisamos y, en caso de aprobarlos, haríamos una *plaquette*.

El orgullo enderezó aún más la espalda de Guadalupe. Sus ojos, agrandados por la emoción, eran dos esferas que iban de acá para allá, confirmando lo que siempre supo: «Mi belleza y mi genio son uno; nací para brillar; ¡soy una reina!».

Pocos días después Guadalupe llamó a la puerta de Edmundo O'Gorman. Como tardaban en abrir, no despegó el índice del timbre hasta que, en pijama y pantuflas, el hombre abrió. Su semblante cordial estaba ceñudo.

—Traigo mis poemas —anunció Pita.

Edmundo parpadeó ante el legajo que ella le ofrecía.

—¡Son las cinco de la mañana!

—¿Y?

Atónito, tardó en decir:

—Los reviso y te llamo.

—¡Nada! Léelos ahora mismo. —Su tono era firme, el paso que dio al frente, también.

Edmundo no tuvo más remedio que hacerse a un lado y dejarla entrar.

En el comedor, O'Gorman encendió un cigarro para disipar la neblina del sueño. Ella esparció sobre la mesa sus textos y se cruzó de brazos. El hombre veía atónito que los poemas estaban escritos en papel de estraza, boletos de teatro, servilletas y notas de tintorería: un *collage* difícil de descifrar. Leyó algunos. Miró a la autora: la nariz recta, la perfección de su boca, su piel tersa, clara y revestida de una asombrosa seguridad. «¡Qué razón tenía Justino cuando esa tarde, al salir de casa de Reyes, me comentó el enorme contraste que había entre la mujer arrogante, recargada de joyas, y aquella que, al parecer, escribía bien!».

—Tu poesía es introspectiva... esbozos de ti misma.

La marea lenta y gris del humo ondulaba entre ellos, pues O'Gorman había olvidado que el cigarro se consumía en el cenicero.

Un rectángulo de sol iluminaba el parqué por donde Edmundo caminó hacia una cajonera. Al volver, le entregó a la joven una libreta y un lápiz.

—Transcríbelos con letra legible, uno en cada página.

Pita obedeció.

Un rato después, vestido y peinado, cargando dos tazas de café, regresó a su asiento. Releyó los textos haciendo correcciones. Ella observaba la mano del hombre trazando comas, puntos, líneas que unían una palabra a otra.

—No hay mucho que corregir... —dijo.

Al terminar, se reclinó en el respaldo y sonrió. Guadalupe también.

10

En su cama, Guadalupe seguía el lento giro del segundero. Aún faltaban horas para que Edmundo llamara; sin embargo, la ansiedad no le permitía hacer ninguna otra cosa. Desnuda bajo las sábanas, imaginaba el libro.

—Mi libro, mío, el primero de muchos.

Lo veía ahí, junto al reloj, en la mesita de noche; entre las manos de Pepe, en las de doña Carolina. A ella, en clave, se lo había dedicado. Poner las iniciales: «A: C. S. de A», le parecía una forma enigmática y adecuada para que muy pocos entendieran de quién se trataba.

El día anterior O'Gorman le había dicho que el tiraje, ciento cincuenta ejemplares, estaría listo ese miércoles:

—En cuanto tenga el primero te hablo para entregártelo.

Una hora después, acalorada, se bañó y acicaló para recibir aquel tesoro. Se puso un vestido nuevo, idéntico al que lució la princesa Isabel en algún evento televisado. La ocasión lo ameritaba. Se abrochó los botones forrados de tafetán azul que adornaban el frente y apretó al máximo el cinturón de la misma tela. Ampona, la falda disimulaba sus piernas fornidas. Eligió un aderezo con turquesas.

De pie, miraba el teléfono que, apático, permanecía en silencio. Pateó la mesa y fue a la cocina, abrió el congelador.

La primera cucharada de helado llenaba su boca, cuando el timbre del aparato la obligó a soltar el recipiente.

«Tengo en mis manos la *plaquette*», imaginó que le diría O'Gorman. «¡Felicidades! ¡Eres única!».

La voz de Carolina la decepcionó.

—Creí que era Edmundo —un hilo cremoso de fresa escapó por la comisura de sus labios.

—Ay, Pitusa, siento mucho llamarte por una mala noticia... Mamá falleció.

Muda, Guadalupe recogió con la lengua la dulzura del helado. «Ahora, justo ahora que empiezo a brillar, mi madre vuelve a ensombrecer mi camino, mi más grande alegría».

—Pitusa...

—Mamá siempre me torturó —dijo antes de colgar.

En su pecho hervía una mezcla de ira, angustia y desesperación. Se dejó caer en el sofá con las piernas estiradas y los brazos lánguidos. Por más que intentaba recordar el rostro de su madre joven, alerta, solo conseguía ver las arrugas, el cabello opaco y los ojos entristecidos. La última vez que la visitó María Elena le dijo que estaba acostada porque sufría derrames cerebrales debido a la hipertensión.

Luego de un rato, la sirvienta le preguntó qué deseaba desayunar. Guadalupe la miró como a una extraña.

—¡Pendeja serás!, ¿no ves que estoy ocupada? Tráeme el helado que dejé en la cocina y una cuchara bien grande.

O'Gorman llamó cuando el recipiente quedó vacío.

—Voy para allá —anunció sin más.

Yo soy mi casa, en letras grandes, nubló la vista de Guadalupe. Arriba estaba su nombre con mayúsculas «como debía ser», pensó mientras sus dedos lo acariciaban. Debajo del título había una caracola roja de la que brotaba la silueta de una mujer. Pita la besó, luego abrazó a Edmundo. Cuando lo soltó, abrió el libro para comprobar que la dedicatoria estuviera ahí.

—Aunque nunca me quisiste, te lo dedico —susurró.

Esa noche le mostró a Pepe aquellas páginas que encerraban sus emociones, sus silencios reprimidos. Él hojeó la *plaquette*, más por darle gusto que por legítimo interés. ¿Cómo explicarle que no le atraía la poesía?

—Nada puede igualar al deporte de pensar, de crear —afirmó Pita quitándole el texto de entre las manos.

De negro, con las cabelleras restiradas y sin más adornos que unos aretes diminutos, las Amor recibían pésames, palmaditas y abrazos. José María, al lado de Ignacio, el medio hermano, agradecía las condolencias.

Algunos se asomaban al féretro y se persignaban, otros cuchicheaban. Carolina apretaba el pañuelo húmedo mientras su mirada iba y regresaba de las coronas de flores a la puerta, esperando que Pitusa se presentara. Repasó, por enésima vez, el diálogo que había tenido con su madre tres días antes:

—Carito, anoche me avisó tu papá que pronto nos reuniremos.

—No digas eso, mamá.

—Hija, déjame hablar; te considero la más juiciosa, imparcial y serena de los siete, además, tú eres la que ha estado más cerca de Pitusa; tú sabes cómo sobrellevar ese carácter tan... indomable. Por eso te nombro su tutora.

—¡Mamá, ella no necesita que la protejan!

—Te pido que la cuides de sí misma, prométemelo.

Al abandonar la recámara de la moribunda, Carito se había reclinado en el muro del corredor. Sin gemidos ni convulsiones, las lágrimas bañaban sus mejillas. Cerró los párpados y pidió por la salud de su madre, pero al abrirlos vio el ataúd y con pena comprobó la ausencia de Guadalupe entre los asistentes.

Semanas más tarde María Elena decidió mudarse de aquella casa vacía que olía a difunto. Reunió a sus hermanos para sacar cuanto hubiera dentro. Siguiendo los deseos de doña Carolina, debían repartir todo en partes iguales. Tasaron los muebles, la cristalería, la porcelana y las vajillas que habían sobrevivido a la mudanza y las estrecheces. Guadalupe los miraba ir y venir, llamar a anticuarios y hacer cálculos; enlistaban, agrupaban piezas; subían y bajaban.

Tras rifar los lotes, hastiada, Pita salió al pequeño jardín: nubes despeinadas recorrían despacio el cielo en busca de un monte donde gravitar.

Quizá llevaban a su madre a un mundo donde pudiera ser más feliz, o tan feliz como el día que nació Chepe, o cuando asistió al baile del Centenario de la Independencia en el Palacio Nacional.

De pronto, una sombra oscureció su entorno. La idea de haber sido ella la responsable del sufrimiento y la muerte de doña Carolina la hostigó. «¿Fue mi rebeldía, el haber huido de casa?». Corrió a buscar papel y lápiz:

Mi madre me dio la vida
y yo a mi madre maté.
De penas la aniquilé.
Mi madre ya está dormida.
Yo estoy viva dividida
mi crimen sola lo sé
llevo su muerte escondida
en mi memoria remota.

¡Ay qué sanguinaria nota!
¡Ay qué morado tormento!
¡Ay qué crimen en aumento!

¡Ay qué recuerdo tan largo!
Qué recuerdo tan amargo.

Algunos Amor atesoraron los objetos que obtuvieron en la rifa; otros prefirieron desprenderse de ellos. La menor, poco interesada en conservar antiguallas que no le traían ningún recuerdo amable, se deshizo de todo. Gastó el dinero en anillos, perfumes, zapatos, vestidos y camisones con calados de encaje a la altura de los senos.

Meses después sus hermanos vendieron el inmueble. Siguiendo la promesa hecha a su madre, Carolina guardó la parte que le correspondía a Guadalupe pensando que, quizá en el futuro, pudiera necesitarla, pues por el momento, decidió, José Madrazo continuaba ofreciéndole los lujos con los que siempre había soñado.

Guadalupe giraba en el torbellino que había levantado la publicación de *Yo soy mi casa*. Los literatos se sorprendieron tanto o más que la familia Amor y las amistades que los rodeaban: «Una joven de 28 años, señorita de sociedad, por más rebelde que sea, tal vez escriba poesía, pero ¡publicarla!». «La hija de los Amor vuelve a deshonrar a sus padres, en ese libraco revela intimidades que debió callar». «Sinvergüenza, irrespetuosa». «Si el pobre Emmanuel o Carolina vivieran, la ignominia los mataría». Los intelectuales aseguraban que no podía ser ella la autora de esos versos. «Alguien, seguramente Villaurrutia, los escribe y esa riquilla los firma».

Ella gozaba con las habladurías. Cuando le entregó un ejemplar a Reyes y le comentó lo que se rumoraba, don Alfonso exclamó:

—¡Nada de comparaciones odiosas! Eres un caso mitológico. Sigue escribiendo —aun así le aconsejó, igual que otros amigos escritores—: Lee a los existencialistas, a los poetas malditos y a los del Siglo de Oro.

Pita confiaba en su arte. Los versos afloraban con espontaneidad en lugares y momentos inesperados. Incitada por una extraña fuerza, los anotaba en cualquier cosa que tuviera a la mano. A veces sentía que alguien le dictaba las palabras; otras, se esforzaba por conseguir la sílaba que lograra la décima perfecta, como le habían sugerido sus maestros.

Siete meses después de la aparición de su primer libro, la editorial Alcancía, de Justino Fernández y Edmundo O'Gorman, publicó *Puerta obstinada*. El tiraje fue de doscientos cincuenta volúmenes, cien más que el anterior. El dibujo en la portada era una mano abierta, sosteniendo una especie de ventana. Los rumores aumentaron: «Imposible que esa mujer casquivana pueda expresarse tan bien».

Sí, le pedía consejos a Reyes, a Villaurrutia y a Enrique González Martínez. Pero igual de cierto era que ellos admiraban tanto su belleza física como su genio para crear sonetos.

La hija de Emmanuel Amor pasaba las noches en algún cabaret bebiendo tequila. Bailaba con Lupe Marín y Juan Soriano. Él, escandaloso y borracho, gritaba:

—¡Guadalajara huele a zapatos!

Entonces los tres se descalzaban. Cerca de la madrugada, Pita se subía a una mesa, se quitaba la ropa y cantaba; Juan, trepado en otra, orinaba entre carcajadas:

—Yo bailé con Cárdenas —repetía.

Los domingos iba con Pepe a los toros; los sábados al teatro o a las fiestas que organizaban los ganaderos. Los chismes sobre su loco comportamiento corrían: si se desnudaba en las reuniones, si se ocultaba detrás de las cortinas y le saltaba encima a algún invitado, si usaba ropa transparente. Cuando se le acercaba un admirador, ella se adelantaba a la posible pregunta:

—Todo lo que dicen de mí es verdad.

En sus andares conoció a Juan José Arreola, Ernesto Alonso, María Félix, Antonio Peláez, Josefina Vicens y otros muchos famosos o en vías de serlo. Fotógrafos y reporteros la asediaban.

—Del cine, lo mejor que obtuve fue el romance con Ricardo Montalbán. —Sonrió al recordar sus besos y el cosquilleo que le producía su bigotito, el cabello corto y ondulado que ella le alborotaba mientras él le mordisqueaba la oreja, el hombro—. No soy buena, todos mis actos de bondad provienen de mi entendimiento. No soy buena ni tengo que serlo. Bastante hago con ser genial —respondía Guadalupe a los periodistas—. La poesía era terreno de varones hasta que llegué yo, ¡la mejor! La más famosa detrás de Sor Juana. Gracias a mí, las mujeres pueden confesarse escritoras. Por cierto —agregó en una entrevista un año después—, espero que tengan el cerebro suficiente de no entrevistar a Rosario Castellanos o a Dolores Castro; las muy pendejas omitieron nombrarme en la parrafada que vomitaron en Madrid sobre las poetisas mexicanas. Y si se las encuentran, adviértanles que se cuiden de atravesarse en mi camino.

Guadalupe llegó con retraso al Ambassadeurs. Quienes la esperaban fingieron que no les importaba su invariable impuntualidad. Entre los comensales estaba una joven a la que le presentaron como Rosita, cuyo apellido no escuchó pues, distraída, miraba a su alrededor en busca de ser reconocida, quizá algún admirador que, embelesado, le pidiera su autógrafo. Sirvieron las copas; poco después, los entremeses. La conversación giraba alrededor de la economía, la falta de materias primas y del transporte obsoleto que circulaba en México.

—Hablando de transporte —dijo Rosita bajando la voz y dirigiéndose a Pita—, ayer me encontré a José Madrazo.

Al oír que Pepe y una mujer iban de la mano ¡en el aeropuerto!, Guadalupe se levantó; con una fuerza desconocida y sobrenatural, jaló el mantel. Platos y vasos se precipitaron al piso. El estruendo provocó gritos, algunos comensales saltaron de sus asientos; no faltó quien escupiera lo que tenía en la boca. Los meseros se paralizaron por unos segundos, viendo la sopa recién servida escurriéndose entre fragmentos de porcelana; las copas convertidas en astillas; los cubiertos mancillando las pequeñas flores que adornaban las mesas; el vino teñía de púrpura el mantel blanquísimo.

Los acompañantes de Guadalupe, instintivamente, empujaron las sillas hacia atrás sin despegar los ojos de la que provocó semejante estropicio.

—¡Grandísimo cabrón! —gritaba Pita—. El muy hijo de puta me las va a pagar. ¡A mí nadie me ve la cara!

Rosita se tapó la boca con la servilleta. El capitán, pálido en su *smoking* negro, tronaba dedos, pasaba entre los clientes pidiendo disculpas, daba órdenes a los meseros.

Con la espalda erguida y el mentón en alto, Guadalupe tomó su bolsa y abandonó el lugar. En su estómago se enzarzaba un enjambre de serpientes cuyo veneno le quemaba las entrañas. Caminó sobre Paseo de la Reforma sin pensar a dónde ir. Solo veía a José en la cama con alguna joven que le abría las piernas a cambio de un cheque o una pulsera.

—Una piruja chichona, puta ofrecida —decía en voz alta. Los peatones la censuraban con la mirada; ella les lanzaba insultos.

La ira anestesiaba su cuerpo, impidiéndole sentir las trabas de los zapatos encajándose en sus empeines, los anillos oprimiendo los dedos hinchados, el sol quemándole la cabeza. No buscaba la sombra, sino la venganza.

De pronto se halló a las puertas de la tienda de Henri de Chatillon. No se fijó en los Packard ni en los choferes uniformados que entorpecían el tránsito. Entró, se derrumbó en un canapé y gritó:

—¡Lo voy a matar!

Las empleadas la abanicaban y le servían agua, champaña. Una hora más tarde, todavía furiosa pero con un vestido nuevo, abandonó la tienda.

Pepe telefoneó días después para anunciarle su regreso de La Punta donde, según le explicó, había ido sin ella porque sabía que odiaba ir a la ganadería. Guadalupe alegó estar *muy* ocupada y colgó.

Esa noche, en camisón y armada con un bate de beisbol, apareció en la residencia de José. Oprimió el timbre durante más de dos minutos. Como nadie abría, golpeó la puerta de roble labrado y rompió a batazos una ventana. En las casas aledañas se encendieron algunas luces; no así en la de Madrazo.

—Si eres tan machito sal de tu madriguera, ¡hijo de la chingada!

Sus gritos obligaron a un vecino a tomar un revólver y enfrentar a esa loca que le impedía dormir.

—Me voy porque quiero —afirmó Pita—, no por sus amenazas. Soy capaz de arrebatarle la pistolita y meterle un plomazo en el pito. Pero no me da la gana.

El silbatazo de un vigilante no asustó a Guadalupe, quien ya había dado media vuelta. Al distinguir el cuerpo desnudo de la mujer, apenas disimulado por una gasa blanca y levemente iluminado por la luz difusa de un farol, el encargado del orden, seguro de hallarse preso de una aparición celestial, boquiabierto, la vio abordar un taxi que aguardaba en la esquina.

Desde su recámara José había presenciado la escena. Él mismo se sorprendía de cuánto le gustaba esa mujer tan apasionada. Amaba sus arrebatos, su ímpetu. Volvió a la cama tranquilo y decidido a esperar que se le pasara el enojo.

Como un enfermo que por un tiempo pierde la conciencia, la relación entre ellos se entumió durante varias semanas.

No obstante, él, sintiéndose culpable por haberla encandilado a tan corta edad, sabiéndose responsable de esa joven que aún lo trastornaba con sus locuras, continuó enviándole regalos y pagando su manutención y sus caprichos.

11

Con el pecho desnudo, sentada en un sillón de tela estampada, Guadalupe posaba muy cerca del caballete. Juan Soriano había insistido en que peinara su cabello, ahora más largo, hacia atrás, para despejar su rostro.

—Serás una musa, y ese será el título de la obra —dijo en la primera sesión, situando a la modelo frente a la ventana—. Como en la mitología griega, una manta te cubrirá de la cintura hacia abajo. Necesito que apoyes los codos en el descansabrazos, simulando sostener... Toma esta brocha y figúrate que es una lira —se alejó entornando los párpados y asintió satisfecho.

Guadalupe permanecía quieta solo un rato. Sus pensamientos aleteaban y entonces empezaba a hablar o a recitar.

> En mí siempre el mismo tema,
> el de la angustia redonda,
> y es que mi razón ahonda
> el centro de mi sistema...

—¡Ay, Juan! Mi poesía acapara la atención de México y, muy pronto, lo hará mi cara de muñeca...

Al paso de las semanas, la efigie iba cobrando forma mientras Soriano, de pie, con la mirada viajando del rostro de Guadalupe a la tela y viceversa, combinaba verdes, amarillos, blancos, negro; ocre en la cabellera, coral en los labios.

—Las musas inspiran a artistas y filósofos. Tú, mi querida Guadalupe —comentó cierta mañana durante un descanso—, eres musa de la poesía lírica amorosa, por eso llevas una lira entre las manos y en la cabeza una corona de laurel.

Nacía 1948 cuando Juan Soriano dio la última pincelada.

Él mismo transportó la obra al departamento de Río Duero. En la sala, con cuidado, desprendió el papel que protegía el lienzo. Guadalupe se contempló al óleo con una mezcla de contento y disgusto.

—Esa no soy yo, ni nos parecemos. Me pintaste triste, vieja, como… agobiada. Pero te voy a perdonar.

Sin oír las explicaciones de Soriano, Guadalupe llamó a la sirvienta y le ordenó bajar el cuadro que descansaba sobre el sofá para colgar ahí, en el muro más importante de la casa, la pintura que la eternizaba.

Pocos días antes de que Pita cumpliera 30 años, en una antología poética de la revista *Hoy*, José Revueltas publicó un artículo: «Mujer, poesía y cerebro, eso es Pita Amor». En cuatro páginas celebraba la insólita y repentina aparición de sus poemas:

> Pienso que, en verdad, Pita Amor no es quien escribe sus versos; ningún poeta lo hace. Todos tienen un ángel, un demonio, un silfo, que recoge la poesía del aire y se la transmite en secreto, misteriosamente, sin que nadie —menos aún que el propio poeta— se entere, como en un sueño, exacto, sí, tal vez mientras duermen, sonámbulos de tantas cosas, en sus noches terribles, cuando ya ningún reloj marca las horas.
>
> El de Pita es el Ángel de la Anunciación, de la Anunciación Poética…

Guadalupe leía y su corazón amenazaba con salir volando. Tuvo que tomar aire y dejar la revista sobre la mesa para que las palabras no temblaran al compás de sus manos. Ansiosa por seguir la lectura, pero también deseando alargarla, se detenía, entrelazaba los dedos, retomaba el último párrafo y volvía a empezar, no sin antes repetir en voz alta, una y otra vez:

—Mi belleza y mi genio se unen, soy un portento.

Alzaba la copa con champaña y brindaba por ella misma frente al espejo.

—*Yo soy mi casa, Puerta obstinada* y ahora, solo nueve meses después de esta última, nace *Círculo de angustia*, publicada por la misma editorial en la que está a punto de aparecer mi *Laurel del ángel.* Me alegro por ti, querida Pita —dijo Margarita Michelena.

A Guadalupe le resultaba difícil armonizar con la gente; en las fiestas tardaba en integrarse. Sabía que a muchos les desagradaba su estridencia, sus osadías. Sin embargo, con Margarita había logrado construir una amistad sin medir capacidades ni atractivos físicos.

Solo un año mayor que Guadalupe, y a pesar de haber estudiado en la Facultad de Filosofía y Letras, se decía autodidacta, lo que a Pita le parecía un gesto amable hacia ella que, difícilmente, había terminado la secundaria.

Margarita Michelena, con cabello corto y rizado, las cintas del cuello de su blusa anudadas sobre el pecho, brindó por la poesía. Guadalupe alzó su copa. La hidalguense colocó en la mesa de madera burda *El frontón*, un periódico que llevaba doblado dentro de una bolsa de lona. Lo extendió y señaló un artículo. Guadalupe leyó la nota:

Al abrir cualquiera de esos libros desgarrados y profundos, asalta la fascinación, la emocionada certeza de hallarse frente a un genuino poeta, es decir, frente a ese que, de acuerdo con Rilke, puede decir a Dios cómo son los hombres y a los hombres cómo es Dios. Porque fundamentalmente, es poeta solo aquel en quien la angustia, la belleza y el misterio se convierten en llaves para revelar un mensaje.

—Gracias —dijo Pita—. Después de esto te perdono que me hayas citado aquí. Sé que es el lugar favorito de la Kahlo y que suele venir con Rivera. Yo soy escandalosa, pero ella, ordinaria, insignificante y fea.

A Margarita le hizo gracia el comentario y sonrió al ver el vestido de tela estampada en colores chillones, los siete anillos, los cuatro collares y las violetas que Guadalupe llevaba en la cabeza. «Ambas extravagantes aunque de forma distinta», pensó.

Como una invocación, Diego Rivera atravesó la doble puerta de la cantina más antigua de Coyoacán. Inmediatamente descubrió a Guadalupe, a quien había conocido en la galería de Carolina, y después se habían encontrado en varias fiestas. Se acercó a saludar y, sin pedir permiso, dejó caer su enorme cuerpo en una silla.

—Hablamos de feos y te apareces —dijo Guadalupe torciendo los labios.

—Yo pensé en belleza y mis piernas me trajeron —respondió alzando el brazo para que les sirvieran una ronda de tequilas; saludó a Margarita y sus ojos saltones se clavaron en Guadalupe—. Te quiero hacer un retrato.

—Si me vas a pintar como una pinche indígena, negra, gorda y trenzuda, olvídalo.

—Tú no representas nada de eso…

—Por supuesto que no. ¡Yo soy una reina! Y para que te enteres de una vez, Juan Soriano ya me inmortalizó en un hermosísimo cuadro... Bueno, inmortal y eterna soy, me refiero a que mi imagen permanecerá en un lienzo firmado por un gran artista. No uno, varios, porque Raúl Anguiano ya empezó a pintarme.

Guadalupe Amor dio las gracias a Margarita, apuró de un trago su bebida y salió. Tras ella quedó su perfume y las puertas batiendo en un ruidoso ir y venir.

En el taxi, Pita sintió cierta satisfacción al ver, ¿o imaginar?, el gesto agrio en la sonrisa del muralista al enterarse de que Juan y Raúl se le habían adelantado.

A Diego Rivera le importaba muy poco que ya existieran cuadros de la Amor. Tampoco le interesaba si ella le había pedido a Raúl Anguiano que la pintara o viceversa. Ni que Juan Soriano le hubiera hecho un retrato porque una tarde Guadalupe le preguntó quién era más bonita:

—¿María Asúnsolo o yo?

—Mmm... María.

—Entonces jamás me pintarás desnuda.

—¡Claro que sí! —respondió Juan—. Quítate el vestido.

La prenda cayó al instante.

La observó: joven, chaparra, piernas poco agraciadas, el pecho nada mal, bonito tono de piel; boca redonda, ojos claros... Y mucha estampa. Entonces le surgió la idea de un cuadro distinto: una musa con el torso descubierto.

Durante una de las sesiones en las que ella posaba, llegó Andrés Henestrosa.

—¡Perdón! —ruborizado, se disculpó.

—Si mi belleza no te da miedo, puedes pasar —dijo Guadalupe, quien, por supuesto, no se inquietó ante su presencia.

En el óleo que pintó Raúl Anguiano, Guadalupe aparece desnuda en un metro cincuenta por uno diez de ancho. Piernas un poco separadas, los brazos detrás de la cabeza; castaño el cabello que el pincel peinó abultado en un chongo; ojos grandes; pies perfectos con uñas rojas, casi del mismo tono que los labios y la tela que cubre el sillón donde está sentada. Pezones rosados; su rostro expresa seriedad, ¿hastío?

Ella lo contemplaba torciendo la boca.

—Estos artistas nomás no logran captar mi belleza —le dijo a Carolina—. ¿Será que mis facciones ocultan algún misterio difícil de pintar?

Bajo la dirección de Díez-Canedo y Giner de los Ríos, *Polvo* apareció en 1949. Sesenta páginas detrás de una portada cuyo dibujo era una lechuza con alas abiertas. El ave llevaba sobre el lomo un esqueleto humano con un brazo en alto.

—En pleno vuelo, como su autora —exclamó José Madrazo.

—Ábrelo —instó ella.

Pepe leyó:

> Me envuelve el polvo, y me inquieta.
> ¿Por qué vendrá de tan lejos?
> Y ¿cómo en residuos viejos
> mundos pasados sujeta?
> —El polvo no tiene meta,
> ni principio habrá tenido;
> sé que siempre habrá contenido,
> en su eternidad convulsa,
> la arcana fuerza que impulsa
> a lo que es y a lo que ha sido.
> [...]
> Polvo constructor del mundo,
> mundo de sangre impregnado,

lo gris por rojo has mudado,
lo estéril por lo fecundo [...]

José arrugó la frente; qué difícil le resultaba comprender aquello. Pasó algunas páginas y leyó:

A un doble polvo enemigo
mi rostro está sentenciado:
al uno nació ya atado;
del otro busca el abrigo.
Dos muertes lleva consigo:
una alegre, otra sombría;
aquella siempre varía,
esta sin moverse espera.
Si una es ya mi calavera
la otra es mi máscara fría.

Alzó la vista. Guadalupe acariciaba el mink que él le había regalado para celebrar su quinta obra publicada. Sabía que lo mejor era no preguntarle el significado de los versos; prefería mirarla así, desnuda dentro del abrigo negro que contrastaba con la blancura de su piel.

—Brindemos —propuso.

Pita llenó dos copas con la champaña que se enfriaba en una hielera.

—Por tu luz y tu genio.

Bebieron. Se besaron frente al óleo donde ella representaba a «la Musa». Aunque no le había hecho gracia que Guadalupe posara sin ropa, sobre esa pintura tampoco había querido opinar. El día que la vio ahí colgada solo atinó a decir que ella era mucho más hermosa.

José no comentaba los textos de su amante; ella no decía una palabra sobre las faenas taurinas. Él hojeaba los tomos firmados por Pita; ella lo acompañaba a las corridas para dejarse ver, para que él le presentara a diputados y gobernadores, artistas y empresarios.

—Armillita lidiará seis toros nuestros —dijo al tomar asiento—, hoy es su despedida. Imagínate —decía Madrazo mientras Pita se ponía un vestido de seda fucsia para ir a la plaza—, veinticinco años de presteza ejemplar con el capote...

Guadalupe, en su recámara, se retocaba el maquillaje sin prestar atención a la arenga del ganadero. Estrenó zapatos y bolsa. Antes de pintarse los labios dio unos sorbos a la champaña y salieron del departamento.

Muebles abrigados con telas grises; luces mitigadas por gasas de ese tono; ceniza esparcida en algunos rincones.

—¿Ceniza? —preguntó la sirvienta—. Los tapetes se van a manchar y luego usté se enoja.

—Se lavan —espetó Guadalupe.

Para festejar el nacimiento de su nuevo libro se compró un vestido color gris; en los pómulos y en el cabello aplicó diamantina plateada. De plata los ocho anillos que adornaban sus dedos. A la medianoche, sobre la mesa del comedor cubierta con un mantel gris, alzó su copa y dijo a la concurrencia:

—Polvo —la pausa fue larga—. «Polvo constructor del mundo, mundo de sangre impregnado, lo gris» —en ese punto interrumpió la declamación del poema y, cambiando de posición, dijo—: Polvo, alegoría de la vida y la muerte, de la existencia y ausencia de los seres en este mundo, «Es tu poder tan profundo, que de sangre has hecho ideas; temo que divino seas pareciendo terrenal, pues te presiento inmortal porque tú mismo te creas».

Retumbaron los aplausos; alzaron y chocaron copas. Dos invitados cargaron a la poeta y la depositaron al centro de la sala, donde empezó a mover hombros, manos y pies al ritmo de una música que Pérez Prado, originario de Matanzas, popularizaba. Se abrían y vaciaban las botellas; algunas bebidas ni siquiera llenaban los vasos: el líquido se vertía directamente en bocas abiertas y sedientas. Chorros de tequila, ron o champaña escurrían por barbillas, cuellos y escotes. Melodías, gritos y cantos se escapaban por las ventanas y por debajo de la puerta, zumbando en oídos inocentes.

La anfitriona despertó a las cuatro de la tarde. Tenía jaqueca, negras las plantas de los pies, revuelto y pegajoso el cabello. Cuando logró levantarse, el espejo le mostró una cara manchada, ojos irritados e inflamados. Salió de su recámara y pidió a gritos un café.

Por ser domingo no hubo respuesta de la criada.

A su alrededor había colillas, botellas, copas y vasos derrumbados; migajas y restos de comida en las telas que puso para decorar el departamento. Servilletas arrugadas, un guante ajeno, un *brassiere* y dos sacos cuyos dueños nunca los reclamaron. En su camino a la cocina pisó unos lentes y se tropezó con un cenicero. Rendida, volvió a la cama.

> Los libros de poemas de Guadalupe Amor, ya no podemos atrevernos a darle el diminutivo de Pita, porque mucho ha crecido desde entonces, han hecho correr, de dos años a esta parte, raudales de tinta de imprenta. No es de extrañar: Guadalupe Amor es algo más que una poetisa, y aunque una gran poetisa, es un poeta femenino tan solo por el sexo. Su facultad creadora tiene, en efecto, vigor viril…

José Madrazo interrumpió la lectura del artículo firmado por Manuel González Montesinos. Orgulloso como un padre de su hija, dobló el *Novedades* y dio unos sorbos al café antes de despedirse de la francesa que junto a él se estiraba en la cama.

En ese momento Diego Rivera leía el libro de Guadalupe. Las palabras de *Polvo*, como el título, parecían esparcirse a su alrededor.

> … Y ¿si nada existiera
> más que el polvo creando un espejismo;
> y el vivir solo fuera
> un momento de sismo:
> relámpago cayendo hacia el abismo?…

En su enorme cuerpo, a través de sus enormes ojos, no cabían tantas letras que, unidas, formaban una trama de imágenes tan deslumbrantes. Supo exactamente cómo pintaría a Guadalupe; soltó el ejemplar, se caló un sombrero y fue a buscarla.

La vanidad de Pita Amor no requirió grandes ruegos. «Si el famosísimo muralista, fundador de la Escuela Mexicana de Pintura, quiere endiosarme más de lo que ya soy, no me negaré. Mis retratos pronto recorrerán los grandes museos del mundo».

Una semana después Guadalupe llegó con poco retraso al estudio.

—A diferencia del que te hizo Soriano, este será un desnudo completo —le señaló el equipal donde podía dejar su ropa—. Te retrataré como soy y como pinto, como hablo y respiro: natural.

Y así, con naturalidad, Guadalupe se quitó el vestido; debajo no llevaba prenda alguna.

—¿Con zapatos? —preguntó al tiempo que inspeccionaba el piso—. Ni creas que voy a poner los pies en tu suelo cochino. Al caminar por la calle nunca falta quien se quite el saco para que yo pase encima.

Rivera se desprendió de su overol manchado:

—Si te sientes más cómoda, písalo.

—Que lo pise la pendeja que te lava la ropa, la marimacha bigotuda.

—Tú no estás de malos bigotes —dijo poniendo su mano en la entrepierna depilada de Guadalupe; una mano grande, áspera y tibia.

Sin ofrecer resistencia, la mujer echó la cabeza hacia atrás. Diego, mucho más alto, le mordisqueó la oreja mientras sus dedos buscaban la vía para penetrar en ella. Guadalupe enroscó una pierna en el muslo del pintor. Él la levantó con un brazo y la llevó por las escaleras hasta su estudio. Colgada del cuello grueso de Rivera, Pita no dejó que la soltara.

—Vamos a la azotea, que todo México atestigüe que me cogí al esposo de la coja.

Ingobernable, Rivera separó las manos que Guadalupe mantenía entrelazadas y la depositó en una silla de mimbre.

Olor a pintura, piezas prehispánicas, sillones, brochas, pinceles, frascos, trapos, bastidores, solventes, monigotes de cartón y bocetos rodearon a la pareja que, sobre un tapete de Temoaya, hizo el amor. «Yo arriba», le había dicho, «porque con tu tamaño me aplastas».

—Te lo advierto, gordinflón, a mí nadie me pone apodos, así que nada de Prieta Mula ni Reina del Frijol, como le decías a Lupe Marín. Soy una diosa —dijo al incorporarse.

—Posarás desnuda porque eres una mujer libre y porque así te imaginé al leer *Polvo* —dijo tomando un carboncillo—. Y no podrás verlo hasta que lo acabe.

Durante ese tiempo la pasión, los olores corporales y los gemidos se fusionaban dentro del estudio. Ella escribió detrás del cuadro: «A las siete y veinte de la tarde del 29 de julio de 1949 terminamos este retrato al que Diego y yo nos entregamos, sin límites de ninguna especie. Pita Amor».

Entonces Rivera le dio vuelta al lienzo y le permitió mirar la obra.

Guadalupe no ocultó su decepción. Si bien era enorme: casi tres metros por dos, la pintura, en tonos pálidos, emitía desamparo, soledad. En busca de otro ángulo que la obligara a cambiar de parecer, la modelo retrocedió unos pasos, pero solo descubrió cierta desproporción en su cuerpo.

—Soy mucho más bonita —dijo al fin—. Me pintaste con cara de tonta. Y viendo al cielo, como pordiosera con ojos de «sufro mucho».

El artista omitió decirle que a través de sus versos él así captaba su alma: afligida, insomne, culpable.

—Necesitas tiempo para apreciarla —explicó Rivera en tono didáctico—. Fíjate bien, estás en la cima de un volcán. En la mano derecha llevas una vara con la que escribes *Polvo*, y tu nombre…

—¿Y el trapo rojo? —interrumpió señalando la mancha bajo su pie izquierdo.

—¿Trapo? ¡Ay, Pita! Es una tela de dos colores; el blanco simboliza tu espíritu poético; el rojo, pasión.

Guadalupe quiso quedarse con la palabra *pasión* en los oídos.

Rendida, se sentó en un equipal. Diego llenó dos vasitos con tequila, le ofreció uno.

—Dentro de tres días, el primero de agosto, se inaugura la exposición que me organizan en Bellas Artes. Abarcará todo el palacio, desde el sótano hasta el último piso. Óleos, acuarelas, temples, litografías, dibujos, bocetos… Colocaré unas piezas prehispánicas al lado de mis pinturas. Va a ir el presidente…

—¿Miguel Alemán? —hizo un gesto de desdén—. ¿Y a mí qué me importa?

—Te estoy invitando.

—Expondrás este —no preguntó, afirmó señalándose a ella misma en el lienzo.

—Lo descubrirás si asistes.

Luego de la inauguración y los discursos, la concurrencia se dispersó por el recinto. El presidente Miguel Alemán, acompañado por Diego Rivera y algunos más, subió la escalera de mármol. Oyendo las explicaciones del museógrafo y del artista, entre la figura de la Coatlicue pétrea frente al mural *El hombre en la encrucijada*, continuó el recorrido observando pinturas: mujeres indígenas, alcatraces, indios vestidos de blanco.

El grupo avanzó hasta una sala grande y rectangular; al fondo descollaba el desnudo de Guadalupe Amor. Los pasos se detuvieron, los ojos se agrandaron, las voces tartamudeaban cuando de pronto, como en un acto de prestidigitación, la modelo apareció junto a la obra. Frente al público, con un vestido corto color nuez, nada apropiado para la ocasión, y la cabellera abultada, Pita adelantó la pierna derecha, abrió un poco los brazos y miró al cielo, imitando la postura adoptada en el óleo.

Diego sonrió ante la audacia de aquella mujer. Algunos, olvidándose de la presencia del mandatario, se aproximaron para tener una mejor visión.

—Ya que Rivera no le explica, lo haré yo —dijo Guadalupe dirigiéndose a Miguel Alemán—: Es un retrato de mi alma.

—¡Ah! Pues qué bonita alma tiene usted, señorita.

Un periodista se encargó de publicar, además de la frase de Miguel Alemán, el texto que Pita había escrito en el revés del cuadro. No faltó el reportero que en su nota agregó:

> Diego Rivera explicaba la técnica utilizada cuando el señor presidente, ignorándolo, le preguntó a Guadalupe Amor:
>
> —Es usted rubia de todas partes, ¿verdad?
>
> A lo que ella respondió:
>
> —Sí, señor, de todas partes.

La fotografía del desnudo causó revuelo. Hubo varones que recortaron y guardaron el retrato; amas de casa que escondieron el periódico. Llamaron a Pita Amor indecente, obscena, viciosa. Pero más que la imagen, el escándalo lo provocó la leyenda detrás del lienzo.

Los telefonazos entre las hermanas Amor iniciaron muy temprano. Ninguna se disculpó por la hora ni se tomó el tiempo de preguntar:

—¿Te desperté?

Cada una en su casa, con las pupilas fijas en la fotografía, intentaba sostener el auricular. Inés, dueña de la galería, estuvo a punto de desmayarse al descubrir a su hermana completamente desnuda. Su esposo mandó a buscar alcohol mientras la ayudaba a sentarse.

—Ojalá pudiéramos sacar el cuadro de Bellas Artes, ¿cuánta gente lo verá?, ¿cuántos ya lo vieron? No quiero ni pensarlo —dijo con voz ronca María Elena a Inés—. Será muy Diego Rivera, pero la vergüenza nadie nos la quita.

Carolina sabía que Diego la estaba pintando, pero cubierta con un velo, le había dicho Guadalupe.

—¡Raoul! —el grito alcanzó los oídos del marido—, ¡mira, es Pita, Pitusa!, ¡sus manos, sus senos, sus pies!

Chepe juró no volver a verla y le prohibió a su mujer hablar de Guadalupe *con nadie*. Mimí y Maggie estaban más tristes que enojadas:

—Va directo a la perdición. Si lo hace a los 31 años, ¿qué será de ella más adelante?

Al leer la noticia, José Madrazo dio órdenes a su secretaria de suspender todos los depósitos bancarios a nombre de Guadalupe Amor.

—Esta vez se acabó —dijo lanzando el periódico que, deshojado, cayó al piso.

La tarde siguiente Pepe se reunió con su amiga española Margarita Nelken, quien regresaba de dar unas conferencias sobre arte latinoamericano. Aquella amistad, iniciada treinta años atrás, les permitía hacerse confesiones, desahogar sus penas e incluso amonestarse.

En cuanto la mujer entró al restaurante notó el enojo en la cara de José. A diferencia de otras veces, relajado y sonriente, ahora mantenía el cuerpo tan rígido como sus labios. Tras el saludo, tomó asiento frente a él y lo observó: el cabello escaseaba; las arrugas que iban de la nariz hasta la comisura de la boca, más profundas; los ojos, apagados.

Con dos whiskies circulando por sus venas, José llamó al mesero. La madrileña pidió un jerez; él, una botella de Rioja.

Intentando ser amable, el ganadero le preguntó por el viaje a Europa. Ella se encogió de hombros:

—Mejor háblame de ti.

Margarita conocía la relación de José con Guadalupe y siempre había elogiado a la chica de buena cuna que a los 18 años, con desparpajo, había desafiado a la sociedad y a su propia familia.

—He aguantado todas sus locuras. Sé que tiene amantes, como yo. Pero ayer en los periódicos no solo apareció el cuadro donde Rivera la pintó desnuda, también está una dedicatoria que Guadalupe escribió en el revés del lienzo. Dice que ambos se entregaron uno al otro sin ningún límite.

—De *esa* mujer —acentuó el adjetivo— te enamoraste. Es libre…

—No salgas de abogada defensora —interrumpió, y con un ademán despidió al mesero que se acercaba con los menús.

—No lo soy. Veo la situación atrás de la barrera; en cambio tú traes las banderillas listas para clavar —tomó aire—.

Cuando fui dirigente republicana me llamaron bruja, prostituta, reptil con falda. Hui de una condena a veinte años de prisión. Me han maldecido y silenciado. Me he opuesto a la marginación milenaria de las mujeres. He hecho campañas y publicado libros para liberarlas de la violencia masculina. A los 21 años fui madre soltera. Defendí el divorcio. He creado la primera guardería laica de Madrid —tomó aire—. José, conoces mi historia, pero te la repetiré las veces que sea necesario para hacerte comprender que las mujeres nacimos tan libres como ustedes, y…

Pepe extendió el brazo con la mano abierta para detener el discurso. Luego se llevó el pulgar y el índice al puente de la nariz y cerró un momento los párpados.

Margarita apuró el jerez.

—Ahora sírveme un poco de tinto.

Como si regresara de lejos, José llenó ambas copas y fijó la mirada en ella:

—No digas más.

—Por supuesto que digo, coño. Tú me has confesado que admiras a Guadalupe por osada, por su inteligencia, porque se ha destacado como poetisa sin haber terminado la secundaria, y ahora sales con celos de adolescente —entrelazó las manos—. Y quita esa cara de niño regañado. Salud.

Chocaron las copas. Bebieron. Él le dio las gracias y entonces Margarita le habló de su viaje.

Esa tarde el ganadero le dijo a su secretaria que continuara depositando el dinero en la cuenta bancaria de Guadalupe.

El 25 de diciembre los golpes en la puerta de su recámara iban *in crescendo*. Desvelada, con un sabor amargo en la lengua, Guadalupe pensó en aventar un ladrillo a quien estuviera molestándola antes del mediodía. Toña, el ama de llaves, insistió en que tenía una llamada urgente. Pita tomó el teléfono y enronqueció aún más la voz para que el imprudente supiera que la había despertado. Entre sollozos, Salvador Novo logró anunciar: «Xavier está muerto».

En la penumbra de su habitación, Guadalupe vio dos puntos luminosos en los que reconoció los ojos grandes e inteligentes de Villaurrutia; su mano de dedos largos llevándose la taza de exprés a la boca; aquella frente ancha que protegía esas quimeras que, como aves, revoloteaban dentro de su cerebro.

—Provocándole insomnios —murmuró Pita al recoger la primera lágrima.

Luego recordó las palabras de Xavier en el prólogo que dedicó a López Velarde: «Quizá el único viaje perfecto sea el que no tiene retorno».

«La muerte lo obsesionaba», pensó Guadalupe en el taxi que la dejó a las puertas del Palacio de Bellas Artes.

Entre la concurrencia distinguió a Roberto Montenegro; se acercó a él.

—Falleció en su casa, ya sabes, donde vivía con su madre y las dos hermanas. Son aquellas —Montenegro señaló a tres mujeres—. La de la izquierda es Teresa, ella lo encontró muerto en el piso. Dicen que regresó en la madrugada después de cenar con sus alumnos de teatro…

Montenegro hablaba para retener el llanto. Guadalupe se alejó y fue a montar guardia ante el ataúd; ahí recitó de memoria *Nostalgia de la muerte*. Luego, en el panteón del Tepeyac, en el silencio del cementerio, su voz se elevó al declamar *Décima muerte*.

12

Sus libros y su rostro, como tantas veces deseó Guadalupe, aparecían en periódicos, revistas, en las vitrinas de las librerías.

El 17 de enero de 1951, tres semanas después del fallecimiento de Villaurrutia, Pita dio su primer recital poético en el Palacio de Bellas Artes. Amigos, artistas, escritores e intelectuales colmaron la sala Manuel M. Ponce. Margarita Michelena inauguró el evento con un discurso que después devino el prólogo de *Poesías completas*, un libro que recopilaba los cinco volúmenes anteriores de Guadalupe Amor.

«[...] cualquiera de estos libros, desgarrados y profundos, asalta la fascinada certeza de hallarse frente a un verdadero poeta, a uno de esos raros elegidos que, de acuerdo con Rilke, pueden decir...».

Cada palabra pronunciada por Michelena era un torrente que elevaba a Pita hacia una cumbre desde donde resplandecía única, incomparable, infinita.

«[...] la poesía de Guadalupe Amor es el retrato fiel de una criatura de pasión e ideas, consumida por los conflictos interiores que han sido comunes al hombre de todos los tiempos. Se relaciona con el humano linaje...».

Estrenando vestido largo, negro, con aplicaciones de encaje dorado, sin joyas, pero llevando una corona con pedrería, tras varios minutos de aplausos, Pita Amor gobernó el espacio. Recitó de memoria versos propios y ajenos. Sus ojos, retadores, paseaban entre la concurrencia; los párpados sombreados de verde se agrandaban o empequeñecían al compás de cada sílaba. Esa voz aguda, bella y terrible, vibraba más allá de las puertas.

Sin caravanas, solo con sonrisas llenas de satisfacción, sintiéndose reina, diosa y musa, agradecía los aplausos. Los reflectores alumbraban a una mujer que fulguraba con luz propia.

A sus pies quedó un arcoíris de claveles, rosas y margaritas que sus pupilas deshojaron, ansiosas por alargar la noche, por eternizar la ovación y el río de flores. Esa alfombra de pétalos atestiguaba ante el mundo su genio, su lucidez.

A la mañana siguiente Guadalupe despertó en un jardín perfumado. Al ver la tarjeta de Matsumoto y la orquídea junto al ramo enorme de tulipanes, supo que José las había enviado. Más tarde descubrió el abrigo de visón colgado en el perchero. Se lo puso y salió a caminar. A cada paso la prenda se abría mostrando la piel blanca de su dueña. Los transeúntes se alarmaban; ella sonreía.

Como si bebiera tinta, de sus poros brotaban gotas que se convertían en sílabas y fluían palabras formando versos. Las frases caían sobre el papel, y de ahí, a la imprenta bajo el título *Más allá de lo oscuro*. Entre sonetos, décimas y redondillas, en los ochenta y un poemas reunidos en ese volumen sobresalía la palabra *locura*.

> Es mejor la locura,
> la angustia, o el dolor, o la ansiedad,
> que la gris amargura...

Asegurando que huía de sí misma e impulsada por José Gaos, Guadalupe viajó a España. Nunca había abandonado tierras mexicanas. Por un momento consideró la idea de proponerle a Pepe Madrazo que la acompañara: sería el mejor cicerone en aquel país que él tan bien conocía. Mas no lo hizo.

—Iré sola, a mi placer, a mi ritmo. Me enfrentaré al mundo sin más guía que mi instinto. Pita Amor no necesita a nadie.

En el vuelo, cada vez que la angustia le aceleraba el corazón o una oleada de escalofríos la asaltaba, veía las hélices de la nave que, como los segunderos, le marcaban un compás de equilibrio y sosiego. A ratos el miedo le provocaba sudores; se abanicaba con un folleto y contemplaba las nubes, suplicándoles que sostuvieran el avión:

—Yo, Guadalupe, Pita Amor, no debo morir.

Al aterrizar, urgida de aire fresco, fue la primera en descender por la escalerilla. Camino del hotel no dejó de mirar por la ventana del taxi, queriendo llenarse de aquel Madrid que, según le habían dicho, vivía los años del hambre. Sin embargo, la cantidad de autos, camiones y el gentío en las calles era diferente de lo que esperaba. Los cafés en las aceras estaban abarrotados de personas elegantes que parecían disfrutar del ocio.

La poetisa mexicana dio sus recitales segura de que, a partir de ese momento, su fama abarcaría todo el Viejo Continente. Observaba a su público en busca de miradas glotonas que quisieran beberse su poesía y su cuerpo. Pasó una noche con un toledano al que le hizo *striptease* y le cantó las sevillanas aprendidas en su infancia.

Fue al Parque del Retiro, caminó por el paseo de las Estatuas. Sentada en una banca oyó quejas de la escasez de vivienda por la cantidad de campesinos que llegaban a la ciudad. En el mercado San Miguel comió turrón hasta empalagarse. En El Corte Inglés compró seis pares de zapatos, varias mantillas, quince abanicos, ocho peinetas que jamás usó; unas castañuelas que tocaba frente al espejo mientras adoptaba poses de bailaora; una corbata para José y una muñeca Mariquita Pérez que perdió en el aeropuerto.

A su regreso declaró haber enloquecido a los madrileños que, gustosos, tiraban sus capas al suelo «para que mis pies mexicanos no pisaran suelo español. Vuelvo henchida de éxito y de asombro, con un contrato firmado por las casas editoriales Aguilar y Espasa Calpe».

Su versión la confirmaba un artículo redactado por una crítica española:

> Nunca oímos voz de mujer mejor disciplinada, ni más acorde con la inefable música de los siglos áureos de la poesía castellana. Si hemos de incurrir en el tópico de las comparaciones, vayamos resueltamente a la mejor, Juana de Asbaje o Calderón e incluso a Lope de Vega. Y no solo para formar décima, lira, soneto o redondilla. Sino por el profundo contenido, por el denso pensar, por el maduro conocer; por la humanísima carga emocional que cada poema de la mexicana del siglo xx lleva...

De aquel viaje también regresó con versos que se convirtieron en *Décimas a Dios*, publicado en Tezontle, del Fondo de Cultura Económica:

> Desde que yo era una niña, desde el momento que empecé a tener conciencia de las cosas; cuando descubrí la existencia de la muerte y, junto a ella, el final de mi imagen, de mis sensaciones, de mis apetitos y pensamientos, Dios fue mi máxima inquietud. Lo busqué primero como quien busca a un ser humano, me hubiese gustado hablar con él, como jamás pude hacerlo con mis padres, con mis hermanos ni con mis amigos.
>
> Más tarde busqué su cielo, olvidándome de su presencia. Después, fue su ausencia la que me inquietó. Sí, por mera co-

modidad, deseé fervientemente que no existiese. Tal vez en esos momentos de oquedad y vacío cavé su cimiento.

Empecé a escribir estas décimas por necesidad apremiante. Cuidé de que su forma fuese pura, respetando la más clásica tradición castellana. Quizá deseaba yo tratar a Dios con las palabras que Él ya está acostumbrado a oír, ya que lo que pensaba decirle era una expresión muy personal para comprometerlo de una manera o de otra.

Hay algunas personas que dicen creer en Dios de una manera absoluta. A otras no les inquieta en lo más mínimo. A estos los he oído a veces con gran tristeza y depresión, a los otros, con desconfianza; pero sé de cierto una cosa: que todo aquel que piensa, que le tiene amor a la vida, que desea hallar algo perdurable, tranquilidad, bienestar o hasta dicha —lo confiese o no; lo niegue apasionadamente o lo afirme con sinceridad o hipocresía—, es que está profundamente preocupado por Dios o por la ausencia de Él, lo que en ciertos momentos viene a ser una misma cosa. Me parecen ingenuos aquellos que, creyendo solo en la materia, piensan que tienen en su poder los secretos del universo. Y cobardes me parecen esos otros —no hablo de la gente sencilla de buena fe— que por temor de saber algo nuevo e incómodo, heredan a un Dios, usan y abusan de él, así creen que resuelven sus conflictos con la vida y con la muerte.

Yo soy un ser desconcertado y desconcertante; estoy llena de vanidad, de amor a mí misma, y de estériles e ingenuas ambiciones. He vivido mucho, pero he cavilado mucho más; y después de tomar mil posturas distintas, he llegado a la conclusión de que mi inquietud máxima es Dios.

Estos versos, estos renglones contradictorios, los he escrito en diferentes estados de ánimo; de ahí que oscilen desde la fácil herejía hasta el impaciente misticismo; desde el punto más lúcido de mi mente, hasta el más exaltado latido de mi corazón, pasando por la sombra, por la opaca indiferencia.

Aunque no peque yo de modesta, tengo que confesar que a estas líneas les tengo un especial amor. Escribirlas me costó muy poco esfuerzo, puedo decir que ninguno. Engendrarlas, esto, solo Dios puede saberlo.

13

—Los artistas hacen conmigo lo que les da la gana —dijo Pita a Diego Rivera en tono de reclamo—. Miguel Asúnsolo también me pintó triste. ¿Están ciegos?

Él guardó silencio.

—Quiero un rostro vivaz, ojos pizpiretos, sonrisa alegre, como yo. Píntame bonita y luminosa. ¿Te gusta mi nuevo corte de pelo? —preguntó al hundir los dedos en la cabellera del guanajuatense.

Con ambas manos Diego acercó la cabeza de la mujer a la suya. Ella le lamió los labios.

—*La Belle et la Bête* —murmuró Pita recordando el cuento francés—. A María Félix la retrataste guapa, con cinturita.

Rivera evocó a la Doña cuando ella le dijo al oído: «Dieguito, mi alma compartida, tú y yo nos conceptuamos». Tras dibujarla al carbón para la publicidad de la película *Río Escondido*, María también le pidió que la pintara. Pensando en la diva, desvistió a Guadalupe. Conocía cada milímetro de ese cuerpo tan diferente al de María, que posó para él con un vestido blanco, *strapless*. Se lo regaló con una dedicatoria adjunta: «Para María Reina de los Ángeles Félix, a quien millones de gentes admiramos y amamos, pero a quien nadie amará tanto como yo».

Diego le hizo un retrato donde al fin Guadalupe aparecía bella y graciosa. El pincel la copió viendo al espectador con ojos enormes, labios y cejas delgadas y un escote que no mostraba más de lo que la decencia permitía.

Durante los meses que él tardó en acabar la obra, a menudo Frida Kahlo, en la casa de Coyoacán, preparaba comida para ellos y otros más. Los recibía con faldas largas y claveles en la cabeza. Pita llegaba con trajes de diseñador. Al verla, la anfitriona la abrazaba y repetía alguna línea de *Polvo*. Guadalupe, halagada, respondía:

—Frida, Friduchina, grande entre las grandes.

—Para celebrar el santo de Diego estoy convocando a mis Fridos a pintar unos murales en La Rosita. Tienen que estar listos el 8 de diciembre —anunció Frida llenando los vasitos de tequila.

—¿Los qué? —preguntó Guadalupe.

—Los Fridos —repitió alzando la voz—, mis discípulos. Desde que empecé a dar clases en La Esmeralda me gustaba salir con ellos a las calles para pintar los colores de la vida, los mercados, la gente, ¿ya me entiendes? Luego, con las chingas que me ha parado el destino —señaló sus piernas—, se me complicó moverme y ellos se reunían acá.

—Cuéntale de los murales en las pulquerías —sugirió Carlos Pellicer.

—Bueno, entonces no los hacíamos nosotros, sino rotulistas o vecinos. ¿Nunca los viste? —preguntó a Guadalupe arqueando las cejas—. Los temas se relacionaban con el maguey o con el nombre del changarro, pero los prohibieron porque eran «muy llamativos». Hazme el chingado favor. Salieron con que los murales atraían a la gente a tomar.

—Y La Rosita ¿es una pulquería? —Guadalupe se metió a la boca un totopo con guacamole.

—Sí, aquí cerca. Queremos que en estos aparezcan los amigos de Diego. Ojalá aceptes, Pita.

—¿Me están invitando? —su sonrisa evidenciaba el gusto de ser convocada.

—¡Claro! Tú tienes que estar ahí —dijo el guanajuatense abanicándose con el sombrero.

—¿Quién más? —preguntó Guadalupe entre un bocado y otro.

—Por ahora solo pensamos en ti y Salvador Novo —se apresuró a responder Diego, omitiendo que la primera seleccionada era María Félix—. No es necesario que poses, los copiarán de alguna fotografía.

—Está bien, lo autorizo si me juran que me harán bonita, como soy.

Un sábado, muy temprano, los cuatro alumnos que le quedaban a Kahlo se reunieron en La Rosita. En un muro copiaron a un amigo de Frida y a su ayudante; en el otro, a Salvador Novo y Pita Amor tomando pulque; en el tercero, sobre una nube, pintaron a María Félix con una leyenda: «El mundo de cabeza por la belleza».

Aunque sabía que no iría porque odiaba esos rumbos, Frida invitó a Guadalupe a ver los murales terminados.

—Es una esquina sucia y fea, huele a orines —respondió Pita.

14

Guadalupe publicaba poemas en revistas y suplementos culturales. Más que dejarse retratar, buscaba ser fotografiada.

—Soy capaz de cualquier cosa para conseguir ocho columnas bajo mi nombre en letras grandes —afirmaba.

Casi a diario una peinadora iba a su departamento y, tras aguantar sus desplantes, le dejaba el cabello tal como la señora exigía, siempre, eso sí, con el rizo redondo sobre la frente.

—Si no sabes qué preguntar, ni te acerques —decía a los periodistas al verlos con su libretita arrugada y el lápiz entre los dedos—. Si se trata de palabras, te gano porque de poesía seguro lo ignoras todo. Eres un pinche reportero, y yo una diosa. En esa cara de menso se nota que solo escribes articulillos con faltas de ortografía. Bien dijo el maestro Alfonso Reyes: «Soy la Undécima Musa». Sí, es verdad que entré a la iglesia de la Votiva y en plena misa grité: «¡Tuve un aborto!».

En cada reunión los invitados eran testigos de las excentricidades de Guadalupe. Por lo general vestía prendas fáciles de quitar y no usaba ropa interior. Así paseaba entre la gente; recitaba sobre una silla o una mesa. Algunos la veían boquiabiertos; otros, acostumbrados a su desnudez, la miraban sin asombro.

Diego Rivera y Emilio el Indio Fernández organizaron una fiesta con el pretexto de juntar fondos para exposiciones de arte mexicano. Una galerista, interesada en recibir a los más famosos intelectuales del país, ofreció su finca. Desde el mediodía empezó el desfile de invitados. En mesas largas cubiertas con sarapes multicolores había tequila, mezcal, pulque, coñac y agua de horchata. Meseros, con pajaritas negras, deambulaban entre los corrillos de gente cargando charolas llenas de quesadillas y tacos pequeñitos.

Juan Soriano se aproximó a Dolores del Río, quien conversaba con Diego de Mesa, Rufino Tamayo, Frida Kahlo y Fernando Benítez. Protegiéndose bajo la sombra de un ahuehuete estaban Luis Barragán, Juan José Arreola, Juan O'Gorman, Nahui Olin y Manuel Altolaguirre.

Pita hizo su entrada con un vestido rojo, escotado y sin mangas; rojos los labios, las sandalias y el barniz de uñas. Saludó aquí y allá, se dejó besar por desconocidos y brindó con quien se le acercaba. El rizo en la frente, su voz inconfundible y su andar voluptuoso cautivaba y ella lo sabía. Iba de un grupo a otro, hasta que la anfitriona la buscó para presentarle a Luis de Llano Palmer.

—Productor de la programación del Canal 2 —dijo él con acento español, estrechando la mano anillada de la poetisa.

Luego de dos tequilas y una hora de charla Guadalupe salió con una cita para un nuevo proyecto que De Llano fraguaba para la televisión.

Entusiasmada y convencida de merecer lo que Luis le proponía: ser pionera en la incipiente historia de la televisión mexicana, la segunda dama después de Amalia Hernández que aparecía en las pantallas hogareñas, Pita Amor aceptó hacer un programa para difundir «la más alta poesía» en nuestra lengua. *Nocturnal* se transmitía en vivo, media hora cada tercer día, a las diez de la noche.

—Por fin será un arte accesible a miles de televidentes —le dijo al productor viéndose reflejada en los vidrios de sus anteojos cuadrados e imaginando que eran dos pantallas.

En cada programa Guadalupe aparecía con ropa provocativa, cargada de joyas y muy maquillada. Contrario a su costumbre, llegaba dos horas antes. Aunque De Llano exigía saber qué llevaría puesto y qué obras incluiría, Guadalupe hacía lo que le venía en gana. Se empeñó en decidir la decoración del set. Daba órdenes, reprendía al camarógrafo y al que manejaba las luces; a la maquillista le prohibió acercarse. Dóciles y temerosos de sus arrebatos, ninguno se atrevía a discutir.

El programa iniciaba con un *close-up* de los labios, rojos y sensualmente entreabiertos, de la poeta. La toma se ampliaba despacio hasta verla sentada con los dedos entrelazados sobre su regazo. En una mesita junto a ella había unos libros. Solía empezar con un soneto de Sor Juana Inés de la Cruz. Al fondo, un pianista italiano la acompañaba. Pita, ya de pie, alzaba el mentón, daba algunos pasos, pero siempre pendiente de que la cámara encuadrara su rostro tal como ella había explicado al principio.

Las protestas de la Liga Mexicana de la Decencia surgieron después del primer *Nocturnal*.

—¿Cómo se atreve a hablar de San Juan de la Cruz enseñando los pechos? ¡Es una falta a la moral nombrar a Sor Juana con esos movimientos de mujerzuela! ¡Qué vergüenza que sus labios lujuriosos pronuncien el nombre de Santa Teresa de Jesús!

—Quienes me atacan son mediocres, frustrados y resentidos que no han conseguido triunfar, como yo. Lo interesante es que me critican, pero se ocupan de mí —decía en las entrevistas—. Hablo de Dios vestida con ropa extravagante porque yo embellezco el set. Mi ropa y yo somos despampanantes, así lo afirman mis admiradores. Soy un espejismo. ¿Que utilizo a la prensa? ¡Qué va! Ellos me usan a mí. Yo trabajo entre las cuatro paredes de mi alma, que es el sitio del verdadero escritor. Sí, escribo con gran facilidad; dame un lápiz y te hago una décima sobre el tema que elijas. Lo difícil es vivir. ¿Feliz? ¡Soy estupendamente feliz! No cualquier mujer aparece en la pantalla de televisión. ¿Hablar de amor? ¡Pero si lo llevo en el nombre!

A pesar de quienes insistían en la censura, el programa siguió transmitiéndose por casi dos años.

—Suspenderé *Nocturnal* —le dijo a José una tarde.

Desde semanas atrás él la notaba nerviosa. Sin el brío de siempre, irritable y más peleonera. Aunque los rumores decían que Luis de Llano había cancelado la transmisión porque durante un programa se desprendió un tirante del vestido de Guadalupe dejando un seno al aire, Pepe Madrazo le preguntó a Pita el motivo de su decisión.

—He recitado obras mías, de Alfonso Reyes, Góngora, Machado, Lope de Vega, Sor Juana y Santa Teresa, Rosalía de Castro, Calderón de la Barca, García Lorca, Neruda, López Velarde, Villaurrutia, Bécquer, Pellicer, Torres Bodet, Novo, Asúnsolo... —tomó aire—. Podría nombrar muchos otros que enlisté y que, vivos o muertos, estarían encantados de que yo, Pita Amor, declame sus versos; pero ya me cansé de instruir a esos técnicos ignorantes, gente sin cultura ni experiencia. Además tengo otros proyectos en la mente —agregó.

—Quizá si tomas un descanso...

—¡No! —irritada, alzó la voz—. Me agota permanecer tanto tiempo inalterable. El programa es en vivo y no debo titubear, equivocarme ni... —el llanto le impidió seguir.

José la abrazó recordando el primer día cuando, en ese mismo departamento, dieciocho años atrás, la recibió. A diferencia de aquella ocasión, esa tarde Guadalupe lo rechazó. Lejos de sentirse ofendido, le ofreció un pañuelo. Pita lo estrujó y se fue resbalando hasta quedar recostada en el sofá; hundió la cara en un cojín y, sorda a las palabras de su amante, lloró sin freno por más de media hora.

El hombre le besó la frente, la cubrió con una manta y se marchó.

A partir de esa noche inconsecuentes escenas desfilaban frente a ella, engendrando insomnios y pesadillas. Los nervios y la falta de sueño le provocaban ardor en los ojos y manchas en la piel.

Guadalupe se enclaustró. No aceptaba invitaciones ni visitas. Comía pasteles, helado y gelatinas sin saciarse. Mandaba a la sirvienta por pan dulce y chocolates. Con las cortinas cerradas y la luz encendida escribía y pasaba horas contemplándose en el espejo. A veces veía sombras amenazantes que vagaban a su alrededor; mañanas en las que añoraba meterse en el cesto de las sábanas sucias donde de niña solía esconder su soledad.

El sol incendiaba un racimo de nubes al tiempo que el cuerpo de Frida Kahlo era incinerado en el Crematorio Civil de Dolores.

Cuando Juan José Arreola le avisó, Pita estaba poniéndole mermelada de fresa a la gelatina. Suponiendo que la pintora le mandaba una señal para sacarla del encierro, decidió ir al velatorio y saludar a los amigos. Pero al vestirse no logró cerrar la falda. Furiosa, rasgó la tela; luego lanzó hacia el espejo uno de los doce frascos de perfume Chanel No. 5, se envolvió en una bata y volvió a la clausura.

Días después fuertes golpes y un hambre de pordiosera la levantaron de la cama. Salvador Novo, de traje y chaleco de satén lila, llenaba el vano de la puerta.

—¿Quién te dejó entrar? —gritó, colérica—. Vete, estoy horrible —lo empujó.

El amigo se hizo a un lado.

—Ya basta de escenitas y depresiones, mira. —Novo extendió el brazo.

La *Revista de la* UNAM quedó a unos centímetros de la cara hinchada de Guadalupe. Se la arrebató. «Diálogos neoplatónicos. Sor Juana y Pita. Por Salvador Novo».

—¿Qué es esto?

—Léelo.

—Hazlo tú mientras desayuno.

—No soy tu esclavo, solo vine a regalarte la revista.

Hacía tiempo que Salvador se había alejado de ella y en ese momento, en su sonrisa de labios cerrados, Guadalupe adivinó el escarnio que hallaría dentro de aquel escrito. Novo salió dejando tras él un aroma dulzón que molestó a Pita.

—A ventilar la casa —ordenó.

Frente a un waffle con cajeta, lanzaba miradas a la página: junto al texto estaba dibujada una monja que de espaldas, sobre una silla, encendía un televisor, en la pantalla aparecía el rostro de Guadalupe.

> *Sor Juana:* Lo que no me gusta es tu seudónimo. Podías haberte escogido un nombre bucólico: Anarda, Lisarda; o si lo preferías más corto, Lisi. ¡Pero un diminutivo, disminuye! ¡Además, parece el imperativo del verbo pitar; no un nombre! Y si es un sustantivo o nombre en diminutivo, imagínate cómo suena al ponerlo en aumentativo: Pota. O Pototа, o Pitita. Feo, realmente. Como nombre de poetisa polaca.

—El desgraciado vino a insultarme —dijo en voz alta. Ya alguien le había dicho que Salvador preparaba una colección de obras burlescas—. Y ahora me tocó a mí, grandísimo cabrón.

Pita: Visto así, claro. Pero yo no tengo la culpa de que ese nombre se haya popularizado. Yo en mis libros lo pongo completo: Guadalupe. Pero todos en mi casa me decían Pita, desde antes de volverme poetisa. La gente lo supo, y...

Sor Juana: Lástima. Guadalupe es nombre bonito. Muy mexicano, sobre todo.

Pita: No iba yo a firmar Guada, ni menos Lupe. A mí no me parece tan mal que me llamen Pita.

Sor Juana: Me consultaste. Yo te di mi opinión.

Pita: Pero no acerca de mi nombre, sino de mis versos.

El waffle se fue convirtiendo en un círculo de cartón; el hambre se transformó en náusea. No terminó de leer las dos páginas que abarcaba el diálogo. Empujó el plato, la cajeta se volcó sobre el mantel. Guadalupe restregó la revista en el líquido pegajoso,

—¡Como la loción de ese pendejo —gritó—, Nalgador Sobo! Lárgate a lamerle los huevos al presidente en turno, que eso te sale muy bien.

Esa noche la tertulia fue en el departamento de Juan José Arreola. Años atrás Xavier Villaurrutia los había presentado. Coincidieron en reuniones y obras teatrales. Arreola también vivía en Río Duero; era frecuente toparse en su casa con Juan Rulfo envuelto en una nube de humo y evasión.

Reanimada tras los ruegos de Juan José, Guadalupe se presentó con un impermeable azul marino y sombrero panamá.

—Ya llegué. —Su voz y su estampa interrumpieron la conversación.

Raúl Anguiano se levantó para ofrecerle su asiento; Guadalupe lo ignoró. Juan Rulfo le lanzó un beso y Eduardo Lizalde, muy formal, le dio la mano. Alguien tocaba una guitarra. El anfitrión iba y venía, nervioso, como siempre. En una esquina dos hombres jugaban ajedrez. Pita se paró al centro de la sala, desató el cinto, el impermeable resbaló al suelo descubriendo una blusa de manga larga, cuello cerrado, confeccionada en gasa blanca y transparente. Un joven alumno de Arreola, con el corazón desbocado, se acercó.

—Mucho gusto, Luis Antonio Camargo —hacía un gran esfuerzo por mirarla a los ojos.

—¿Sabes quién soy yo? —preguntó altiva.

—Todo el mundo lo sabe, Pita Amor. —Sus pupilas descendieron, deteniéndose en los pezones que la tela paliaba—. Ojalá pudiera besar la maravilla de sus senos.

—No eres el único.

Guadalupe le dio la espalda y se dirigió a la mesa.

—Sírveme un tequila —ordenó a un joven poeta cuyo nombre no recordaba.

Luis Antonio empujó al aludido y llenó dos vasos. A Guadalupe le gustó su barba partida y el vello castaño que le entintaba las mejillas. Con una mano lo tomó del cuello y pegó su boca a la de él. Sin titubear, la besó; un beso largo que deleitaba a la mujer y a los invitados, quienes los vieron desaparecer por el corredor.

En la recámara de las hijas ausentes de Arreola, Pita no permitió que él la desvistiera.

—Aquí mando yo —le dijo mientras le desabrochaba el cinturón.

Lo despojó muy despacio de cada prenda, estimulando esa ansiedad que el deseo provoca. Lo tumbó en el lecho. Guadalupe se desnudó ante los ojos desorbitados del incrédulo muchacho. No llevaba ropa interior y, a horcajadas, sobre él, le dio permiso de acariciar sus pechos e iniciaron el vaivén de las caderas. Luego de dos orgasmos, Pita se vistió. Frente al espejo se arregló el cabello, pintó sus labios y, de vuelta en la sala, recitó dos poemas.

A la mañana siguiente, al salir de su casa, estiró el brazo para detener un taxi; este se acercó, pero ella, inmóvil, miraba a un hombre que, en la otra esquina, la observaba. Sus ojos se encontraron y entonces algo, una descarga, una andanada, la recorrió. Su brazo continuaba en alto, el índice parecía señalarlo a él. El chofer le preguntó algo, Guadalupe lo ignoró. El de enfrente corrió hacia ella, temeroso de que la mujer abordara el taxi y desapareciera. Se abrazaron como alguna vez Pita soñó que se abrazarían: con calidez, y cierta paz. Piel clara y suave que solía ver desde el balcón de la casa paterna. «¿Cuántos años han pasado?», se preguntó.

—Una vida entera, quizá dos —dijo él como si la hubiera oído.

Al separarse, Guadalupe contempló esa cara que el tiempo apenas había transformado. Gus tenía un lunar en la mejilla izquierda, igual al que a veces ella se pintaba. La sonrisa de duende iluminó sus ojos y los de Pita.

—Te he pensado. ¿Me crees, Guadalupe? —preguntó.

—Yo también —respondió.

Se besaron. Su boca de labios delgados le supo a naranja, dulce y fresca. Un beso diferente a los muchos que ella había probado.

—¿A dónde ibas? ¿Te puedo acompañar? —preguntó Gus con ganas de no soltarla.

Lo tomó de la mano y regresó con él al departamento.

Pita descorchó un tinto y llenó dos copas. —Que haya salud, porque belleza sobra —dijo él mirando con embeleso el rostro femenino—. He seguido tus pasos, me enorgullezco. Cuando leo tus libros y te recuerdo niña, en el balcón, cierro los ojos y te imagino feliz, ansiosa por devorarte el mundo. Yo, tímido, me escondía mientras tú me buscabas entre las plantas.

—Odiaba notar la diferencia entre tu casa y la mía. Nuestro jardín estaba descuidado, con agujeros; el tuyo era verde y las macetas tenían azaleas de colores alegres. Te lanzaba besos, pero nunca supe si los recibías. Deseaba echarme junto a ti en ese pasto y mirar en el cielo cómo las nubes formaban figuras para nosotros —suspiró; brindaron de nuevo—. Recuerdo tu traje de terciopelo en mi primera comunión.

—Parecías una princesa.

Antes de que la nostalgia la invadiera, volvió a beber. Él la rodeó con sus brazos, se levantaron.

—Guardé estos besos para ti —dijo Gus abriendo con su lengua los labios de Pita.

Sin apenas despegar sus bocas, uno desvestía al otro. Pisando la ropa que desecharon, Guadalupe lo condujo a la recámara. Cayeron sobre la cama; enredaron las piernas. Se mordisqueaban labios y hombros. Giraban. Gus quedó sobre ella. Pita lo recibió entrelazando los tobillos en la cintura de él.

Durante las horas que pasaron desnudos en el lecho, conversando, Guadalupe descubrió que él amaba la literatura. Con sus sudores mezclados en la piel y las sábanas, transitaron de la pasión a la poesía de Neruda. Pita fue a buscar algún libro de ese autor y fueron leyendo versos hasta quc, al atardecer, se despidieron.

Después de aquella crisis que Guadalupe sufrió tras abandonar el programa de televisión, en las semanas que pasó enclaustrada, había llenado varias páginas con poemas. Dios quedaba lejos, necesitaba hablar de amor. Pero no había reunido la cantidad suficiente para un libro.

Gus provocó que Guadalupe terminara *Otro libro de amor*. Aunque breve, en ese poemario descubría sus deseos por el contacto físico con el amado; líneas en las que volcaba sus ansias de amor y sus penas por lo otro: el desamor.

15

Buscando arrugas inauguradoras de su piel cercana a los cuarenta, Guadalupe invocaba a la diosa de la juventud. A través del espejo del tocador se vio en el cuarto de juegos sentada junto a Maggie, y Mimí, con su cabello en ondas, haciendo de maestra en La Libélula. En la mesa redonda los libros, su cuaderno y el lápiz con el que copiaba las frases que su hermana mayor le enseñaba; su emoción al descubrir las rimas; los dulces que se ganaba por aprenderse la lección de memoria. Ella y Margarita en Monterrey. La mañana en que rescató a Victoria de terminar en el basurero. Sus conversaciones con Bibi...

Sacó una libreta del cajón, una pluma y empezó a escribir. Su mano intentaba ir a la velocidad de sus evocaciones. «¿Por dónde iniciar? ¿La recámara de mi madre? ¿La de papá? ¿Mi primera comunión? ¿La biblioteca, el *hall* o la cocina? ¿Las cenas navideñas?».

El día anterior había ido a casa de Carolina, la única Amor que la invitaba a comer, a platicar. El álbum de fotos, la ginebra y un pequeño Buda de marfil que había pertenecido a su madre aflojaron el nudo que durante años Pita había logrado mantener ceñido para que sus recuerdos no escaparan a borbotones.

Escribir era la única manera de exorcizar a tanto demonio. Tras varias páginas decidió hacer un índice: cada habitación sería un capítulo, y el libro llevaría el mismo nombre de su primer poemario: *Yo soy mi casa*, pero este la abarcaría en prosa.

El Buda, iniciador de la colección que a partir de entonces tendría la poetisa, la miraba risueño.

—Guarda al menos algo de nuestro pasado —le dijo Carolina depositándolo en su palma. Pita había vendido el lote que le tocó en la rifa de la herencia, pero aceptó aquel objeto por complacer a su hermana.

Hubiera preferido una de las conchas que nana Pepa atesoraba en aquella cajita. Reconstruyó con tinta el ropero del cuarto de juegos y la cómoda en la que Pepa preservaba sus secretos; vio a la nana alimentando a Kiki, su pajarito. Contempló su propia mano dentro de aquella otra, morena, tibia, proveedora de caricias para alejar sus terrores nocturnos. Bibi en la silla de bejuco, su chal negro, el cojincito con alfileres. Chepe volviendo a casa y su padre resignándose a que ninguno de sus hijos leyera cada día, como él deseaba, la vida de algún santo.

«Mi conciencia es una luz solitaria, una vela en el viento, parpadeante, a veces aquí, a veces allá; lo demás está en las sombras, en el inconsciente», se dijo durante el recorrido que su memoria hacía de cada habitación, de los nichos, las escaleras, los sótanos y pasillos de la casona de Abraham González. «Todo está en mi interior; todo vive dentro de la casa que soy yo».

Neófita en la prosa, acudió a Juan José Arreola; no obstante la aversión que con frecuencia le provocaba su nerviosismo, el carácter irascible que los llevaba a discutir, Pita reconocía su talento, su generosidad.

Acodado en la mesa del comedor, los ojillos inquietos de Arreola leyeron los primeros capítulos; cada tanto se pasaba la mano por los rizos rebeldes y hacía anotaciones. Guadalupe, tamborileando con los dedos anillados, impaciente, veía las piezas de ajedrez listas para iniciar una partida, cuando de pronto el jalisciense, parpadeando, le dijo:

—Tú puedes corregir tus textos. Eres poeta antes que escritora, eres un ciclón, un meteoro, un aguacero resplandeciente con rayos y centellas, un fenómeno, una fuerza de la naturaleza en figura de mujer.

Para la portada, Diego Rivera dibujó a lápiz el rostro de la autora con una mascada en la cabeza y el bucle sobre la frente; mirada melancólica; labios cerrados y tristes.

Al enterarse de que el tiraje sería de cinco mil volúmenes, fue tal la emoción de Guadalupe que olvidó reclamarle al muralista aquella imagen nada atractiva.

La galería Proteo ofreció un coctel para presentar la obra. Pita llevaba un sobrio vestido negro con escote en V y manga tres cuartos; aretes y prendedor de oro con pequeños diamantes que brillaban tanto como su sonrisa, tan diferente a la de la portada.

Su rostro y el de algunos de los casi cuatrocientos asistentes aparecieron en todos los diarios. La autora mandó comprar varios ejemplares de cada uno y pasó horas estudiándose a sí misma.

—La juventud es un arte que se adquiere con la experiencia —decía Guadalupe a los periodistas—. ¡Soy un volcán! No sé odiar. Me gusta mi cara, adornármela, cultivarla. Soy banal. Soy el siglo xx, magia pura solamente; tan soy el siglo xx, que soy Grecia y antigüedad también. Mi tragedia es mi gran memoria. Ignoro qué espíritus habitan este cuerpo frágil que al lado del árbol de Navidad parece el de un hada de leyenda pagana. Me gusta Sor Juana porque ella está muerta y yo viva.

Guadalupe Amor llegó a las Galerías Excélsior con un mink negro. Aretes y collar de rubíes que destellaron en cuanto dejó caer el abrigo. Un joven, deslumbrado ante la belleza de ese cuerpo que el vestido transparente dejaba ver, se acercó a recogerlo.

—Si me das un martini te declamo un soneto —dijo Pita.

Miguel no supo si llevar el mink al guardarropa o volar por la bebida. Incapaz de apartar la vista de aquella mujer que le quitaba la respiración, retrocedió unos pasos; ella, girando de un lado a otro, recitó:

Shakespeare me llamó genial
Lope de Vega, infinita
Calderón, bruja maldita
y Fray Luis la episcopal

Quevedo, grande inmortal
y Góngora, la contrita
Sor Juana, monja inaudita
y Bécquer, la mayoral

Rubén Darío, la hemorragia;
la hechicera de la magia
Machado, la alucinante

Villaurrutia, enajenante
García Lorca, la grandiosa
y yo me llamé la Diosa

Los asistentes guardaron silencio para oírla. Algunos fruncían el ceño; la mayoría admiraba su genio, su valentía e insolencia. Los aplausos estallaron y el joven, boquiabierto, se apresuró a conseguir la copa. Guadalupe la tomó preguntándole su nombre.

—Miguel Sabido, dramaturgo —respondió la directora de la exposición ante el mutismo del aludido.

—No te enamores de mí, porque soy un verdadero demonio —dijo Pita al muchacho.

Cautivado por la poetisa, observó sus labios que, al beber, el cristal y el líquido los convertían en dos gajos húmedos del color de las grosellas.

A partir de entonces Miguel siguió sus pasos, no como uno más de sus amantes, sino como amigo incondicional.

Guadalupe imaginó pinceladas y brochazos en el infierno cuando, cerca de la medianoche, supo que Diego Rivera había muerto.

—Se le complicó la flebitis con una trombosis —explicó por teléfono Olga Kostakowsky, su discípula.

Pita no corrió a casa del pintor. Imitando la posición de los difuntos, en el piso y bocarriba, cruzó los brazos sobre su pecho. Luego lo vislumbró rodeado de flores; monigotes y calaveras de cartón espiándolos mientras él la desnudaba y hacían el amor. «¡Ay, Gordo! ¿Hace cuánto no me tocas? La última vez que te vi tenías paralizadas una mano y una pierna. Así, y con tu nueva esposa vigilándote, imposible coger».

Como el día que murió Villaurrutia, siete años atrás, llegó al vestíbulo de Bellas Artes. Abriéndose camino entre el gentío, se acercó.

—No recitaré, solo te dejo uno de los besos que te quedé a deber —dijo con su voz estridente.

Poco después la multitud caminaba detrás del féretro hacia el panteón de Dolores. Pita prefirió llorarlo sin lágrimas, con una copa en el bar La Ópera.

El capitán del restaurante Bellinghausen recibió a don José Madrazo con una ligera reverencia, le dio la bienvenida y lo condujo a su mesa predilecta en la parte techada del patio. Conocedor de la impuntualidad de Pita, el ganadero había insistido en pasar a recogerla, pero ella pretextó un compromiso previo. Así que Pepe tomó un periódico de los que siempre había en la entrada. Ordenó una cerveza y, tras leer sobre paros ilegales de los ferrocarrileros, huelgas y manifestaciones, el triunfo de Adolfo López Mateos para presidente, y el de Brasil en el Mundial de futbol, dejó el diario sobre una silla.

Guadalupe Amor saludó a varios conocidos antes de llegar junto a su amante. A él le pareció hermosísima con el vestido color durazno de manga corta y esos labios llenos que amaba besar.

—¡Qué gusto! Hace tiempo no nos vemos —dijo Pepe levantándose de su asiento.

La mujer pidió unas medias de seda; echó un vistazo a su alrededor para comprobar quién se fijaba en ella, y dijo:

—No creo en el tiempo que marca el reloj; el de mi mente es geométrico. Creo en el tiempo de mis arterias, mi sangre, mis glándulas. Tampoco creo en el calendario. Los momentos que logro rescatar de mis penosas obligaciones los dedico a escribir coléricamente y con frenesí. En mí siempre habita el mismo tema, el de la angustia redonda, y es que mi razón ahonda el centro de mi sistema.

Pepe ocultó el gesto de fastidio. «No me vengas con versos», hubiera querido decirle, pero guardó silencio. Deseaba pasar un rato agradable después de las preocupaciones que había sufrido por la sequía que afectaba la actividad agropecuaria en el país. Sin pastos para alimentar a los animales, él y su hermano tuvieron que recurrir a la compra de forrajes y piensos, incluso a sacrificar algunas crías. Además había sido agotadora su gestión para unificar a los ganaderos mexicanos que llevaban tiempo enredándose en una guerra complicada debido a la división de los toreros en dos agrupaciones sindicales.

—El único mal que padezco es querer escribir —continuó Guadalupe—. Escribiré hasta donde mi marchita sangre me lo permita.

—¿Marchita? —repitió pensando en sus 69 años y los 40 de ella—. Eres una joven llena de energía.

De dos tragos Guadalupe bebió el coctel. Sin leer el menú, ambos ordenaron sopa de pescado y chamorro.

—¿Cómo te fue en Buenos Aires?

—*Antología poética* es un éxito —respondió al morder la cereza que adornaba la copa—. ¿Te comenté que yo misma hice el prólogo?

—Sí, me lo dijiste antes del viaje.

El mesero llegó con una sopera humeante; llenó ambos platos.

—No negaré que el cintillo con las palabras de Alfonso Reyes, tan conocido por allá, atrajo a más lectores. En los periódicos aún aparece su frase —se aclaró la garganta y engoló la voz—: «Nada de comparaciones odiosas, Guadalupe Amor es un caso mitológico». La segunda edición ya está en camino.

—Brindemos por eso.

—Elegí los versos que consideré más «yo» y un poema largo que escribí hace años. —Lamió el borde de la copa vacía y ordenó otra más—. Ahora estoy acabando un libro de poemas. Quiero que el título sea una sorpresa.

Al terminar la comida, mientras Guadalupe esperaba las fresas con crema, los dedos de José jugueteaban con el celofán del puro que siempre llevaba consigo, pero que solo fumaba durante las corridas de toros o en la ganadería al lado de un coñac.

Salieron de la mano. Madrazo la dejó en la puerta del edificio donde ella vivía, le besó la mejilla y partió.

Semanas después, en el departamento de Río Duero, más que el título, la sorpresa se la llevó Pepe al descubrir que *Sirviéndole a Dios de hoguera* se lo había dedicado a él.

—Dice Alfonso Reyes que es mi mejor obra, que agarré el núcleo de la poesía.

José la tomó en sus brazos; le besó la frente.

—Cavé más hondo, es más universal que los anteriores. Me basé en cinco palabras: *eternidad*, *Dios*, *universo*, *astro* y *sangre*. He madurado, ¿no crees?

Pepe asintió.

—Sé que al principio llamaba más la atención por mi belleza que por mis letras. Ahora es diferente, soy una escritora reconocida. Recibo cientos de cartas de admiradores y muy pronto grabaré un disco con RCA Víctor, iniciaré con los romances del siglo XVI y llegaré hasta nuestros días con Villaurrutia, Pellicer, Octavio Paz... El tema, por supuesto, es el amor. ¡Soy tan feliz! —se paró sobre la punta de sus pies desnudos y rodeó con los brazos el cuello de Pepe—. ¿Me compras un tocadiscos?

I Wanna Be Loved By You, en voz de Marilyn Monroe, brotaba por la bocina de la consola Philips, regalo de José Madrazo. Sobre el buró estaba *Galería de títeres*, el libro de cuentos que el Fondo de Cultura Económica recién le había publicado a Guadalupe, y ella, en brazos de Gus, se abismaba en un gozoso orgasmo. Pidió más; él, gustoso de volver a penetrarla, se impulsó para quedar encima de ese cuerpo lechoso cuyo vaivén no se detenía.

Era 1959, año terminado en nueve, nueve poemarios. José nació el mes nueve de 1889 y ella, Guadalupe Amor, en junio, cumplía nueve semanas y nueve días de llevar un ser humano en su vientre.

CUERPO TERCERO

1

Perdida. Alejada del mundo y de la belleza; el peso de un hijo la hundía en un mar helado. «Un niño que me desgaja, una nueva vida me separa de la mía, de cuanto me rodea. A partir de hoy estaré enredada en un tiempo sin tiempo, un tiempo que es la nada», pensaba.

«O quizás es mi única y última oportunidad de ser madre. ¡40 años! Cuando el bebé tenga 20, yo seré una anciana». Posó la mano sobre su vientre, asustada, y enseguida la retiró. «Habrá que cubrir los espejos de la casa, ni siquiera yo veré mi cuerpo deforme».

Dudando de quién era el padre de la criatura, decidió no reflexionar en los dos posibles candidatos. «Da igual», se decía, «será solo mío y ellos nunca lo sabrán».

Hecha un ovillo en el sofá, con la vista fija en el óleo donde Juan Soriano la había pintado bella y esbelta, con los pechos firmes, pensaba en Pepe Madrazo. Hacía tiempo que su relación física no iba más allá de besarse.

Varias veces levantó el teléfono para darle la noticia, pero le faltó valor. Tres semanas después marcó el número, respiró hondo y, en cuanto oyó su voz, declaró:

—Quiero que te enteres por mí, estoy embarazada.

Un largo silencio, como el vuelo que emprende un halcón peregrino, los iba distanciando. La voz de Pepe se quebró:

—¿Sabes, Guadalupe?, estoy cansado de tus abusos y tu egoísmo. Sin embargo, me preocupa el escándalo que causará tu maternidad. Una cosa es posar desnuda para un artista y otra, mucho más delicada, ser madre soltera. Hace veintitrés años, cuando abandonaste la casa de tus padres, me prometí cuidarte, protegerte —hizo una pausa en la que se oía crepitar el hielo—. Sin importar quién sea el padre, te ofrezco mi apellido para tu hijo.

A diferencia del anterior, este silencio fue breve.

—Te lo agradezco, pero pudiéndose apellidar Amor, tu apellido me parece insignificante.

—¡No seré la burla de nadie! —explotó iracundo—. Que otro te ofrezca la vida de reina que has llevado.

—No faltará quién.

—Pronto me iré a vivir a España, te aviso para que no me llames.

La comunicación se cortó.

Con el auricular en la mano Pita se mordía el labio mientras su mirada recorría cada mueble, los tapetes, la consola, las sillas apenas retapizadas... Pensó en los abrigos, las joyas, los zapatos, las bolsas y los frascos de perfume.

Se hundió en el sofá y en la incertidumbre de su futuro.

Deseoso de tener sexo con Guadalupe, Luis Antonio Camargo llamó muchas veces. Siguiendo las órdenes de la patrona, en cuanto oía la voz del joven, la sirvienta le informaba que la señora estaba fuera de México.

Cuando Gus hablaba, una y otra vez recibía la misma declaración. Entonces se presentó en el departamento. Al otro lado de la puerta, la criada le aseguró que doña Guadalupe se hallaba de viaje.

Los meses transcurrieron muy despacio. Dolores reales y otros imaginarios atacaban su cuerpo; los nervios le provocaban vértigo, ansiedades que la empujaban a deambular por los corredores del edificio. Una mañana estrelló aquel Buda que hacía tiempo le había regalado su hermana Carolina: solo consiguió quebrar la jarra de cristal y ver la figura de marfil, sonriente, burlona, nadando en el agua. En las noches caminaba sosteniéndose de muros y muebles. Ciertas tardes, frente a la ventana, veía con ojos llorosos las lluvias veraniegas. Su índice trataba inútilmente de seguir la carrera de las gotas que se deslizaban en el vidrio. A veces, al azar, tomaba un libro, pero las líneas se torcían y las palabras se escurrían dejando las páginas vacías. No obstante, hubo momentos en los que se consolaba leyéndose a sí misma y logró escribir:

> Tu rostro sin tiempo era
> todos los siglos del mundo,
> ligados por el profundo
> mar de tu mirada austera.
> Yo te miré, y extranjera
> de siempre en el astro impuro,
> supe mía de seguro,
> ya que el cielo no existía,
> una esbelta lejanía
> cumbre del amor más puro.

Una tarde la sirvienta halló a la señora lanzando un plato tras otro al piso de mosaicos; aterrada, llamó a Carolina.

Guadalupe recién había regresado del sanatorio al que acudió tres días antes con taquicardia, sudores, debilidad y una exasperante temblorina. Luego de examinarla, el médico le aseguró:

—Todo está en orden, señora, váyase a su casa y descanse.

La mujer, llorando, le rogó que la internara.

—No es necesario —repitió el doctor.

Los gritos de la embarazada alteraron a enfermeras y pacientes. Pita se negó a salir del sanatorio y a dar el nombre de algún familiar. Aferrada al barandal de la cama, lo sacudía cada tanto. Cuando juró que se iba a matar, el médico consideró prudente dejarla en observación.

Carolina llegó asustadísima. El ama de llaves y la criada exclamaron al unísono:

—No nos deja entrar a la cocina.

—¿Qué haces? —preguntó Carolina con voz suave, asomándose por la mirilla redonda de la puerta abatible—. Pitusa, por favor, sal de ahí.

En cada uno de los pedazos esparcidos a su alrededor Guadalupe miraba un fragmento de su vida. Señalándolos, murmuró:

—Esa soy yo.

Carolina empujó despacio la puerta; los trozos de cerámica chirriaron al ser arrastrados. De puntitas, procurando no resbalar, alcanzó a su hermana, le rodeó la cintura con un brazo y lentamente la llevó a la sala.

En un rincón, las dos empleadas se retorcían las manos. Carolina les pidió que barrieran el piso y prepararan té. Al ver la cara enrojecida de la patrona y sus ojos desorbitados, harta de aquellos arrebatos, el ama de llaves anunció que se marchaba.

—Sí, inútil, mejor lárgate —gritó Guadalupe.

La mayor recostó a su hermana en el sofá y le acarició el cabello enmarañado.

—Pitusa, hablamos hace cinco días, te oí tranquila, me dijiste que estabas bien, escribiendo y leyendo…

—José me mandó a la chingada.

—¡Cómo que te mandó…! —las facciones de Carolina se endurecieron—. ¿No se hará cargo del niño?

—Él no es el padre. Ya no pagará la renta. ¡Me voy a morir!

La noticia de que José no era el padre de la criatura inmovilizó a Carolina. Un momento después, logró decir:

—No, no morirás, eres bella y talentosa. Tienes mucho que escribir y ahora, con un bebé en camino… —se atragantó con la saliva—. Creí que Pepe y tú…

—Dudo que pueda ser buena madre.

«Solo esto me hacía falta», pensó Carolina, buscando inútilmente un crucifijo que le procurara algún consuelo. «¡Cuántos sinsabores! Si mamá viviera… Dios Todopoderoso, mándame paciencia y cordura». Respiró hondo, dándose ánimos para preguntar:

—¿Quién es el padre?

Guadalupe se incorporó y alisó la bata que cubría su vientre en el quinto mes de gestación.

—No sé ni me importa.

—¡No te importa! —vociferó.

—No.

—¡Pita! ¡Por Dios! No puedo creer que ignores de quién es… El padre tiene derecho a saberlo.

—Si no te parecen mis decisiones, mejor vete. —Carolina se levantó. Se rascaba el brazo con fuerza, como si de ahí fuera a brotar la calma, la lucidez—. Tampoco sé durante cuánto tiempo pueda pagar la renta, así que empecé por deshacerme de la vajilla.

Desesperada, Carolina ahora se rascaba el cuello. Ni siquiera notó a la sirvienta dejar la charola sobre la mesita. Tomó una taza, aspiró el aroma de la hierbabuena y, al abrir los párpados, a través del humo, vio la imagen de un bebé flotando.

«Mi hermana será madre soltera. ¿Qué hago, Dios mío? ¿Qué le diré a mi marido, a mis hermanos?». Sorbió el té; se quemó la lengua. Miró a Guadalupe, quien contemplaba aquel Buda de marfil que había pertenecido a su madre y que Carolina le había regalado.

—Así me pondré, gorda y fea —dijo.

—No hables tonterías. Date un baño de tina, lee y en un rato te sentirás reanimada.

Impotente, urgida de que su marido la orientara, besó la frente de Guadalupe y, antes de marcharse, pidió a Toña que se quedara hasta fin de mes; a la sirvienta, que por favor cuidara a su hermana y le llamara si necesitaba algo.

Esa noche habló con Raoul, su esposo y director de la Escuela Nacional de Medicina de la Universidad Mexicana. No se atrevió a confesarle que José Madrazo no era el padre de la criatura; solo reveló su preocupación por la salud de Pitusa. Él accedió a visitar a su cuñada. Lo hizo al día siguiente y, tras examinarla, telefoneó a su señora:

—Carito —le dijo—, tranquilízate, tu hermana no será la primera ni la última madre soltera. Son nervios y temores. En su estado y a su edad, es normal. Le di un calmante muy ligero. Ahora descansa, y tú deberías hacer lo mismo.

Guadalupe no tomaba un sedante, como le recomendó Raoul, sino dos o tres al día. Cuando se agotaron corrió al hospital. Aunque el médico insistió, como la vez anterior, en que el desarrollo del embarazo iba bien, Pita, convencida de morirse por la falta de aire y los mareos, decidió permanecer cuatro días internada.

—¿Y si el bebé se adelanta, agarrándome por sorpresa? ¿Quién me va a atender? ¿Y si muero durante el parto? ¿Y si nace muerto? —repetía con los ojos fuera de sus órbitas.

Con otro frasco de calmantes regresó a su departamento.

Mientras el bebé se movía dentro de su vientre, logró terminar *Todos los siglos del mundo.* En ese libro, publicado por la editorial Grijalbo vertió, en décimas, amor, ira, tristeza y el intento de sanar aquellas heridas:

> En un alcatraz, tu mano
> recogió el polen, y lenta
> vino a mí, en la sed violenta
> de tu mirar sobrehumano;
> y en mí la untó con desgano,
> dejándome fecunda
> del polen y tu mirada.
> Fue tan mágico el contacto,
> que toda entera, en el acto,
> fui en polen multiplicada.

Negándose a aparecer en público, los periodistas debieron conformarse con entrevistarla vía telefónica.

—Cincuenta décimas donde logré los momentos más depurados de mi poesía. Es lo mejor que he escrito. Sé que es perfecto, con valor humano, genuino y original. ¿Qué me impulsó a escribirlo? El deseo de desmenuzar una gran pasión —respondió mostrando seguridad.

Sentada en una silla con los pies hinchados dentro de unas sandalias que no logró cerrar, Guadalupe sostenía un recorte de periódico que sacó de un álbum. Era el *Últimas Noticias* de *Excélsior* del lunes 22 de agosto de 1949, exactamente diez años atrás; en letras grandes decía: «Fue Abofeteada por un Desconocido la Poetisa Lupita Amor». Abajo aparecían ella y Diego Rivera. A la derecha, leyó: «Todo Después de un lío en el cabaret Leda». Y en caracteres más pequeños: «Hubo un alboroto, con sus Perfiles Tragicómicos, en Aquel Cabaret». Pita no tuvo fuerzas para leer la noticia completa, prefirió recordar aquellas noches en El

Waikikí, El Quid o El Leda, donde iban Lupe Marín, Roberto Montenegro, Juan Soriano... Bailaban descalzos, bebían, iban de una mesa a otra. Pensó en las veces que se presentó en casa de Juan, sabiendo que él no estaba, y le pedía a la sirvienta:

—Dame un tequila —y se tomaba dos o tres—. Tu patrón me invitó a comer, así que volveré más tarde, pero no le digas que vine.

Cuando regresaba, Soriano le ofrecía una copa y ella respondía: «Gracias, no bebo».

Diez semanas antes de la fecha del parto Guadalupe se internó en el hospital.

—Aquí me quedo —afirmaba a doctores y enfermeras.

Cuando Carolina se enteró no logró persuadirla de mudarse con ella:

—Raoul es médico; si se adelanta el bebé, él sabrá qué hacer. Tendrás comida casera y un enorme jardín.

Guadalupe estaba convencida de que solo podrían controlar sus nervios en el sanatorio donde, desde su primer ingreso, recibía pequeñas dosis de algún calmante para que, durante las noches, sus gritos no despertaran al resto de los pacientes.

Sin lágrimas ni sonrisas, pasaba el tiempo sentada en la cama balanceando los pies. Absorta en ese vaivén, repetía versos, uno tras otro, evitando así pensar en la posibilidad de morir en el parto, el bebé, el futuro, el dinero... Cada vez que una enfermera intentaba hacerla caminar ella respondía:

—¿Con este cuerpo deforme? ¡Serás tonta! ¿Cómo se te ocurre?

El personal del sanatorio intentaba eludir el cuarto de esa señora grosera que los insultaba sin motivo.

A veces Guadalupe recitaba en voz altísima un soneto, pero algo dentro de ella, una mano invisible, giraba una manivela que apagaba su ímpetu y opacaba su mirada.

Las pesadillas invadían sus noches. Alas negras revoloteaban sobre su cabeza. En la penumbra se confundían los ojos de José, la sonrisa de Gus, el cabello de Luis Antonio. Las manecillas del reloj solían detenerse, burlándose de su preñez, de su torpeza para caminar, de la hinchazón de aquel cuerpo otrora bello. Agotada, exigía más somníferos.

Por fin, el 19 de diciembre le practicaron una cesárea.

Antes de abrir los ojos un dolor que nacía en sus entrañas y se ramificaba hacia todo el cuerpo le advirtió que estaba viva. El castañeteo de sus dientes le impidió hablar. Quiso mover las piernas: no pudo. El terror a descubrirse paralítica le arrancó un grito que estalló en la sala de recuperación.

—¿Cómo se siente? —preguntó una voz lejana.

—¡Muerta! —logró decir.

Alguien la manoseaba.

—¿Quién osa tocarme sin mi permiso? —la pregunta se extinguió en su garganta.

Dos dedos le separaron los párpados. Una luz blanca e intensa penetró hasta su cerebro que se negaba a funcionar.

—Quiero morir.

—Señora, la voy a revisar.

—Me duele la espalda, el abdomen, la cintura; algo me jala hacia una fosa…

Manipulaban su cuerpo; una hoguera en el vientre herido. Su conciencia iba y venía a su arbitrio. «Morir, quiero morir». Lanzó un largo gemido. Un sedante por la vena calmó a la parturienta.

De regreso en su habitación, flanqueando la cama, Mimí y Carolina la observaban: tenía el cabello pegado a la frente sudorosa, la cara y los párpados inflamados y enrojecidos; punzadas de dolor y encono le torcían los labios.

—¡Me perforaron!

—No digas eso, Pitusa... —Carolina le secó las mejillas con un pañuelo.

—Sí, me abrieron como a una res.

—Pero nació un hermoso niño —dijo Manuela.

Guadalupe cerró los ojos. Las lágrimas escurrían, una tras otra, por sus sienes, internándose en su pelo húmedo, mojando la sábana. Carolina buscó su mano, pero Guadalupe la retiró.

—¿Qué voy a hacer con un bebé?

—Lo que hacemos todas las madres en el mundo —espetó Mimí.

—¿Entregárselo a una sirvienta?

La ironía incomodó a las hermanas.

Una enfermera se acercó para tomarle la temperatura, la presión y cambiarle el apósito. Guadalupe le dio un manazo:

—Lárgate, no vengas a molestar. Quiero llorar hasta morirme.

Mimí se mordió los labios para no regañarla. Carolina fue a pedir disculpas a la joven de blanco.

Sacudiéndose como si quisiera liberarse de unas cuerdas que la apresaran, Guadalupe empezó a gritar. Sus hermanas se miraban, se encogían de hombros ignorando qué hacer. Buscaron a un médico; al poco rato una inyección en el brazo de Pita le devolvió la calma a las tres Amor.

La convaleciente pasaba los días quejándose de dolencias, pidiendo sedantes. No preguntaba por el niño y dormía o fingía dormir. Se odiaba por haber traído al mundo un ser humano al que, estaba convencida, no podría cuidar.

—Los recién nacidos parecen renacuajos —le espetó a la enfermera cuando esta le preguntó si deseaba ir al cunero—. Ni lo visito ni quiero que me lo traiga.

Carolina, que no se había podido embarazar, no lograba entender la actitud de Pita.

—¿Será depresión posparto? —preguntó al médico—. No quiere ver a su hijo… Lleva meses con tranquilizantes…

—Señora Fournier, además de la desesperanza y la melancolía que padecen las mujeres durante el puerperio, su hermana sufre de ansiedad crónica. Se niega a caminar. Si le disgusta la comida, arroja la charola al piso. El personal le teme. Grita por cualquier motivo. Lo mejor sería que se recuperara en casa. El bebé está sano, no hay necesidad de que continúen aquí.

Manuela y Carolina habían presenciado aquellas escenas vergonzosas. Las enfermeras, temerosas de acercarse, desde el umbral de la puerta preguntaban qué se le ofrecía. Las pacientes de los cuartos vecinos se quejaban.

Conscientes de la inestabilidad emocional de Pita y de que debía abandonar el sanatorio, tras una larga junta con los médicos, las hermanas tomaron una decisión: Carolina cuidaría al bebé mientras los especialistas conseguían estabilizar a Guadalupe.

2

Rectángulos de luz blanca, uno tras otro, como eslabones encadenados a su inconsciente, pasaban ante sus ojos. A izquierda y derecha veía siluetas. Las voces eran un eco lejano. En cambio, el chirrido de una de las ruedas de la camilla penetraba intensamente en su cabeza. Por fin entró a la penumbra de una habitación que olía a cloro.

Gracias a los sedantes, Guadalupe Amor ignoraba que esa ropa amorfa, amarillenta y almidonada con que la habían vestido era la misma que la del resto de los pacientes; de haberlo sabido, la habría desgarrado.

Paredes blancas, blanco el techo del cuarto en la Clínica Psiquiátrica San Rafael donde, «con favor de Dios», dijo el médico, «se recuperará». Aseguró que había tratamientos para controlar los nervios y la impaciencia.

Suelo gris color polvo. Polvo como su poema, como el que esparció en su casa para celebrar el nacimiento de su libro. Polvo inspirador del óleo que pintó Diego Rivera.

A un doble polvo enemigo
mi rostro está sentenciado:
al uno nació ya atado;
del otro busca el abrigo.

Dos muertes lleva consigo:
una alegre, otra sombría;
aquella siempre varía,
esta sin moverse espera.
Si una es ya mi calavera,
la otra es mi máscara fría.

Recitó en la soledad de ese cuarto ajeno, aséptico y aislado, que pudo habitar gracias a las influencias del doctor Fournier, pues los internos dormían en una estancia grande donde las camas se alineaban una tras otra.

Unos pasos de hule se acercaron. Alguien palpó su vientre. El termómetro sabía a alcohol, sintió ganas de morderlo; unos dedos presionaron su muñeca. Abrió los ojos. «¿Es la sombra de mi madre o la mía?». Un aleteo en el oído provocó que agitara los brazos, las piernas, la cabeza. ¡Mariposas negras! Sus gritos y temblores, tan usuales en ese sanatorio, se aquietaron con cloroformo.

A través de los barrotes de la ventana veía el cielo.

—¿Y mi uniforme? Mamá nos dijo que en el Colegio de las Damas del Sagrado Corazón de Jesús debíamos llevarlo puesto, como en la cárcel. ¿Verdad, Margarita? —preguntó a las hojas de un árbol que el sol bordaba con hilos dorados—. Maggie desempaca mi uniforme que, igual a todos los que he usado, tampoco es nuevo. Bibi lo descosió y volteó al revés. A Maggie no le importa, a mí sí. Muros de piedra y ladrillos rojos. La falda me llega a los tobillos. Una cárcel. Me aprieta el cuello de la blusa. Tengo que escapar. Quiero ir a mi casa. Quiero ver a Pepa. Quiero una concha, dos mantecadas y una corbata con mucha azúcar. Chocolate caliente y tamales. Quiero besar a Gus, acariciarnos y comer gelatina con mermelada de fresa.

—Hora de bañarse —dijo una voz dulzona.

Guadalupe le hubiera dado un manotazo, pero no le alcanzaron las fuerzas. Los mareos iban desapareciendo. Piso color polvo; azulejos blancos en las paredes. ¿Y esta herida que divide mi cuerpo? Rozó la cicatriz roja, cercada por puntos y rayas negras que una venda ocultaba y que, desnuda bajo el chorro de la regadera, descubría cada mañana.

—Me zurcieron como a mis uniformes que no eran míos, sino de mis hermanas. Este cuerpo tampoco es mío. Yo tengo uno bello, liso, sin suturas. Debes bañarte con una camisa larga de tela rayada. Bibi, ¿dónde estás? Sácame de aquí. Vamos al costurero, confecciona un vestido fino y elegante, terciopelos, lentejuelas, uno para Victoria y otro para mí, un traje digno de reina. Yo soy la reina de la noche y viajo en un trono alado, rodeada de flores; vuelo sobre el mundo sin encontrar mi reino. ¿Dónde dejé mi corona?

Se tocó la cabeza, el cabello mojado goteaba. La toalla áspera le irritaba la piel enrojecida. Sus pies hundidos en un charco de agua. Espuma gris, como el polvo.

—¿Dónde está mi corona? —repitió a gritos—. ¡Me la robaron! Necesito mis joyas. Mi perfume.

Corredores con olor a encierro. Siempre la acompaña una enfermera; hay áreas restringidas. Gemidos. Alguien canta un estribillo, siempre igual, monótono, como una letanía.

La paciente vuelve a dormir envuelta en la bruma de un narcótico.

—Quiero desayunar waffles con cajeta. Me topé con Victor Hugo en el pasillo. Iba con traje y chaleco. Le decía: «¡Victor Hugo! ¡Me voy a desmayar de la emoción!». Él decía: «Pues desmayémonos juntos, que usted es la Undécima Musa». Y me entregaba mi corona cuajada de brillantes. La que usé en el recital.

No obstante haber decidido en familia internar a Guadalupe en un sanatorio psiquiátrico, la vergüenza fustigaba a la primogénita de los Amor. Si bien les habían recomendado ese hospital inaugurado seis años atrás donde, según decían, algunos políticos, artistas y gente adinerada se había recuperado en poco tiempo, Manuela no resistía la idea de que su hermana estuviera encerrada.

—Pita es nuestra responsabilidad —manifestó muy seria a Roberto, su marido y después, en una junta, al resto de los hermanos—. Quiero cuidarla, como me corresponde. Es nuestra obligación. No debemos abandonarla, y aunque nos parezca humillante que sea madre soltera, es imposible ocultarlo. Me haré cargo de ella mientras se recupera. Espero contar con ustedes en caso necesario.

—No solo es madre soltera, su actitud… casquivana es una afrenta, nos ensucia a todos. ¡No saber quién es el padre del niño! ¡Qué vergüenza! ¡Ni las criadas! —soltó María Elena—. Su conducta…

—Es inestable y provocadora —aceptó Carolina—, pero lleva nuestra sangre y, aunque nos disguste, estoy de acuerdo con Mimí, es una Amor y no podemos desampararla. Se lo debemos a nuestros padres, que Dios los tenga en su gloria.

—Pues yo les debo a mis hijos un nombre limpio —arremetió María Elena poniéndose de pie—. Hagan lo que quieran, yo me voy.

Tras oír el portazo, los demás guardaron silencio. Luego se miraron unos a otros y por fin aceptaron.

—La paciente Guadalupe Amor será dada de alta —afirmó el médico de la clínica psiquiátrica—. Señora Carolina, su esposo, el doctor Fournier, me aseguró que la familia ayudará a su rehabilitación. Yo le expliqué que en ocasiones ella se evade, tiene lapsos de honda tristeza, otros de euforia; pero rodeada de los suyos seguramente terminará recuperándose. Le entrego estas hojas con mis indicaciones.

Carolina, sentada al borde de la silla frente al hombre de bata blanca y lentes de fondo de botella, estrujaba el asa de su bolsa. Urgida por abandonar aquel sitio, asentía sin prestar mucha atención a las palabras del médico. Guardó las recetas y se despidió.

En la oficina del nosocomio Mimí llenaba un cheque. La fecha: 9 de febrero de 1960.

—No sabía que guardabas su parte de la herencia —dijo Manuela a Carolina dos días antes, mientras hacían cuentas para sufragar los gastos del sanatorio—. Pensé que Pita había dilapidado el dinero en joyas y ropa.

—Nunca se lo comenté a nadie. Tú eres la mayor, a ti o a Chepe les correspondía ser sus tutores —tragó saliva al recordar aquella escena en la recámara de su madre moribunda—. Mamá me confesó que me consideraba la más imparcial y serena de los siete, que yo había estado más cerca de Pitusa y me nombró su protectora. «Te pido que la cuides de sí misma», me dijo, y se lo prometí. Supuse que algún día necesitaría el dinero.

—Llegó el momento, tomaremos solo una pequeña parte —agregó Mimí aliviada.

3

Las nubes, como las olas, ondeaban en el horizonte; cada tanto unos rayos luminosos explotaban en aquella gasa blanca que flotaba en el éter.

En el asiento trasero del auto Guadalupe viajaba silenciosa, ajena a la conversación que las dos mujeres mantenían para fingir que nada extraño había sucedido. Llevaba un abrigo gris, como el cielo invernal y los pisos del sanatorio. Aunque era un día frío, había rechazado los guantes que Carolina le ofreció:

—Yo uso anillos —señaló.

Por la ventanilla veía sin ver la ciudad de la que se había ausentado. «En algún lugar duerme mi hijo», pensó. «¿Y su padre? Así como Gus y yo nos encontramos una mañana, quizá en la próxima esquina me cruce con él. O con Luis Antonio, o… ¿se llama José Antonio?». De pronto recordó sus pómulos altos, el cabello y las cejas rubias, el bigote… El lunar de Gus, su sonrisa.

Bajó el vidrio para que el viento se llevara las imágenes. ¿Cuántos hombres engendran hijos sin enterarse? Desde el nacimiento del niño, temerosa de no poder cuidarlo, de pasar las noches en vela oyéndolo llorar, segura de no tener instinto materno, solo preguntaba si se hallaba bien. Sus hermanas, recelosas de una crisis, preferían no mencionarlo hasta que Pita estuviera lista.

Manuela vivía en la colonia San Ángel Inn, cerca del estudio donde Diego Rivera había pintado a la convaleciente. El chofer tenía instrucciones de no pasar por ahí. Tras dar algunas vueltas, entró a la cochera. Las tres Amor, en fila india, atravesaron el jardín por el andador de cantera.

El cuarto de huéspedes estaba limpio y recién ventilado. La cama, cubierta por una colcha beige, contrastaba con el tono oscuro de los muebles. Pita quería dormir y no despertar. De pronto percibió que algo se movía, giró hacia el espejo colgado sobre la cómoda. El grito sacudió a sus hermanas. Con los párpados muy abiertos, Guadalupe las miró. El corazón le fustigaba el pecho. Pálida, juró haber visto un fantasma.

—No, Pitusa, aquí no hay fantasmas —afirmó Mimí—. Pero si prefieres me llevo el espejo.

—Sí, sácalo —exigió; se acostó hecha un ovillo y les dio la espalda.

En la biblioteca, con la puerta cerrada, las hermanas se preguntaron cuál sería el siguiente paso.

—Tendrá que aceptar su maternidad y ocuparse de Manuelito —dijo Mimí.

—La veo peor de lo que imaginé —Carolina lanzó un largo suspiro—. Será como explicaron los médicos, poco a poco. Me apena dejarte sola con ella, pero debo irme, ¿te entregué los medicamentos?

La mayor asintió.

Como en su infancia, Pita pasaba las noches gritando. Revolviéndose en la cama veía sombras, fantasmas y mariposas negras.

Manuel continuaba bajo los cuidados de Carolina y la nana que también atendía a Carlos, el niño que los Fournier habían adoptado. Su hijo cumplía tres meses la mañana en que Guadalupe preguntó cómo era él.

—Si quieres le pido a Carito que lo traiga —ofreció Mimí.

Pita volvió a cuestionarse si estaba lista para conocerlo. «¿En sus facciones reconoceré a su padre?». Dentro de ella se abría un pozo oscuro cada vez que pensaba: «A mi edad y sin desearlo, me convertí en madre. Mamá de un chiquillo que jamás he cargado ni ha oído mi voz; que antes de llegar al mundo ya era huérfano. Un ser extraño que marcó mi vida y mi cuerpo». Palpaba su vientre dividido por la cicatriz. «¡Ay!, ¿qué será de mí, de él?». Y sin embargo, a ratos lo imaginaba y una curiosa ternura la invadía.

Cuando vio a Carolina con el bulto en los brazos se paralizó. Expectantes, las hermanas la observaban. Guadalupe tragó saliva, intentó sonreír y dio unos pasos. Carolina giró para quedar de perfil y descubrió el rostro oculto bajo la manta de estambre azul. «Quizá ni es mío», sospechó la madre, «¿les entregarían otro? Se rumora que eso sucede». Contempló su cara, las cejas casi inexistentes, la nariz como un capulín rosado, los deditos, las uñas diminutas. «¿Cómo cortarlas al crecer?». Se sintió incapaz de sostenerlo. El niño estornudó. Un estremecimiento sacudió a Guadalupe.

—¿Hay felicidad en el futuro? —preguntó.

—Vamos a sentarnos —sugirió Manuela para desvanecer la incómoda atmósfera que las rodeaba.

En el rincón de la sala había una mesa con cuatro sillas. Sobre el mantel bordado las esperaba un juego de café.

—Se porta muy bien —dijo Carolina al sentarse, dudando si llamar a la nana o darle tiempo a Guadalupe para animarse a cargarlo.

La sirvienta les llevó una tetera y un plato con galletas. Al tomar una medialuna de nuez, los ojos de la menor quedaron fijos en la porcelana. Era parte de la vajilla de Meissen en la que habían servido el desayuno de su primera comunión.

«En estas tazas los adultos bebieron café, chocolate; en estos platos hubo rebanadas de pastel, tamales…».

Apoyó el índice sobre la florecilla pintada al centro. El dorado del borde le recordó la moneda de oro perdida; y aquella otra, la que su tía le enviaba para su cumpleaños y que su madre nunca le entregó. Los balbuceos del bebé le arrancaron el recuerdo.

Observó su cara. «¿Será mi hijo? ¿Cómo asegurarme?». Tuvo un acceso de tos. Acalorada, se quitó el suéter, buscó su abanico y empezó a relatar aquel viaje que había hecho a España diez años atrás. El niño pasó a los brazos de la nana y al terminar la narración Pita regresó a su recámara.

Temerosa de que Manuel o su propio hijo enfermaran o sufrieran algún accidente, Carolina evitaba sacarlos a la calle. Todos los días hablaba con Mimí para saber cómo estaba Guadalupe y los informes no eran alentadores. Ellas habían supuesto que para esas fechas Pita ya podría, si no vivir con el niño, al menos pasar las tardes con él.

Pero la poeta vagaba en un mundo de recuerdos. Mencionaba a la nana Pepa; los cojines que en manos de Bibi se convirtieron en un vestido con cuello de encaje; el sótano donde jugaba con Margarita y Chepe; el guajolote desangrándose antes de Navidad; nombraba los autores que llenaban los entrepaños de la biblioteca; los colores del tragaluz bañando las caras de los invitados a su primera comunión; describía los ángeles y las guirnaldas que flotaban en el techo de la recámara materna. Muchas veces su monólogo era tan confuso que Mimí debía traducir aquellas imágenes para comprender a qué se refería.

Cierta noche, cuando Guadalupe encendió la lámpara del buró, esta se apagó, volvió a encenderse y un falso contacto la extinguió. El grito llegó a oídos de su hermana y su cuñado que, ya acostumbrados, no corrieron a investigar qué sucedía. Un instante después Pita apareció en el despacho, despeinada, descalza y con los ojos desorbitados. Cayó de rodillas; abrazándose a sí misma empezó a balancearse. Manuela soltó el libro que leía y se acuclilló a su lado.

—¿Qué pasa?

Guadalupe juró que el diablo rondaba su habitación.

Agotadas la paciencia y la buena voluntad de Mimí y el marido, la pareja reunió a los Amor. Tras una larga plática, decidieron que Pita debía retomar su vida en su departamento, cuya renta seguía pagando Carolina gracias a que el dinero de la herencia aún no se terminaba.

—Rodeada por sus cosas, en su propio ambiente se sentirá segura, y cuando esté lista —opinó el doctor Fournier—, el niño podrá reunirse con ella.

4

Pita entró al refugio donde su imagen adornaba las paredes y sus posesiones llenaban los armarios. Rozó la tela del sofá. Se topó con la Guadalupe Amor que pintó Juan Soriano, musa griega, joven, bella.

Dentro de la recámara, en el tocador, la esperaban los perfumes, los maquillajes; sus ojos recorrieron los treinta pares de zapatos, las bolsas, los vestidos. Quitó las fundas que protegían el mink, el visón; acercó a su rostro ambas pieles, cerró los párpados y evocó los momentos en que José se los había obsequiado, su desnudez dentro de ellos, su desnudez acariciada por manos masculinas.

Deslizó la mirada hasta su vientre. Olvidándose de las hermanas que aguardaban inquietas en la sala, se retiró la ropa. El enorme espejo le mostró lo que se negaba a ver: la cicatriz de su desgracia. «Mi cuerpo perforado, marcado, tatuado para siempre. Y tú ahí, burlándote de mi ruina», le dijo a su doble. «Retroceder en el tiempo dos, cinco, diez años. Tener alas y volar lejos».

Envuelta en el mink se dirigió al óleo donde Anguiano había pintado su piel tersa, sin huellas. Palpó la obra: aquella superficie estaba tan lisa que se estremeció ante el horror y la certeza de nunca volver a ser ella misma y jamás permitir que un hombre la viera desnuda.

Manuela y Carolina la observaban, indecisas ante la idea de dejarla sola.

—¿Quieres que te acompañemos un rato, o prefieres…?

Guadalupe interrumpió la pregunta de Carolina:

—Vayan tranquilas. Tengo mucho que hacer.

Manuel Amor, así nombrado en recuerdo de su abuelo Emmanuel, seguía al cuidado de Carolina. Cuando el niño cumplió cinco meses, Guadalupe decidió visitarlo, más que como madre, como una tía soltcrona que apenas se atreve a rozar las mejillas de un sobrino lejano: el eslabón desconocido de otra cadena.

Pita llegó a casa de los Fournier con unos zapatitos tejidos y un gorrito que había comprado la tarde anterior. Los llevaba dentro de su bolsa y se los ofreció como si su hijo pudiera tomarlos. Este se hallaba en brazos de Angelina, la nana. Guadalupe la miró de arriba abajo; luego observó sus manos buscando en ellas las de Pepa, suaves, regordetas; pero las de esa mujer eran alargadas, huesudas, incapaces de mimar a un bebé. «Al menos esta habitación huele a talco, no a criada».

Angelina percibió el desprecio en la señora que, a pesar de ser la madre de ese chiquito tan despierto, apenas se le acercaba. Le preguntó si lo quería cargar. Los nervios contrajeron las facciones de la poeta. El niño balbuceó y Guadalupe, como extraviada en una selva, sintiendo asfixia, huyó del cuarto.

En el corredor casi choca con su hermana.

—¿Nos tomamos un té? Hay galletas y pastel —invitó Carolina al notar su semblante constreñido—. Podemos salir al jardín.

—Sí, un rato —contestó—, necesito aire.

Se sentaron en las sillas de la terraza, bajo la sombrilla que las escudaba del sol. Era mayo y Carolina, tras ofrecerle azúcar a su hermana, le dijo:

—Pronto será tu cumpleaños. ¿Te gustaría que lo festejemos con una comida aquí en la casa?

Pita asintió. Dio unos sorbos al té, se comió dos galletas y se retiró.

A lo largo de su internamiento en la clínica Guadalupe había perdido parte de los kilos ganados con el embarazo; pero su cuerpo, como su existencia, era otro. La cintura y las piernas se habían ensanchado; tenía el cabello menos brillante y algunas arrugas aparecieron en la comisura de sus ojos. Al descubrir su piel reseca empezó a untarse cremas y aceites.

Una vez por semana iba a casa de Carolina; tras echarle un vistazo a Manuel, ambas mujeres se sentaban a tomar café o té. Guadalupe casi nunca se lo terminaba; inventaba citas y compromisos, besaba la frente de su hijo, se despedía y abordaba el taxi que la esperaba.

Fue ese agosto lluvioso, o quizá la nube de arena de algún lejano desierto, o Villaurrutia desde un mundo distinto quien le susurró a Guadalupe que debía reanudar su vida anterior: la de las fiestas y la escritura, la de los bailes y los poemas.

Su memoria guardaba los números telefónicos de los amigos. Hizo varias llamadas y organizó una reunión para celebrar el nacimiento de Manuel, que cumplía ocho meses. Compró champaña y a Carolina le pidió que le llevara al niño para presentárselo «a todos». Su hermana lo consideró una excelente señal. «Ya empieza a interesarse por él», pensó. Al verla llegar con la nana, ofendida, Pita aseguró ser capaz de quedarse un rato con su hijo.

—Si tan inútil me consideras, regresa en dos horas, pero llévate a la criada.

—Pitusa, aunque es hora de su siesta, Manuelito puede despertar y al desconocer…

—Yo me ocuparé.

Carolina se dirigió a la habitación de Guadalupe; acomodó a su sobrino en el centro de la enorme cama y lo rodeó con almohadas y cojines.

—No me da tiempo de ir a mi casa y volver. Angelina puede aguardar en el cuarto de servicio y yo estaré en la cafetería de enfrente; si se ofrece, que vaya la nana a buscarme.

Apenas entraron los primeros invitados, el niño empezó a llorar. Pita fingió no escucharlo. Poco después los berridos atravesaban el corredor con tal fuerza que Guadalupe se cubrió los oídos y apretó las mandíbulas. Los presentes se miraban unos a otros. Miguel Sabido se ofreció a cargarlo.

Frenética, la anfitriona le ordenó a la nana que corriera por Carolina. De vuelta en la sala, dijo:

—Voy a descorchar una botella —y dirigiéndose a Josefina Vicens—: Mientras puedes traer a Manuelito, así lo conocen en lo que viene mi hermana por él.

Guadalupe prefirió esperar a Carolina en el umbral de la puerta.

—¡Llévatelo! —pidió entre sollozos—. No sé qué hacer, estoy a punto de matarme.

En cuanto Josefina se lo entregó, su sobrino dejó de llorar.

—No te preocupes, Pitusa, lo cuidaremos hasta que tú lo decidas —murmuró—. La casa es grande y el jardín enorme. Además crecerá con Carlitos, jugarán juntos… —aseguró Carolina antes de salir.

Guadalupe suspiró aliviada.

Desacostumbrada a pensar en el dinero, habituada a que su cuenta de cheques era inagotable, gastara cuanto gastara, ahora, sin el sostén de Madrazo, ¿cómo llevar el mismo ritmo de vida? Lo que sus hermanos le enviaban no alcanzaba para sus caprichos.

Odiando a José, empezó por vender un cuadro. Derrochó la cantidad en ropa y joyería de fantasía. Vendió el segundo y un tercero; luego dos pulseras y un reloj Cartier que José le había traído de París. También se negó a recurrir a la casa de empeños, como hacía su madre, y resuelta a no verse en la necesidad de usar ropa remendada ni heredada de las hermanas, decidió caminar para ahorrarse lo que costaban los taxis. Si alguien le preguntaba, soltaba un discurso sobre la importancia de hacer ejercicio.

—Manuelito hoy cumple un año —le recordó Carolina—. Ven a la casa, habrá pastel de La Gran Vía, sé que te gusta. A Carlitos le hace ilusión el festejo.

«Un año con el cuerpo dividido», pensó Guadalupe. «Dieciocho meses sin noticias de José. Una eternidad en la que yo, que antes gozaba salir de noche, ahora prefiero el encierro».

—No lo elegí, me encerraron —les gritó a las paredes—. Un año de tristezas y soledad. Trescientos sesenta y cinco días de la existencia de mi hijo, ese ser extraño que, cuando lo visito, quiere apoderarse de mí. Además de deformar mi cuerpo, me robó la paz. Yo era inmortal, no necesitaba un hijo para ser eterna.

Se tomó un sedante y un baño de tina. Eligió un vestido de crepé blanco cuyos botones semejaban medias perlas. Antes de ir a casa de Carolina se detuvo en una juguetería. Nerviosa, no terminaba de elegir si llevar un caballito o un barco de madera, un ejército de soldaditos de plomo o un elefante con ruedas. Escogió el regalo e, ilusionada, olvidó pedir que lo envolvieran.

Al entrar halló a su hijo en el piso del vestíbulo apilando cubos.

—Feliz cumpleaños —exclamó.

Manuel alzó la mano; Guadalupe sonrió, el niño también. El cabello delgado color nuez cubría su cabeza y cuando Pita le ofreció el cochecito de juguete, él estiró el brazo y balbuceó una larga letanía de sonidos incongruentes que le arrancaron una carcajada a su madre.

—Hablarás tanto como yo —le dijo acariciando su espalda.

Carolina había comprado gorritos de papel y rehiletes; invitó a unos amigos de Carlos y, a media tarde, alrededor de la mesa, cantaron *Las mañanitas*.

Sentada en la cabecera con su hijo en el regazo, Guadalupe sostuvo las manos del niño para que no tocara la llama y se apresuró a soplar la velita. Manuel le apretaba los pulgares como pidiéndole que no se fuera. Cuando todos aplaudieron, ella le dejó en la frente un beso rojo. Antes de marcharse, por primera vez, le dio las gracias a Carolina.

5

Guadalupe paseaba por la colonia Juárez. Entraba a algún negocio, a otro, charlaba con los dueños, estos la invitaban a comer, a tomar una copa o café y pastel en Lady Baltimore. La mayoría disfrutaba de su conversación, sus ocurrencias y declamaciones espontáneas.

En la calle Génova, cerca de la casa donde su madre había pasado sus últimos años, estaba la galería de Antonio Souza. Ahí se reunían artistas plásticos y escritores. Invitada por Juan Soriano, Pita no dudó en presentarse. Manuel Felguérez, José Luis Cuevas, Arreola, Gunther Gerzso, Pedro Coronel y su esposa, Amparo Dávila, a la que conociera como secretaria del ya difunto Alfonso Reyes, y algunos otros, enriquecían sus tardes y le devolvieron su avidez poética.

Por aquellas fechas, septiembre de 1964, el presidente Adolfo López Mateos había inaugurado el Museo de Arte Moderno. Ese jueves Souza sirvió champaña para brindar por la cultura y la exitosa exposición de José Luis Cuevas, cuyos cuadros y grabados colgaban en las paredes blancas del establecimiento. Guadalupe conoció ahí a Pedro Friedeberg. El diseñador florentino, fundador del grupo Los Hartos, antagonista de las formas convencionales, hacía dibujos mientras ella declamaba. No era extraño oír a Pita exigiendo que *inmediatamente* le consiguieran lápiz y papel para escribir un soneto que dedicaba a alguno de los presentes.

Una noche Souza la invitó a dar un recital donde ella apareció con un vestido escotado, maquillada, con más de un anillo en cada dedo y flores en la cabeza.

Sentada en una butaca de piel negra, con una copa de coñac en la mano, recitó versos, la mayoría de su poemario *Otro libro de amor*. Magnetizados por su memoria, su extravagancia y su ímpetu, los asistentes aplaudieron y pidieron más. Entonces la poetisa declamó hasta que, a la medianoche, Souza le dio las gracias, un enorme ramo de claveles y un beso en la mejilla.

Gracias a la poesía, los amigos y las presentaciones, Guadalupe pudo sobrepasar aquella época en la que aborreció haberse deformado por el embarazo, la angustia de la maternidad y lo peor: el surco que dividía su cuerpo. La admiración de los espectadores y los aplausos sanaban las heridas que durante meses supuraron en su interior.

Un tarde de julio, pensando en visitar a su hijo, Guadalupe fue a comprar unas sonajas y un oso de peluche.

En el momento en que ella sacaba el billete para pagar, Carolina, en el estudio de su propia casa, leía una carta. A un lado, su sobrino jugaba con una pelota roja. El timbre del teléfono y el de la puerta sonaron al mismo tiempo. Carolina contestó la llamada; en ausencia de la sirvienta, Angelina abrió el portón. El carnicero le entregó el pedido y la empleada fue a meter los paquetes al refrigerador. Manuel perseguía la pelota. La señora Fournier continuó leyendo la correspondencia. Un rato después preguntó por los niños.

—Carlitos está dibujando en su cuarto —anunció la nana.

—¿Y Manuelito?

—Creí que estaba con usted —respondió Angelina.

—No… ¿Se habrá escondido?

Llamándolo, revisó debajo de mesas y sillas. La niñera registró las recámaras.

—Busca bien, detrás de las cortinas, en el baño… —ordenó Carolina.

Ambas recorrieron la casa. El nombre Manuel, Manuelito, retumbaba en cada rincón. Salieron al jardín. El niño ya caminaba, pero les parecía que con sus pasos cortos no podría andar lejos. Entre árboles, macetas y arriates, las dos mujeres corrían asustadas.

El jardinero oyó los gritos, soltó el rastrillo y alcanzó a la señora junto al palomar. Ella, con la vista fija en un punto rojo que destacaba en la pila de agua, le informó que no hallaban al niño. El hombre se apresuró a ir hacia el depósito. La pelota flotaba en una esquina y al centro, de espaldas, estaba el cuerpo de Manuel.

Las lágrimas de Carolina caían sobre el cuerpo mojado del niño que, envuelto en una toalla, yacía en su regazo. Sus pupilas estaban fijas en la mano lánguida de la criatura. Vacía de pensamientos, Carolina reiteraba:

—¡Sálvalo, Dios mío! No permitas que se muera. Te lo ruego, no te lo lleves. Es tan pequeño, sálvalo…

El chofer conducía rumbo al hospital más cercano sin detenerse en los semáforos. Cuando un médico le arrebató a su sobrino, la mujer se desplomó en una silla, escondió el rostro entre las manos y sollozó.

Una voz lejana le dijo a la señora Fournier:

—Lo siento mucho, ya no pudimos hacer nada…

Chepe y su señora fueron los primeros en llegar, después el doctor Fournier, Mimí, su marido e Ignacio, el medio hermano, hijo de don Emmanuel y su primera esposa.

Raoul abrazaba a Carolina y, meciéndola, le acariciaba el cabello.

Poco a poco el resto de los Amor aparecieron.

Aún con la ropa húmeda, la nariz rojísima y los ojos hinchados, Carolina se negó a que le avisaran a Guadalupe.

—Lo haré yo —afirmaba sin titubeos.

Marcó el número de Pita. Nadie contestó. Cada cinco o diez minutos volvía a llamar hasta que, sin respuesta, la comunicación se cortaba.

En el infausto silencio de la casa solo se oían gemidos, pasos lentos que iban y venían y la lluvia cayendo sin prisa.

Los minutos tampoco llevaban apuro. El café se enfriaba en las tazas; algunos bebían agua como si en los vasos pudieran verter la tristeza.

Carolina, hecha un ovillo, miraba el teléfono negándose a tomar un sedante:

—Hasta que no hable con Pitusa —repetía.

Los relojes marcaron la medianoche. Todos se retiraron.

Guadalupe entró a su departamento a las cuatro de la madrugada. Aventó los zapatos y desnuda se metió entre las sábanas. El teléfono empezó a sonar a las seis. Nadie atendió.

A las siete los Amor volvieron a la casa de los Fournier. La muerte se había infiltrado en aquella familia, arrancándoles la paz y el sueño. Vestidos de luto, esperaban que la madre de Manuel recibiera la noticia.

A pesar del sedante que su marido la obligó a tomar, Carolina, entre sobresaltos, casi no logró dormir. Pálida y temblorosa, intentaba comunicarse con la hermana menor.

A las ocho el teléfono repiqueteó por enésima ocasión en el departamento número 11 de Río Duero. Esta vez los timbrazos taladraron la cabeza de Guadalupe. Furiosa porque la sirvienta no contestaba, pensó en dejar descolgado; pero en cuanto levantó el auricular oyó la voz de Carolina.

—Pitusa… Manuelito sufrió un terrible accidente.

No preguntó; no gritó.

Un rayo de sol se encajaba por un resquicio entre la pared y la cortina: una línea que parecía degollar a Guadalupe. Sus pupilas se detuvieron en el oso de peluche que le había comprado a su hijo el día anterior.

—No llores —le dijo, y lo apretó contra su pecho.

Descoordinada, a tientas, buscó la ropa que se había quitado unas horas antes. El chofer de Mimí la esperaba en la puerta del edificio.

Durante el trayecto, en la oscuridad de sus párpados cerrados, imaginó a su hijo rodando por las escaleras. Un tambor le golpeaba las sienes y el pecho; tenía la lengua viscosa, las articulaciones endurecidas.

Aunque odiaba que los empleados la tocaran, permitió que el chofer la ayudara a bajar del automóvil. El portón estaba abierto y dos figuras, como dos ánimas negras, la recibieron, rodeándola igual que una nube espesa. De pronto se vio frente a muchos ojos; todos la observaban.

Sus lágrimas se mezclaron con las de Carolina; luego del abrazo que parecía no terminar nunca, cada uno de sus hermanos, cuñados y sobrinos la estrechó. El negro de la ropa y el silencio que la rodeaba era una ciénaga donde se iba hundiendo.

Por un momento se preguntó si era necesaria la muerte de su hijo para sentirse acompañada. «¿Hace cuánto que no veía a Maggie? ¿A Chepe? ¿Alguna vez me abrazaron?».

Fuera del tiempo y del espacio, en una nebulosa de manchas negras, rojas, grises, Guadalupe obedecía.

Mientras Chepe y Raoul se encargaban de los trámites para el sepelio, Mimí y María Elena volvieron con Pita a su casa, la vistieron de luto, le limpiaron la cara y cepillaron su cabello.

Junto a la fosa, los ojos de Pita recorrieron las caras de las mujeres que amueblaron su infancia. Sin estremecerse, sin nostalgia ni lágrimas, solo una leve vibración en los labios, sorda a cuanto sucedía a su alrededor, se vio niña, enterrando a su muñeca en el jardín. El vestido de Victoria desgarrado. Maggie mostrándole una cajita que llevaba escondida detrás de la espalda.

«Nunca voy a querer a nadie como a Victoria.

»Mi cabeza envuelta en una mantilla, igual que en la portada de *Yo soy mi casa*. Un montículo de tierra; un rectángulo oscuro que me hunde en el abismo. Ahí está mamá, Pepa y Bibi. Margarita sostiene una cuchara, ¿o es una pala? Aquí sepultamos al hámster de Chepe».

—Los ataúdes pequeños no deberían existir —dijo Maggie, arrastrándola fuera del panteón.

—¿Y papá? —preguntó Guadalupe—, jamás vi su tumba, ¿hace cuánto está muerto?

6

Tras el sepelio los Amor se reunieron en casa de Manuela.

Sedada, Guadalupe dormía en el mismo cuarto de huéspedes donde había pasado algún tiempo después de abandonar la clínica psiquiátrica.

En el comedor, los hermanos debatían sobre el futuro de Pita:

—Imposible dejarla sola.

—Desde niña sufría esos extraños desórdenes.

—Difícil olvidar sus gritos y berrinches.

—Puede ser tan violenta…

—Me opongo a que regrese al hospital.

—Sería lo idóneo, ahí sabrán controlarla…

—No, estaría mejor cuidada si alguno de nosotros la recibe unos días.

—Es cierto.

—De acuerdo.

—Sí, sería lo mejor.

—La de Carolina queda descartada por razones obvias.

—La de Manuela también, en ese cuarto donde ahora descansa veía diablos y fantasmas.

—En mi casa, yo quiero ayudarla —consintió Ignacio, el medio hermano, sin siquiera consultarlo con su mujer—. Acepto a Guadalupe por una temporada.

Guadalupe se trasladó a aquella residencia sin reclamos ni preguntas. En su rostro no había expresión, solo sus ojos se abrían, inmensos, como si estuviera viendo algo que le causara terror. Cuando le hablaban, siempre respondía:

—¿Lo puedes creer?

Los gritos nocturnos empezaron a resquebrajar la buena voluntad y la paciencia del medio hermano. Durante las comidas, en la mesa, el llanto de Guadalupe rompía la armonía que Ignacio, de 73 años, y su señora, intentaban crear. Pita pasaba las noches vagando por la casona, dormía a deshoras, dejaba el refrigerador abierto, los objetos se le resbalaban de las manos. Lloraba en silencio y a ratos gritaba:

—Díganle a Carito que yo lo maté, fui yo.

7

Lejos de sí misma, Guadalupe miraba la lluvia que pintaba de gris su horizonte y el de la Tierra. El vidrio rectangular mostraba la fuerza con que el aguacero desprendía hojas, ramas y flores; la calle oscurecida se manchaba de verdes y pétalos ahogados, como el niño cuyo nombre no quería pronunciar.

Muerto, como su ímpetu y sus anhelos.

Para Pita Amor no había fechas ni relojes. Dócil, tomaba los medicamentos y dormía sin soñar. Se aferraba a la cama; no obstante, obedecía cuando alguna mujer vestida de blanco la forzaba a ponerse en pie, lavarse y comer. Comprendía que, de no acatar sus órdenes, la amarrarían como el día que llegó.

Caminaba por un pasillo de la clínica psiquiátrica rozando las frías paredes de azulejos: un tramo corto que remataba en una puerta siempre cerrada para evitar que esa privilegiada paciente atestiguara las aberraciones u oyera los gemidos del resto de los internos.

Al acostarse, Guadalupe veía en el techo a su hijo, a sus hermanos, a su madre, a Pepe Madrazo; les reclamaba su abandono, pero ninguno le pedía perdón.

Los Amor la visitaban. El tiempo transcurría sin que ella lo notara; en cambio, sus familiares padecían cada minuto de aquel mutismo en el que Pita permanecía encerrada.

Dos meses después de haberla internado, el médico les informó que si Guadalupe continuaba en el sanatorio existía la posibilidad de que, en lugar de restablecerse, empeorara. Ante aquella perspectiva, los hermanos decidieron trasladarla a un sitio menos lúgubre.

Luego de una esmerada búsqueda hallaron una casa de retiro en Cuernavaca: un espacio lleno de luz, donde el trato sería más personal; una residencia con jardín, árboles añosos y un silencio que podría devolverle el ánimo, las ganas de escribir y declamar. Pero como se acercaba la Navidad, el desplazamiento se postergó hasta enero.

Los medicamentos mantenían a aquella mujer explosiva en estado letárgico. Obligada por el personal, paseaba bajo la sombra de los guayacanes y luego se tumbaba a ver el cielo entre las flores rosas, deseando volver a dormir.

A veces, iracunda, arrojaba el vaso o peleaba con quien la forzaba a levantarse. Se irritaba si alguien la tocaba; a menudo decía que se odiaba a sí misma y a todos los que la habían abandonado. Aseguraba haber matado a su hijo.

Exigía que la comunicaran con José Madrazo, su hermano Chepe o con Alfonso Reyes (quien había muerto pocos días después del nacimiento de Manuel).

Juraba que no estaba loca y que necesitaba volver a su casa, donde Pepe la estaría esperando. En ocasiones preguntaba por sus joyas o los abrigos de mink. Comía vorazmente o ayunaba.

Habían pasado doce meses del fallecimiento del niño. La herencia de Pita se agotaba y los gastos aumentaban. En una nueva reunión, los Amor hicieron números. Los hospitales costaban una fortuna e ignoraban cuánto tiempo más Guadalupe estaría internada. Concluyeron que era imposible seguir pagando la renta del departamento en Río Duero.

Manuela determinó que, además de ahorrarse el alquiler, para ayudar a Pita a olvidar su pasado lo mejor sería deshacerse de todo lo que le trajera algún recuerdo:

—Si vuelve, seguro recae.

Con las llaves en la mano, Mimí entró a la que había sido casa de Guadalupe durante veinticinco años.

Sin miramientos, como una ráfaga, abrió armarios y cajones. En un rincón de la recámara halló un oso de peluche; al recogerlo un lazo estranguló su garganta. Quemó fotografías y cartas de amigos y amantes. Regaló ropa, los once frascos de Chanel No. 5; de los treinta y dos pares de zapatos rescató tres, una bolsa y ningún sombrero. Vendió muebles y adornos.

Los cuadros que aún colgaban de las paredes, mudos testigos de tertulias, actos amorosos y fiestas que terminaban en la madrugada junto con las quejas de los vecinos, se los llevó a Inés para que los guardara en la galería. Cuando solo quedaron las cortinas y el aparato telefónico sobre la alfombra, satisfecha y agotada, Manuela avisó al dueño del departamento que ya podía disponer de él.

El oso de peluche terminó en las manos de un niño que pedía limosna en una esquina.

8

Antes de abordar el automóvil donde aguardaba el chofer Guadalupe quiso caminar un rato. Igual que en el dibujo que había hecho Diego Rivera para la portada de *Yo soy mi casa*, se ató una pañoleta debajo de la barbilla. Llevaba un vestido ligero de tela estampada que, según Mimí, alegraría su regreso al mundo. Daba pasos cortos dentro de unas sandalias nuevas. El sol de Cuernavaca se pegaba a su piel como deseando convencerla de salir a la vida.

Andaban una al lado de la otra. La mayor intentaba conversar, pero sus palabras caían al suelo sin que Pita las recogiera.

Antes de subirse al coche se negó a despedirse del personal, Guadalupe esperó hasta que Mimí lo hiciera en su nombre.

Por la carretera, a través del vidrio, pasaban somnolientos y pajizos campos alternando con arboledas de distintos verdes; parvadas que en su vuelo le señalaban un nuevo destino. De pronto Guadalupe sacó unos papeles arrugados de su bolsa y leyó:

> El desnivel confuso de mi vida
> mi vida de espejismos y de abetos
> mi vida de tercetos y cuartetos
> mi vida tan celeste y tan transida.

Mi delirante vida sin salida
mi vida de centellas y secretos
mi vida de reflejos tan sujetos
al Partenón de la total huida.

En el lado letal de la balanza,
la bandera sin fin de la esperanza
y en el opuesto lado, mi derrota

en la altísima escala de la nota
Mi eternidad ya eterna y ascendente
y mi derrota, rota e impotente.

Acalorada y nerviosa, Manuela se abanicaba con la vista perdida en el horizonte. Aún no llegaban y ya se arrepentía de haber sacado a Guadalupe de aquella casa donde la mantenían tranquila, a ella y a la familia Amor.

Pita volvió a la Ciudad de México tras pasar dos años en un abismo de silencios y angustias que en su interior se mezclaban con realidades y sueños. Sueños enredados con pesadillas en las que los ángeles que decoraban el techo de la recámara de su madre se desprendían llevándose al niño y, burlones, le rozaban la cara con sus alas; ¿o eran mariposas negras?

Cuando el coche se detuvo frente a casa de Manuela, Guadalupe preguntó qué hacían ahí. No hubo respuesta.

—Quiero ir a mi departamento —exigió con esa voz autoritaria que durante meses no había usado.

—Baja, luego te explico —pidió Mimí.

—Se acabó el jueguito de estar llevándome de un lado a otro. Quiero ir a *mi* casa.

—Necesito que entres. —Manuela también subió el tono y descendió del automóvil.

Dentro, Guadalupe permaneció de pie con los brazos en jarras y las pupilas clavadas en su hermana.

—Por favor, siéntate.

—Dile a tu chofer que me lleve a mi departamento o pido un taxi.

—¡Escúchame! En tu ausencia han pasado situaciones complicadas —hizo una pausa—. No alcanzó el dinero para pagar la renta. Lo lamento mucho.

Segura de no haber entendido, repitió:

—¡Quiero ir a mi casa!

Manuela se mordió los labios.

—Lo siento, de verdad.

Guadalupe parpadeaba y movía la cabeza.

—¿Y mis cosas?

—Fue necesario venderlas. La cuenta del sanatorio…

Aquel nuevo golpe tumbó a Guadalupe en el sillón.

—¡No tengo dónde vivir! ¿Me vas a mandar a otro manicomio? ¿A un asilo de ancianos?

El retintín irónico exasperó a Manuela, quien sintió deseos de echarle en cara todas las molcstias y preocupaciones que les había provocado. Tragó saliva y, para calmarse, empezó a ahuecar los cojines que adornaban el sofá.

—¡Contéstame! —gritó la menor.

—No, Guadalupe, no tienes casa propia, pero tienes una familia que no ha dejado de cuidarte y…

Pita dio un salto.

—Llama un taxi o dile a tu chofer que me saque de aquí.

Con los ojos desorbitados, la mayor se dirigió al teléfono del despacho.

Guadalupe iba y venía por el pasillo repasando en la mente su hogar perdido: desde las baldosas del piso en el vestíbulo del edificio, las ventanas angostas, la escalera; el número 11, como dos piernas delgaditas, pegadas a su puerta. El empapelado de flores; la tela de los sofás y de las sillas que no hacía mucho había renovado. La cama grande, enorme comparada con las que había ocupado en su niñez y en los últimos meses. La *chaise longue*, los joyeros, el tocador, sus perfumes, la lámpara que compró en Galerías Chippendale, los espejos, ¡el de Murano!, con sus florecitas de cristal; los maniquíes en el otro cuarto. ¡El mink! ¡El visón!

—¿Dónde están mis abrigos? —preguntó a la bailarina de Lladró que, sobre una consola, posaba frente a ella—. ¿Mis sombreros? El que usé para la fiesta…

Las pisadas de Manuela la distrajeron. Llevaba un vaso de agua y un frasquito color ámbar.

—Es hora de tu medicamento —dijo—. Debes tener hambre. Vamos a comer. Carolina y Chepe vienen para acá.

Un amasijo de abatimiento y desamparo le cerraba la garganta. «¿Cómo tragarme eso?». Apretó los puños; un gemido brotó de sus labios. Exhausta, volvió a derrumbarse en el sofá. Manuela insistió y, al fin, se tomó la pastilla.

Cuando llegaron los dos hermanos Pita dormitaba con la cabeza echada hacia atrás. José María la despertó con caricias en el brazo y la convenció de ir al comedor.

—¿Cómo permitiste que Manuela vendiera mis cosas? —reclamó—. ¿O fue María Elena?

—Tienes que comprender, Pitusa, fue una decisión inevitable de la que todos somos responsables.

—Quiero mis zapatos, los vestidos…

—Guardé algunos pares —dijo Mimí—, y tu bolsa favorita…

El medicamento silenciaba los gritos que Guadalupe hubiera lanzado.

Con la mirada fija en una naturaleza muerta que colgaba frente a ella, Pita daba vueltas a un cuchillo; el tintineo que hacía al chocar con el plato exasperaba a sus hermanos, pero nadie la detuvo. El cubierto salió volando, y al caer, dijo Guadalupe:

—Ojalá hubiera muerto.

Carolina se cubrió la cara con la servilleta y salió del comedor para no llorar en la mesa. Pita hundió la cuchara en la sopa de fideos y empezó a recitar:

Este infierno de sal en el que no creo,
este invierno de fuego tan candente,
este infierno de hielo incandescente,
este infierno sin cielo que no veo.

Este infierno eterno donde leo
la eternidad eterna e impotente,
la eternidad eterna y ascendente,
este infierno voraz que yo deseo.

Este infierno de fuego hipotecado,
del reloj, del presente, del pasado.
Este infierno en llamas que calcina,

devasta, incinera y asesina.
Este infierno de sal que es ya tan mío
formado por tu amor, pensado y frío.

Al terminar la comida Chepe le explicó a su hermana que, mientras cerraban el trato para que se instalara en una nueva vivienda, le habían reservado un cuarto en un hotel.

—Es una buena opción pues tendrás servicio, alimentos, sábanas y toallas limpias.

—Mejor que vivir entre enfermos y locos —accedió sin aspavientos.

Guadalupe se despidió de Manuela y entró a la habitación como una joven que, por primera vez, se emancipara del yugo paterno. Sintiéndose libre se tiró en la cama, pero su regocijo se apagó al observar los muebles poco finos, la cortina cuyo extremo superior estaba desprendido.

Levantándose de un salto, tomó su bolsa, donde Chepe había metido un fajo de billetes y, en un taxi, se dirigió a Río Duero.

El conserje no reconoció a la mujer que, antes hermosa, había vivido en ese edificio. «Ya estoy viejo», pensó cuando Pita le dijo quién era y le pidió las llaves del departamento número 11.

—Usté perdonará, ese ya se rentó.

—Habrá otro desocupado.

—No, doña, ninguno.

La ira enrojeció la cara de Guadalupe. Con el puño golpeó el portón hasta que el dolor la inmovilizó. Hablando en voz alta, echó a andar.

De vuelta en el cuarto de hotel no deshizo el equipaje. Cada vez que necesitaba algo revolvía las prendas dentro de la maleta. Urgida de joyas y maquillajes, fue lo primero que compró.

Insomnios y desvelos; el radio a todo volumen para acallar su mente. Caminatas sin destino. Palabras escritas en cualquier trozo de papel:

> Maté yo a mi hijo, bien mío,
> lo maté al darle la vida,
> la luna estaba en huida,
> mi vientre estaba vacío.
> Mi pulso destituido
> mi sangre invertida,
> mi conciencia dividida.

Era infernal mi extravío
y me planteé tal dilema,
es de teología el tema.
Si a mi hijo hubiera evitado
ya era bestial mi pecado.
Pero yo no lo evité
vida le di y lo maté.

Los huéspedes se quejaban del ruido y los gritos. Alguno dijo que en ese cuarto había fantasmas que aullaban a deshoras. Varias veces el gerente le pidió a Guadalupe que bajara el volumen del radio. El recepcionista llamaba rogándole silencio. Nada cambió. Lanzaron bajo la puerta varios avisos.

Una mañana le informaron que debía dejar el hotel o llamarían a la policía. Guadalupe no hizo caso, pero Carolina, quien pagaba las cuentas, apareció acompañada de Mimí.

—Por fin conseguimos un departamento —anunciaron a la menor de las hermanas—. Vamos a empacar.

9

Rezando para que Guadalupe encontrara la calma, las hermanas la ayudaron a instalarse en un departamento amueblado en la colonia Juárez.

—Este cuchitril apesta a sudor, a mierda —exclamó Pita mirando su entorno—. Yo pertenezco a la realeza; yo, que soy reina y musa, no viviré en este agujero.

Manuela, mordiéndose los labios para no discutir, abrió una ventana y, dentro de un cajón, guardó los suéteres. Carolina, incapaz de superar la culpa y la tristeza por el fallecimiento de su sobrino, se acercó a Guadalupe.

—Ojalá te acomodes, pero si no te agrada buscamos otro. En el refrigerador hay comida y…

—¿Buscar otro? —estalló Manuela.

Carolina se encogió de hombros, como pidiéndole disculpas a Mimí.

—No fue fácil hallar este y aquí ya están tus cosas —dijo la mayor señalando la ropa colgada.

—¡Qué cosas! ¡Nada tengo! Todo me lo quitaron, desde niña ustedes y mamá me lo robaron todo.

—¡Vámonos! —ordenó Manuela dirigiéndose a Carolina.

Esta, atraída por dos fuerzas, permaneció inmóvil. Deseaba abrazar a Pita, volver a pedirle perdón, besarle la frente, pero su hermana no se dejaba tocar.

—La renta está pagada, seis meses por adelantado. Aquí dejé tus medicamentos —el índice de Mimí apuntaba hacia la mesa donde había dos frasquitos y un cenicero.

De un manotazo, Guadalupe lanzó el objeto al piso. El vidrio se fragmentó.

—En eso me he convertido, en astillas de mí misma. Lárguense.

Antes de salir Carolina puso al lado de las medicinas un papel con los números telefónicos de los siete hermanos; debajo, varios billetes.

Guadalupe recorrió el departamento procurando no recordar el de Río Duero. «Aquel edificio se derrumbó porque se sostenía gracias a mí», decidió para alejarlo de sus recuerdos.

Desde que había regresado de Cuernavaca apenas salía. Una mañana se observó en un espejo de aumento. La piel del rostro estaba fláccida, una arruga vertical partía de su ceja izquierda dividiendo la frente como en un antes y un después; tenía el cabello opaco y sin forma.

Con los índices levantó sus párpados: por ese único instante lució más joven. Mareada, se tumbó en el lecho. Le faltaba aire. Apretó los puños y golpeó el colchón.

—¡Me muero! —vociferó.

Se rasguñó la cara; los gritos resonaron de nuevo. Nadie corrió a consolarla.

Ante ella emergieron, ondulantes, como si brotaran de un cráter, las caras de los que la habían abandonado: Victoria, don Emmanuel, doña Carolina, Xavier Villaurrutia, Manuelito, Frida Kahlo, Diego Rivera, Alfonso Reyes... Genoveva, su condiscípula. Vio a aquel gato en el pozo del sótano, flotando como el niño, su hijo, en el estanque... Sus rostros oscilaban, nombrándola, descarnados, llamándola; sus voces surgían de un foso insondable. Alas negras la arrastraban. Ojos desorbitados...

Al despertar, bañada en sudor, volvió a sentir, como tantas otras veces, que algo le hundía el pecho. La cama le pareció un cenagal del que no lograba escapar. Manoteó. Las lágrimas se unieron a la transpiración que humedecía su ropa y la sábana. Perdida en ese espacio desconocido no supo dónde estaba.

—¡Me encerraron! ¡Auxilio! —gritó.

Luego guardó silencio y retuvo la respiración para escuchar si alguien acudía. Oyó un ruido. Con la cobija se cubrió hasta el mentón. Pasó un rato largo. Se levantó. Reclinada en la pared esperó a la enfermera. Pero nadie aparecía. Con pasos lentos, temerosa de que el piso no la sostuviera, recorrió el departamento. En el baño vio su reflejo, rozó los rasguños en sus mejillas intentando recordar quién la había herido. Sin cambiarse de ropa, salió.

Inhaló hondo de cara al sol. Reconocer la calle la animó a caminar. Entró a una sala de belleza; le explicó a la empleada cómo quería el corte de pelo e insistió en el rizo que debía caer sobre su frente. Del cabello escaso y débil, la joven logró separar unos flequillos que un tubo redondeó.

10

Aunque los medicamentos la ayudaban a conciliar el sueño, los insomnios no la abandonaron. A veces despertaba dos horas después de haberse dormido, otras permanecía alerta de tres a cinco, o se espabilaba alrededor de las cuatro y no volvía a aletargarse.

Hablaba en voz alta. A menudo soñaba con el niño ahogado, pero al darle vuelta no era él, sino ella misma, blanca y fría como de hielo.

Trémula, tosiendo, se levantaba de la cama; tambaleante daba unos pasos, pues sentía que el piso era un lodazal; los latidos del corazón le impedían respirar, ¿o era el agua del estanque?

Poco a poco retomó su antiguo horario: estrenaba el día cuando el sol brillaba en el cenit. Desayunaba pan dulce, bolillos y galletas. Recogía las migajas con el índice ensalivado; después pasaba una o dos horas maquillándose y, ya lista, vagaba por calles con nombres de ciudades europeas.

Dueños y empleados de los comercios la reconocían. La invitaban a entrar o salían para saludarla y preguntarle dónde se había metido.

—Me fui al otro mundo, pero ya regresé —decía.

La noticia de su retorno corrió como si hubiera aparecido un ser fantástico. Varios periodistas, ignorando el domicilio y el número telefónico de la poeta, empezaron a rondar la zona comprendida entre avenida Insurgentes, Reforma, Chapultepec y Sevilla.

Todos buscaban la verdad sobre su presencia y su ausencia. Algunos afirmaban que había tenido un hijo al que había matado. Otros aseguraban que la internaron varias veces por intentos de suicidio. Unos cuantos juraban que se había ido a España con el ganadero que la seguía apadrinando.

Por fin, un reportero, que caminaba por la calle Londres, la vio salir de una joyería. Aguardó a que un hombre bajo y gordo la despidiera. Guadalupe, ufana de que el señor Rosenberg presenciara cuán importante era, tomó de la mano al periodista, volvió a entrar y, frente al dueño, aceptó la entrevista con una condición: nada de preguntas personales.

En el texto publicado se leía:

—¿Duele, señora, la tarde? ¿Duele el filo de la sombra?

—Al asomarme al espejo vi mi cara deformada, vi a mi madre estrangulada por la angustia. Vi un reflejo cansado, al que me asemejo. Vi una sombra desvaída y otra más y otra perdida entre más sombras y vi… que en sus raíces me hundí como acacia florecida.

Yo hacía versos desde el vientre de mi madre. Pero hay una música octosílaba cuyas notas ignoraba. ¿Conoce el epitafio de Villaurrutia?

—No.

—«Duerme aquí silencioso e ignorado el que en vida vivió mil y una muertes. / ¡Nada quieres saber de mi pasado! / Despertar es morir. ¡No me despiertes!».

—¿Cuál será el suyo?

—Mi cuarto es de cuatro metros y medio. La caja que a mí me espera será el final de mi tedio.

—¿Cree en Dios?

—La angustia y la vanidad fundidas te han inventado y después te han obligado a ser la sola verdad. Quiso la fatalidad que me tocases de herencia pues me persigue tu ausencia y me da espanto mi suerte pues voy a morir sin verte y sin comprender tu esencia.

¿Sufre Guadalupe? Alguna vez tuvo el rostro de un serafín que no supiera qué hacer con sus alas. No es una llama transida sino una rosa que quedó sin pétalos. No. Ya no es la Pita intrascendente, flor baudelairiana del mal, princesa del escándalo. Se ha puesto un hábito de señora y rechaza al periodista y a su cámara.

—¡Nada de fotografías! —dice—. ¿Para qué? La gente no vería su verdadera imagen, fina por dentro.

¿No acaso los soles atardecen hacia afuera? Pero conserva su luz para otros continentes. Su voz es fina. Toca las íes como una uña el filo de una copa de cristal tallado.

«No quiero ser pobre», se repetía cada vez que sus hermanos le enviaban dinero, cuando veía las alhajas o algún lujo en la casona de Manuela o si no le alcanzaba para comprar otro par de zapatos.

Añorando a los viejos conocidos, pasó varias tardes buscando a Raúl Anguiano. Por fin lo encontró en su estudio. Al abrir, el pintor la miró sin reconocerla, hasta que oyó esa voz inconfundible. No tuvo tiempo de ocultar su asombro ni pudo evitar compararla con aquella mujer que, dieciséis años atrás, con solo 30, apareció frente a él irradiando juventud, entusiasmo, frescura. La recordó quitándose el vestido, sentada con las piernas entreabiertas, impávida y sugerente. Tan distinta a esta señora envejecida.

—¿Así me recibes?

Se ajustó los lentes y la invitó a pasar.

Sentada en un banco alto, observó aquel espacio en el que, hacía un siglo, se había desnudado orgullosa de su hermosura.

—Cuéntame, ¿cómo has estado? —preguntó Raúl reclinándose en la pared.

—Rompí mis fotografías. Quemé mi pasado. Vengo a regalarte un poema.

Guadalupe, de pie, empezó a recitar:

> Olvidar el propio amor
> para amar todas las cosas:
> la luz, la niebla, las rosas,
> la alegría y el dolor;
> cada angustia y cada ardor,
> lo diáfano, lo engañoso,
> lo límpido, lo fangoso,
> por igual el goce, el duelo,
> la luz que construye el cielo
> y el infierno caudaloso.

El sol formaba charcos de luz sobre el suelo; la poeta pisó uno; con cada movimiento la hebilla de su zapato lanzaba destellos.

Al finalizar el poema, una mezcla de compasión y cariño empujaron a Anguiano hacia la que fuera su modelo. Intentó abrazarla, pero ella lo rechazó.

—¡Nada de ternuras!

Pasmado ante su actitud inusual se alejó; entonces descubrió la pobreza en la ropa de Pita.

—Tú me regalas tu arte y yo el mío. —Anguiano le entregó uno de sus dibujos y la invitó a comer.

11

Con un turbante rojo, aretes largos de perlitas falsas, cuatro collares y anillos en ocho dedos, Guadalupe regresó a la galería de Antonio Souza, donde continuaban reuniéndose varios artistas. Entre anécdotas, disertaciones y copas, Guadalupe revivía. Cuando se levantaba de la silla y miraba a cada uno de los presentes todos guardaban silencio, pues sabían que ella estaba lista para recitar.

Si alguien le hacía una pregunta personal contestaba con rimas, y al curioso que preguntaba por qué respondía de esa manera, señalaba:

—No, no hablo en verso ni pienso en verso, escribo versos cuando quiero, cuando me viene en gana, a mi arbitrio. Pienso y hablo en prosa, el verso lo uso en días de gala.

O, enojada, repetía:

—Las personas que hablan del pasado son fastidiosas e infelices. Solo importa el momento, el hoy; la felicidad es el ahora.

Por cautela y como arma de defensa compró un bastón. Tras largas caminatas volvía a su casa después de medianoche. Los vecinos oían sus pasos, sus clamores. Con demasiada frecuencia arrojaba objetos que se estrellaban en los muros y resbalaban, cual cadáveres, hasta el piso. Cantaba elevando la voz. Si algún inquilino llamaba para reclamar Guadalupe, subía el volumen del radio o la televisión. Finalmente la echaron del edificio.

Se mudó a un hotel. De ahí también la lanzaron.

A sus 53 años inició un largo peregrinaje por habitaciones y departamentos. La gente se acostumbró a que Guadalupe formara parte de la colonia Juárez; a su rostro maquillado en exceso; a sus bastonazos y gritos si alguien se le acercaba; a verla cruzar la avenida Insurgentes sin importarle que los semáforos estuvieran en alto o en siga; a las bolsas de plástico atadas en sus tobillos.

Apropiada de aquel aire, Pita veía flotar las palabras y, atrapándolas, componía sonetos.

> Soy cóncava o convexa;
> dos medios mundos a un tiempo:
> el turbio que muestro afuera,
> y el mío que llevo dentro.
> Son mis dos curvas-mitades
> tan auténticas en mí,
> que a honduras y liviandades
> toda mi esencia les di.

—¡Guadalupe Amor! ¡Por fin la encuentro! ¿Cómo está? Habla Max Aub.

Pita se alegró al oír el nombre de aquel escritor que en 1960 la había incluido en el libro *Antología de la poesía mexicana 1950-1960.*

—Ahora dirijo la estación radiofónica de la Universidad Nacional —anunció tras enterarse de que la dama gozaba de buena salud y le encantaban los pasteles y las gelatinas—. Me gustaría contar con usted para un programa...

La emoción irguió la espalda de Pita; una amplia sonrisa encendió su mirada y, olvidándose del cable del teléfono, dio unos pasos para verse en el espejo. El auricular se zafó de su mano y el aparato cayó al piso.

Preocupada de haber cortado la comunicación, al instante lo levantó. Max Aub continuaba en la línea. Después de explicarle que se trataba de un programa parecido al que ella había hecho en la televisión veintiún años atrás, acordaron reunirse en la oficina del escritor.

Esa mañana Guadalupe pasó más tiempo acicalándose. Deseosa de volver a ser atractiva y brillar, combinó sombra verde y azul cobalto en los párpados, los delineó con un grueso lápiz negro, repasó sus cejas con crayola café; polvo blanco en su cutis reseco; dos manchas rojas le coloreaban las mejillas; el labial carmesí se extendía más allá de los límites de su boca y las pestañas postizas abanicaban el aire. Eligió su mejor vestido sin saber que estaba fuera de moda.

Max la recibió de traje con chaleco y corbata. Detrás de sus lentes gruesos, un par de ojos cansados pero amables sonrieron al mismo tiempo que sus labios, acentuando las arrugas que descendían, como dos paréntesis, desde las aletas de la nariz recta.

Guadalupe escuchaba, adivinando su próximo éxito; el alborozo le impedía repasar su guardarropa para ir eligiendo las prendas que usaría. Antes de despedirse Max le dio las gracias por aceptar; ella le aseguró que lo hacía por ayudarlo a que la estación adquiriera una enorme audiencia.

Variaciones sobre un motivo poético se transmitía los jueves a las doce del día. Como en *Nocturnal*, Pita Amor declamaba versos propios y ajenos. Aunque hubiera preferido tener al público frente a ella, imaginaba a miles de oyentes aplaudiéndole. «Soy reina y musa», se decía haciendo caravanas al vidrio de la cabina. Los técnicos la detestaban pues les prohibía acercarse o dirigirle la palabra. Si oía voces o risas durante la grabación, gritaba furiosa solicitando más respeto.

Al chofer del taxi que la conducía hasta Insurgentes Sur le pedía que aguardara para que él mismo la llevara de regreso. A pesar de que solo iba una vez a la semana, el sueldo lo gastaba en transporte y maquillajes. En varias ocasiones, al volver a su departamento, descubrió su cartera vacía. Entonces comenzó a escribir sonetos o a hacer dibujos que firmaba y vendía a los transeúntes.

Mientras Pita aguardaba el momento de iniciar la grabación, o al terminar, solía ir a la oficina de Rodolfo Chávez, encargado del área administrativa de la estación radiofónica. La mujer entraba como una ráfaga, sin llamar a la puerta ni preguntar si era bienvenida. Al principio Rodolfo la recibía por educación, después, por auténtico cariño. Suspendía lo que estuviera haciendo y se reclinaba en el respaldo para oírla hablar.

—De política no sé ni me interesa. Yo soy artista. Ignoro si la poesía emana de la vida diaria, porque yo no me relaciono con lo cotidiano; pertenezco a la magia, al lujo y al imponderable. La poesía que queda para siempre es la que estremece y provoca escalofríos, el resto se olvida. Si te mostrara el amuleto que me hace invulnerable descubrirías que abrevo de la fuente de los milagros, y en esa fuente están los secretos de las ciencias antiguas. Si te enseñara mi amuleto comprenderías que tengo un pacto diabólico que me concede la sabiduría; esa sabiduría que los mortales buscan y adquieren a cambio de su vida y luego guardan ingenuamente en ediciones incomprensibles. Soy dueña del misterio y soy mi misma cultura, como Góngora es la poesía y Vivaldi la música. Conozco el éxtasis y el derrumbe. Un hado me protege y en lo más alto del Parnaso los dioses deletrean mi nombre. Desde mi sitial de musa te aconsejo que trabajes.

A Rodolfo le agradaban sus monólogos, sus versos, las imitaciones de algunos personajes, sobre todo la de María Félix.

—Hace poco la Doña me invitó a comer, sirvió unos insípidos chiles rellenos. Poco elegante, ¿no te parece? Me presumió su casa como si fuera el palacio de un rey inglés, su colección de porcelanas, el tríptico de la Carrington. Yo le dije: «Tienes casa, María, pero no tienes hogar».

Rodolfo le prestaba dinero; la llamaba en las noches para cerciorarse de que hubiera llegado bien. Ella, feliz de conversar y sentirse acompañada, le hablaba de sus libros o repetía anécdotas que él ya conocía. Pita le recitaba poemas sobre animales que en ese momento, con el auricular en la mano, componía.

Rodolfo Chávez los garabateaba en un cuaderno: reunió más de ciento setenta versos que publicó, años más tarde, el Fondo de Cultura Económica, con el título *El zoológico de Pita Amor*.

Guadalupe dibujaba y escribía; al releer sus poemas muchos terminaron en algún basurero. Otros, gracias a que Carolina dirigía la editorial Fournier, aparecieron en un volumen que tituló *Como reina de baraja.*

Mi cara, esta hoja muerta
que se ha quedado olvidada
en un libro aprisionada,
mi cara es tarde desierta,
mi cara es pregunta yerta
que nunca intenta la risa,
vive aislada como brisa
que se fugó del torrente.
Pero de tarde, en la fuente,
contempla aún su ceniza.

Leer su nombre en la portada del libro le provocó una alegría casi olvidada. Aunque aún era dueña de una sorprendente memoria, de cara al espejo se leía a sí misma con movimientos melodramáticos.

Luego, armada con un bastón para ahuyentar a los acosadores, caminaba por la calle, ansiosa de volver a admirar su obra en los escaparates de las librerías.

Carolina, dichosa por haberle regalado felicidad, cuatro meses después publicó otro poemario con treinta décimas: *Fuga de negras*.

Cansada de trasladarse a la UNAM y de discutir con los empleados, sitiada por una nueva ola de angustia, dejó el programa radiofónico.

No obstante, aquellas apariciones habían provocado el interés de algunas personas que la buscaban para entrevistarla o invitarla a dar recitales. Unos fueron al aire libre en la ya entonces nombrada Zona Rosa; otros en galerías, en el Cícero Centenario, Disco-Bar 9; en el Auditorio Julián Carrillo de Radio Universidad, el Foro Isabelino, el Alcázar del Castillo de Chapultepec, el Aula Magna del Instituto Anglo-Mexicano de Cultura.

Todos y cada uno de esos espacios se llenaban para oírla declamar. El público le aplaudía, y con cada aplauso la sonrisa y la piel de Guadalupe se refrescaban. Cuando sus pupilas recorrían la audiencia su semblante expresaba fruición: «Sí, soy yo, admírenme», decía con sus gestos. Amaban a la Amor, su cabello pajizo, los vestidos amorfos de colores chillantes, las pulseras ensartadas en ambos brazos; los diez o trece anillos; las mejillas y los labios rojísimos; sus zapatos de tacón y la advertencia:

—Nada de hablar del pasado, de mi familia ni de mis amigos, porque los que he querido se han ido o me han defraudado.

12

Los meses se iban. Pita Amor aparecía y volvía a desaparecer.

Encerrada en un cuarto de hotel, en uno distinto, porque del anterior la habían echado por escandalosa o por dejar las llaves del agua abiertas, escribía, soñaba o quizá se contemplaba en el espejo sintiéndose dueña del mundo.

En ocasiones llamaba a alguno de sus hermanos y les recitaba un poema; pedía más libretas, lápices y plumones pues, además de versos, dibujaba muñecas, flores o caras que podrían ser ella. A veces, dominada por la angustia, cubría sus garabatos de tachones, rayaba las sábanas, las paredes, y terminaba azotando una silla o un plato.

A los amigos que la ayudaban, en agradecimiento, les regalaba sonetos. A Juan José Arreola le escribió:

> Al maestro de la tinta dibujada
> que Andrés Salaíno su bonete borda
> con alamares de ébano que aborda
> la plata en su raso rematado.
> Arreola que en la tarde ametrallada
> el tintero de tinta lo desborda
> y con palabras forma una gran horda
> del ingenio en el papel dinamitada.

Varios jóvenes intelectuales leían a Guadalupe Amor; algunos, empujados por la curiosidad, la buscaban en las calles y tiendas de la Zona Rosa.

José Emilio Pacheco, que en esa época escribía reseñas, ensayos y crítica literaria en el suplemento *México en la cultura*, convencido de la originalidad de Pita, buscó *Galería de títeres*. Aquellos relatos, que había publicado el Fondo de Cultura Económica once años atrás, apenas habían llamado la atención. Sin embargo, en febrero de 1970 él escribió:

> Casi en su totalidad, la obra de Guadalupe Amor se contiene en décimas y liras, que bien manejadas permiten aprovechar al máximo una temática bastante reducida. Desde 1957, sin detrimento de sus labores poéticas, Guadalupe Amor ha dedicado a la prosa sus intenciones expresivas...

Y continúa refiriéndose a los personajes del libro como:

> seres caídos en una realidad áspera, amarga; sus pequeños dramas recorren los aspectos más desolados de la experiencia humana. Los títeres de esta galería son seres deformados, reflejados en un espejo cóncavo...

Tras observar el firmamento a través de la ventana, previendo un aguacero, Guadalupe envolvía sus zapatos con plástico, cambiaba el bastón por un paraguas y salía a recorrer las calles. Sombra verduzca, azul o violeta en los párpados, colorete para restarle palidez a sus mejillas marchitas. En su bolsa llevaba fotografías de su rostro joven, dibujos o libros que, autografiados, vendía a los paseantes de la Zona Rosa. Entraba a los cafés, se acercaba a una mesa y preguntaba:

—Señora, ¿le gusta la poesía?

Si la respuesta era afirmativa, sacaba uno de sus libros y, entregándoselo, agregaba:

—Son treinta pesos.

Pero si el aludido contestaba que no, Pita decía:

—Pues claro, los hijos de las sirvientas no la entienden.

La ropa infantil que veía en los escaparates le parecía inverosímil. Tela inútil, camisa sin dueño; peine que no pasará por el cabello de nadie, porque su lugar es la tumba.

Cierta noche Guadalupe anotó en un cuaderno lo que más adelante, en 1981, sería el prólogo de un libro:

> Comencé a escribir a la temprana edad de veintisiete años. En una servilleta de papel y con el lápiz de cejas.
>
> Casa redonda tenía
> de redonda soledad.
> El aire que la invadía
> era redonda armonía
> de irrespirable ansiedad.
>
> Pronto formé un pequeño libro que me editó la editorial Alcancía...

En nueve páginas continuó narrando los recuerdos del nacimiento de su poesía y su existencia a partir de ese momento:

> [...] Confieso, y lo he confesado siempre, que soy altamente vanidosa. Y me estremece y me estremezco al llegar al final del primer terceto...

[...] En mi mente se agolpan mis ideas en una forma diabólica y alarmante. Pero curiosamente en mi mente no cabe el caos. Tengo una mente matemática y organizada...

[...] Yo no conozco la fatiga. No conozco el cansancio. Conozco sin fin el abatimiento. Conozco sin fin la nostalgia y la melancolía...

[...] soy joven porque tengo la edad que quiero tener... Soy bonita cuando quiero y fea cuando debo...

[...] Creo que lo más importante de mí es lo que no he dicho...

Después escribió:

A mí me ha dado en escribir sonetos
como a otros les da en hacer sonatas
lo mismo que si fueran corcholatas
etiquetas, botones o boletos.

A mí me ha dado en descubrir secretos
a mí me ha dado por volar veletas
a mí me ha dado en recortar siluetas
y en medir la luz de los abetos.

A mí me ha dado en alumbrar la rosa
y medir el listón de la violeta
la rosa que se vuela en mariposa

la rosa desmayada tan secreta
la rosa de la flor maravillosa
y en quebrar el fulgor de la ruleta

Ese fue el primero de los veinte que formaron *A mí me ha dado en escribir sonetos...* En la portada aparece un retrato que Antonio Peláez le hizo a la autora: una Guadalupe joven, pensativa. Entre cada soneto intercalaron una ilustración de Susana García Ruiz.

Pita veía esos dibujos surrealistas e inevitablemente pensaba en la obra de Leonora Carrington. Al examinar el primero se preguntó: «¿Es esta mujer estilizada, cuyo cabello largo se eleva hacia el cielo y que, en una silla de respaldo altísimo, medita, mientras que las páginas escritas se elevan, volátiles, desde una tabla donde hay una pluma de cisne y un tintero, parecida a mí?».

> En estas letras dadas al olvido,
> infinitas igual que el firmamento,
> dejo mi signo, mi señal, mi acento…

13

Cuatro años después de esa publicación, en 1985, permitió que la periodista y escritora Cristina Pacheco la entrevistara:

> La poesía no es un oficio, sino un sacrificio y un sacrilegio [...] como la vida misma [...] Pero es el acto más alto de todos, y no puede realizarse si no es enjugándose las arterias al escribirla y al decirla. El poeta está más acompañado que nadie porque colinda con Dios [...] Mi memoria es mi biblioteca y mi memoria es... alarmante [...] La página en blanco es una especie de soledad, porque cuando [...] está vacía, como dijera Lorca: «Porque quiero y porque puedo / la lleno con mis tintas» [...] Una poeta de verdad no muere nunca porque la pena de los dioses es no alcanzar la muerte [...] Nací con belleza. La he sopesado a través de mi larguísima y cortísima vida; [soy] infinitamente soberbia y aterradoramente vanidosa [...] No conozco la calma, no conozco la paz ni el sosiego. El único viaje que he hecho incesantemente es del infierno al cielo y del cielo al infierno. Nací y he vivido incendiada, incinerada y endemoniada. Invoco mis demonios, hago con ellos lo que hacen los toreros cuando torean [...] Soy blasfema, apóstata y hereje, soy la Señora de la Tinta [...] ¿Trabajar? ¡No, bastante hago con ser genial! La eternidad la

conquisté porque todo el que me oye una vez me recordará siempre.

Guadalupe se acostumbró a cargar un peso en su corazón, una pesadez que a ratos se transformaba en vacío y que luego, inesperadamente, volvía a saturar su pecho, imposibilitándole el movimiento. Sus manos arañaban el aire si sentía la amenaza de una sombra. Cuando la ligereza le permitía volar, cantaba y permitía que la entrevistaran. Con gasas alrededor del cuello, laca para fijar el peinado y labial, recibía a quien quisiera interrogarla.

La escritora Guadalupe Dueñas le preguntó:

—¿Qué desearías que yo contara de ti?

—Nada. Preferiría que estés convencida de mis poderes mágicos, pues poseo la antena del prodigio y que admiraras el torrente de mi ciencia [...] Descubrirías que tengo un pacto diabólico que me ha concedido la sabiduría. [Por eso] en lo alto del Parnaso los dioses deletrean mi nombre [...] ¿Amar a otro? ¿Para qué, si me tengo a mí misma? Yo solo me inclino cuando se me cae una pulsera de oro. Soy poeta desde la pila bautismal. Ahí estaban las musas, las diosas del Olimpo. Fui novia de toreros, de Manolete y Carlos Arruza —agregó con un gesto pícaro—. En las corridas de toros, me gusta ver cómo reverbera la sangre... Yo de niña fui graciosa; de adolescente, llorona; en mi juventud, cabrona y en mi verano impetuosa. El origen de mi poesía es el origen del mundo. Soy cóncava o convexa; dos medios mundos a un tiempo...

Suspendida entre dos universos, el de la creatividad y el de las tribulaciones, Guadalupe tenía la fortuna de que sus amigos, admirando su genialidad y sin importarles su mal humor, se negaban a abandonarla.

Además de reunirse en la galería de Antonio Souza, los intelectuales empezaron a frecuentar la de Alberto Misrachi, quien, entusiasmado, también organizaba recitales para Guadalupe.

Una tarde en la que el matrimonio Misrachi relataba alguna anécdota sobre Siqueiros, Pita posó su mirada en la escultura de un dragón. De pronto ordenó a una empleada que le diera papel y lápiz. En pocos segundos garabateó un soneto, se levantó de la silla y, frente a los presentes, recitó:

Dentro de un tibor muy fino
hay un dragón decorado,
con oro al fuego dorado.
Ya es casi un dragón divino.
Que desvarío y desatino.
El dragón condecorado,
por mi pluma dibujado
es un signo del destino.
Está recamado en oros;
de arabescos chinos, moros,
persas, turcos, africanos.
Pisa desiertos lejanos.
Es un dragón encantado
por mi tinta decorado.

Mientras tanto, Pedro Friedeberg dibujaba.

Cuando los aplausos para Guadalupe cesaron, el artista elevó la mirada, enderezó su sombrero y, con su sonrisa de labios cerrados, contempló a Pita.

—Vamos —le dijo—, te invito una copa y a cenar.

Pita tomó su bastón y caminaron hasta El Chalet Suizo. En la semipenumbra del restaurante, debajo de un reloj cucú, ordenaron dos martinis y una *fondue*.

—¡Eres única! —exclamó Pedro—. Tu ingenio es conmovedor. Mira —sacó una hoja de su portafolios, la colocó sobre el mantel de cuadrícula rojo y blanco.

Ella contempló el perfil de un dragón a lápiz; de su hocico brotaban flores.

—A mí también me gusta dibujar, pero esto es tan distinto.

—Hagamos un libro al alimón —propuso él.

Divertidos, Friedeberg y Guadalupe pasaron unos meses preparando la obra: elegían algún animal, ella componía el soneto y él los diseñaba. Aunque reunieron más de cien, *La Jungla* solo contuvo treinta criaturas como camellos, leones, serpientes, arpías, pegasos y otros seres. El pintor y cofrade Alfonso de Neuvillate escribió un prefacio de cuatro páginas con el título: «Prólogo intrascendente para un libro trascendente». La Galería de Arte Misrachi lo editó y Guadalupe lo dedicó: «A mi hermana Carolina Amor de Fournier».

Los dos mil volúmenes tenían pasta dura. El cubrepolvo era de papel blanco; una greca de estrellas contenía el título en letras grandes; abajo decía: «Sonetos de Guadalupe Amor, zoología por Pedro Friedeberg, introducción por Alfonso de Neuvillate», y a la derecha, el dibujo de una cebra en dos patas formada por círculos.

Como si fuera un obsequio esperado por meses, Pita abrazó el primer ejemplar que tuvo en las manos. Pasaba las páginas y un contento arrinconado la hacía sonreír.

Letras, palabras, mudanzas, sonetos, dibujos, poemas. *Plaquettes*, algún video; un disco en la serie *Voz Viva de México*. Recitales. Colorete en las mejillas. Un coñac, dos o tres. Tinte en el cabello. Labios y uñas rojas. Invitaciones a comer. Autógrafos. Entrevistas: con Heriberto Murrieta, «si me hablas de tú»; ¿Ricardo Rocha?, «si es en mi casa». «¡Elena, no te compares conmigo!».

Anillos, más de dos en cada dedo; collares, perlas, plata, falsas gemas. Suspiros. Lápiz para delinear los ojos y trazar unas cejas que ya casi no se distinguen. Lentes de vidrios gruesos. Caminatas interminables en la Zona Rosa, sujetando un bastón que la ayudaba a apoyarse, a señalar, a detener un taxi o alejar a quien intentara acercarse.

Estos eran los tabiques que construían las horas, los meses y los años de Guadalupe Amor.

∽

En el último piso del edificio Vizcaya, en la calle Bucareli, vive Guadalupe Amor. Su hermana Carolina y varios amigos pagan la renta. «Es mi *penthouse*», suele decir Pita, «y me gusta mucho porque soy vecina de las palomas, los cometas y las brujas».

Hace años que el elevador no funciona. Despacio, la poeta sube y baja los cinco pisos apoyándose en su bastón y el barandal. El llavero, una campanita, lo guarda en una bolsa de imitación Chanel que siempre trae consigo. Desde ayer, cuando tiró los zapatos de charol verde y hebillas plateadas que le había regalado Patricia Reyes, la ventana permanece abierta. Aunque tiene varios pares en el ropero, últimamente prefiere usar las viejas pantuflas para andar por su casa.

Como todos los días, se maquilla, se viste, elige los anillos que va a lucir. Ese martes ha planeado ir en taxi a la Zona Rosa, comer en Bellinghausen, donde vio a José Madrazo por última vez y donde, supone, flota su espíritu.

No recuerda quién, tiempo atrás, le avisó que Pepe había fallecido el 12 de febrero de 1969, hacía veinticinco años. Y hoy es día 12. Se mira en el espejo; sonríe. Destapa el cofre laqueado para sacar unos billetes, pero los golpes en la puerta la distraen.

Miguel Sabido abrocha el botón de su saco azul marino. Con la respiración agitada tras subir cinco pisos, decide aguardar unos minutos para calmar las palpitaciones de su pecho. Seca su frente con un pañuelo y llama a la puerta.

Nadie abre; el hombre duda en volver a tocar, no sea que la dueña se moleste y no lo reciba. Por fin oye pasos y esa voz gruesa e inconfundible preguntando quién es.

—Pita querida, soy Miguel Sabido —y luego de un largo silencio, dice—: Quedamos de vernos.

—¡Un momento! —grita la mujer.

El tiempo se alarga. Finalmente, después de oír el tintineo de llaves y varios cerrojos deslizándose, aparece Pita Amor. Tres flores marchitas sobresalen en su cabellera estropajosa. Sobre su frente ha intentado, sin éxito, acomodarse un rizo, como el que lucía antes: redondo y perfecto. Una gruesa línea oscurece el contorno de sus párpados.

—¡Ya decía que hoy tenía algo importante! —exclama al recibirlo.

Una vez que ella ha atrancado la puerta, se acomoda en su sillón. La vieja muñeca *cupie*, extraordinariamente parecida a la dueña, reposa en el descansabrazos. Miguel toma asiento en un banco que, como sabe, es el que debe ocupar. A su lado hay una mesita y, sobre esta, una televisión encendida. Las voces que brotan de allí no parecen molestar a Guadalupe.

—¿A qué vienes?

—A preguntarte cómo quieres tu homenaje.

La sonrisa de bilé rojo le ilumina el rostro.

—Quiero a cinco primerísimas actrices para que traten, solamente traten —recalca— de decir mi poesía; quiero…

Miguel toma nota para no dejar nada al olvido. El evento será su responsabilidad y no le importa lo que tenga que hacer para complacerla.

El 20 de junio de 1994 todas las localidades de la sala Manuel M. Ponce del Palacio de Bellas Artes están ocupadas. En los pasillos no hay espacio para una persona más. Muchos han hecho fila durante más de dos horas con la esperanza de ver a Guadalupe Amor, la Undécima Musa. Hay mujeres abanicándose; hombres que se ajustan la corbata como si Pita los fuera a saludar. Damas y caballeros miran sus relojes; cruzan piernas, las descruzan. Los reporteros buscan personalidades para agrandar su crónica.

Por fin las luces se extinguen. La gente aplaude; un momento después la sobrina de Guadalupe, la periodista y escritora Elena Poniatowska, hace un breve recorrido por la vida y obra de la homenajeada. Menciona sus triunfos y derrotas, sus libros y escándalos al posar desnuda. Miguel Sabido habla de su inteligencia y su belleza. Ahora es el turno de las actrices que, tras muchos ensayos, decididas a no equivocarse, comparten con la audiencia versos de Guadalupe Amor:

«Ya bastante de esclavitud / hoy he roto las cadenas de desolación y penas...», recita Ofelia Guilmáin.

El telón negro está cerrado.

«No la niña de mi vida / ni la niña de mis ojos / ni la niña de mil enojos...», declama Patricia Reyes Spíndola.

El público espera a la poeta.

«Tú sabes de mis pavores / y de mis noches eternas / de las batallas internas / en que luchan mis ardores...». Es la voz de Alma Muriel.

Las actrices visten de negro: ellas no deben llamar la atención.

«Ver el reloj y no mirar la hora / ver el espejo y contemplar la nada...», pronuncia Gabriela Araujo, y después, Martha Zavaleta: «Cansada de esperarte / con mis brazos vacíos de caricias / con ansias de estrecharte / pensaba en las delicias / de esas noches, pasadas y ficticias...».

La plataforma central se abre. Corren el telón. Los tramoyistas empujan el carro alegórico «digno de mi prosapia y mi ingenio», como ella había deseado. *El Danubio azul* se escucha mientras cae una cascada de pétalos de rosas. Los reflectores incendian el escenario. Guadalupe Amor surge en su trono. Viste de blanco, «como una zarina». Tul en el escote. Collar de perlas; perlas en las mangas del vestido. Anillos en los dedos. La corona, cuajada de brillantes, no opaca el brillo de sus ojos. Enormes plumas de plata rodean el trono capitoneado de terciopelo azul. Sus labios son más rojos que las flores que adornan el pedestal.

Los aplausos elevan el trono de la reina. Ella lanza besos.

—¡Bravo, Pita! —alcanza a oír desde las alturas—, eres una diosa.

El mundo entero la oye declamar:

No creo en ti, pero te adoro.
¡Qué torpeza estoy diciendo!
Tal vez te estoy presintiendo
y por soberbia te ignoro.
Cuando débil soy, te imploro;
pero si me siento fuerte,
yo soy quien hace la suerte
y quien construye la vida.
¡Pobre de mí, estoy perdida,
también inventé mi muerte!

El sábado 6 de mayo de 2000 una neumonía llevó a Guadalupe Amor Schmidtlein a la clínica de su sobrino Juan Pérez Amor. Dos días después, el lunes 8, a las 18:30, un paro respiratorio disminuyó la velocidad del oxígeno que circulaba por su sangre. Su corazón latió unos segundos más. En ese breve espacio aceptó, por primera vez en sus casi 82 años, salirse de sí misma y enamorarse. Enamorarse de la muerte que había llegado para transportarla a aquel otro universo donde muchos amores la esperaban. Y aunque necesitaba lentes gruesos debido a las cataratas que le nublaban la vista, a pesar de las arrugas, del cabello opaco, de la piel fláccida y la espalda encorvada, Pita se sintió hermosa, como en las pinturas donde posó desnuda y libre.

AGRADECIMIENTOS

Para escribir una novela sobre un personaje que alguna vez existió, o que, como Guadalupe Amor, aún existe, pues su espíritu continúa flotando entre nosotros, es necesario acudir a obras ya publicadas. Es por eso que agradezco a Michael K. Schuessler por haber escrito *Pita Amor, la Undécima Musa*, y por tomarse el tiempo de hablar conmigo.

A Elvira García por su libro *Redonda Soledad, La vida de Pita Amor*, y por permitirme hacerle algunas preguntas sobre Guadalupe, a quien conoció personalmente.

También recurrí a videos y datos que el lector puede encontrar en internet. Entre ellos entrevistas a Pita Amor realizadas por Ricardo Rocha, Heriberto Murrieta, Daniela Romo, Historias VRGS. *Pita Amor un recuerdo mantenido* (Noticias Canal 22), *Pita Amor, señora de la tinta americana*. Homenaje a Pita Amor: señora de la tinta americana. El documental *Pita Amor. Señora de la tinta americana*, Premio Pantalla de Cristal (Canal 22).

Y, por supuesto, a las obras de la misma Pita Amor, en las que me basé para comprenderla y enamorarme de ella: *Yo soy mi casa*, *Puerta obstinada*, *Círculo de angustia*, *Polvo*, *Décimas a Dios*, *Otro libro de amor*, *Sirviéndole a Dios de hoguera*, *Todos los siglos del mundo*, *Galería de títeres*, *Como reina de baraja*, *Fuga de negras*, *El zoológico de Pita Amor*, *Las amargas lágrimas de Beatriz Sheridan*, *A mí me ha dado por escribir sonetos*, *48 veces Pita*, *La Jungla*, *Soy dueña del universo*.

Agradezco la mirada inteligente de David Alejandro Martínez.

Las sugerencias de mis compañeros del taller Monte Parnaso.

A la misma Guadalupe Amor, por su compañía durante el tiempo que me tomó escribir esta novela.